堅忍修得一世緣

——香遠益清

劉玖香 著

文學叢刊
文史哲出版社印行

國家圖書館出版品預行編目資料

堅忍修得一世緣：香遠益清 / 劉玖香著. --
初版 --臺北市：文史哲, 民 106.01
頁; 21 公分（文學叢刊；373）
ISBN 978-986-314-350-5（平裝）

848.6　　106001995

文學叢刊 373

堅忍修得一世緣：香遠益清

著　者：劉　玖　香
出 版 者：文 史 哲 出 版 社
http:// www.lapen.com.tw
e-mail：lapen@ms74.hinet.net
登記證字號：行政院新聞局版臺業字五三三七號
發 行 人：彭　正　雄
發 行 所：文 史 哲 出 版 社
印 刷 者：文 史 哲 出 版 社
臺北市羅斯福路一段七十二巷四號
郵政劃撥帳號：一六一八〇一七五
電話886-2-23511028・傳真886-2-23965656

定價新臺幣四二〇元

二〇一七年（民一〇六）元月初版

ISBN 978-986-314-350-5　　09373

堅忍修得一世緣——香遠益清

目次

廖序

這是玖香女士的第四本書，恭喜呀！妳已是社會大學畢業了，這是妳的畢業論文，也是妳的第四張證書，是響叮噹，歷經十年的酸甜苦辣，再經五十年的醞釀發酵而成的大作。其實，妳在十幾年前寫成的《白雲悠悠思父親》，即有資格獲此殊榮；其後十年，又有《否極福來》、《紙寮窩紀事》亮相，博得好評；除證明妳的薪柴充足，燃之不盡；更印證妳爐火純青，寶刀不老。說妳社大畢業，是恭維，非揶揄；是實至名歸，受之無愧。有人說：「手中有證書，心中無畢業。」誠然，畢業自滿，難免落伍，而此之一言，對妳來說，非常恰當。妳無緣升學，無所謂大學畢業，而觀之以往，妳一直力爭上游，不曾懈怠，人神共鑒；觀之近作〈如魚得水記學泳〉，可見妳確是一個活學到老的阿嬤，體力精神不輸年輕人。再說，妳的畢業論文，自成一派，迴異眾家，有情有義，有血有淚，也有歡愉，令人會心難忘，世上何處有！

妳離鄉北上，在表姑家幫傭，繼之章家八年，首尾十年：等同國中三年，高中三年，大學四年；等同妳所遺憾的失學歷程。此十年，妳謹遵父訓：認真工作，潔身自愛，多讀書，要增志。妳無禮拜，無寒暑假，閱歷種種人情世故，遭遇多少危機與委屈，謙卑再謙卑，忍耐再忍耐，終成正果，練成十八般武藝，樣樣精通，這是何等難能啊！這會比小小的學校教育差嗎？會比薄薄的一張文憑劣嗎？所以，妳可無憾了。

我所知的高市議員——鄭新助先生，與妳同齡，也是社大畢業生。他曾經少年輕狂，有初中不讀，浪蕩江湖；然後乖乖在家耕田、駛牛車、背穀包……他歷任多屆議員至今，主持電台二、三十年至今，是台灣最老的播音員，但他熱心服務，濟弱扶傾，粉絲無數。妳與他，背景稍異，經歷略似，卻一北一南，一文一政，各有所成，同受敬仰，有誰在意學歷呢？可見，英雌好漢不必出身高，只要肯增志，有成就，同樣受肯定。

妳善察周邊，記性又佳，更有一支利落之筆，源源寫出膾炙人口之文，讓人以為在聆聽一位福善的阿母，娓娓訴說一生的坎坷與幸運。此非小說，少情節可言，也難命題，初以章為目，分敘述，看似鬆散，卻又言之有物，自成段落，篇篇精采，欲罷不能：有惆悵，有浪漫，有警惕，也有驚奇。為搜尋方便，在目錄章頁之後，另題「內容摘要」，諒不致畫蛇添足吧！此書，本來只寫自己一生之事，無意中卻透露一般農民的吶喊，無數傭工的心聲，及社會的種種樣樣，不落無病呻吟的俗套，更增本書的大眾化。書中許多人物，素昧平生，卻似曾相識，甚感溫馨。本書，談東談西，平平凡凡，無甚高論，卻可借鏡許多經驗常理，除了反省自己，也對戰後二、三十年的台灣社會有所了解與同情，在今昔相比之下，有所惕厲，不致重蹈覆轍，也算是一番菩薩心腸吧！

妳多才多藝，有智有勇，有四維八德，也有大智慧者的真善忍。如此，妳難不成今之聖賢乎？非也！妳仍只是一位家庭主婦，如左鄰右舍、樓上樓下的姐妹、妯娌、婆婆、媽媽，早晚見面，點頭寒暄；忙完家務，有空聊聊天。絕非所謂的高級××人種！妳常唸誦〈心經〉、〈大悲咒〉，虔信救苦救難觀世音菩薩，既養成一顆永善不渝之心，必也對世間的爭爭吵吵有所看透吧！此書，如此訊息，隱約可聞。

最後，再次恭喜妳，妳已社大畢業，妳的著作就是妳的證書，妳這一生沒有虛度，妳的證書已成了台灣的一分資產。妳對得起列祖列宗，對得起妳悠悠所思的阿爸，他在冥冥之中也會頷首微笑吧！而陪妳一生，度過幸福晚年的夫婿王先生，必也感動不捨中放開心情吧！

二〇一六年十月廖松根　敬書

自序

讀者讀我的書，皆知我兄弟姐妹多，家庭貧困，才出外謀生，這只是原因之一。其實促我離鄉漂泊的原因，尚有二，未曾述及。

民國四十六年逢大旱，九月某日早上，我洗衣返家。二姐在石階頭截住我，嚴肅說：二叔在廳下向父親告狀，說妳昨日傍晚摘他的椪柑。二姐說有就坦承，無則辯己清白，不必怕。

昨日我到自家菜園澆菜，經過二叔家柑園，二堂弟邦榮在後，他問：玖姐要澆菜啊！我自幼膽小，夜幕低垂，晝伏夜出的麻鷺「呱」地一聲，都會令我頭皮發麻，驚懼不已。澆完菜挑著空桶，落荒而逃。

我到廳下向二叔說明，自家有椪柑，怎會摘你家的！二叔說昨晚就妳最後一個經過，不是妳會是誰？他強調椪柑是用拽的，枝上留一小塊柑皮……他說得像親眼目睹。我一個清白女孩，無端被誣偷柑賊，內心很不甘。瞧他失明的左眼，這可是應了祖母臨終警告——「親兄弟若相欺，雙眼不見天」的遺言，他果然貪了兄弟而……。今他卻以長欺姪，是何道理？

這種長輩，有理說不清，我不與爭辯，到神案香筒，取出三支香說，二叔，我們到柑樹頭燒香明誓，我沒碰你家椪柑。二叔看我是認真的，一時心虛，便說沒摘就好，何必燒香詿咒？他邊說這話，邊起身要離去。

從此之後，他視我如眼中釘，肉中刺，要除之而後快。每日在田頭田尾（頭前溪畔）跟父親咬耳朵，說：下屋雷家外甥不錯，我來作媒；又道：上屋林家就讀新竹高工的三男很好，父母皆歿，兄弟已分家，若嫁過去，可當家作主云云。此其一。

其二是，冬日晚飯後，為掙幾個零錢，姐妹到隔壁叔婆家點金箔。其贅婿翁某，斬好銀紙，端來給我們點。他放下離開時，以左手姆指碰觸我右胸，當時想：他是不小心吧！可第二次端紙過來，離開時動作很重，那卻是故意的，我立刻離座站直，內心非常憤恨，心中暗道：你那隻指頭將來會剁掉！

我遂提高警覺，隨時注意，他何時端紙過來。當他第三次過來，我立即離座走避。這讓我想起多日前，他哀叫說，他的左手被二姐甩到，致三天無法端飯碗。沒聽二姐說，但我敢確定，他是手賤，才被二姐狠甩。

我出外工作，一次返鄉，發現翁姑丈的左手姆指，怎麼不見了？問母親，她說是他自己斬紙不慎切掉的。我一聽心驚不已。

我之所以離鄉背井出外謀事，也確實因家裡窮困所致，前述兩種原因，只是促我提早行動罷了。一個鄉下女孩到舉目無親，全然陌生的社會工作，生活很不容易。我得顧及自身安危，時時提高警覺，謹記父母教誨和殷殷叮嚀，注意言行作為。所幸我自幼養成堅忍意志、吃苦耐勞的精神，善用閒暇，勤讀書報，充實自身的不足。

這是我第四本著作，自己感到不可思議，尤其我已年過七旬，眼力日衰之後，書寫倍加艱辛。然而它真的在我手中，一字一字完成，至感欣慰。

書中所敘，一個鄉下純樸女孩，到複雜的大都會謀生，前後九年，經歷孤獨艱苦的過程。我常感應，這一生多蒙大慈大悲觀世音菩薩庇佑，遇事總能順利化解，平安度過；若非得蒙文昌爺特別眷顧，一個謹小學畢業，知識淺薄的平凡人，何來堅忍毅力與智慧，完成四本著作？

我早悟人的相貌美醜，皆是假象，青春美貌不能永駐，唯有豐富的學識與內在修持，才是永恒的。我在章家為傭，寧靜安全，旁人看似無有長進的低層工作，我卻安之若素，工作之餘，潛心勤讀聖賢書，增長智慧，充實內在。

承前輩作家鄭煥恩師啟蒙，即開始寫作，作品投《中央副刊》，受到編者青睞。刊登後得到海內外讀者迴響，馳函鼓勵。這讓我想到「水到渠成」的成語，若非我燈前勤讀的累積，哪能水到渠成？寫出通順感人的文章？

第一本書《白雲悠悠思父親》得到一位法界耆老尹煜生先生的欣賞（她是兒媳美筠的書法老師），她讀後寫一幅匾文相贈（攝影放在《否極福來》書內）掛在忠兒家。民國一百零三年夏，忠兒陪我拜謁這位九五高齡的書法家。她童顏墨髮，腰背挺直，耳聰目明，和藹可親，坐下，她握住我的雙手說：「妳像我大姐，有孝思，友愛兄妹……」當下我汗顏不已。

環顧居室，牆上掛不少她與蔣公伉儷及法界前輩合照，又見書冊滿架，桌上堆疊的皆是她的書法作品，滿室書香濃郁。告辭時，我獲贈她敬書的《呂祖直解金剛經》墨寶，受之有愧。請她老人家留步，她堅持送我至樓下巷口，我過馬路，回首猶見她站在原地，依依揮手，我感動得掉下眼淚……

這年暑假，一位留美的醫藥博士——葉先生返台，由秋岳叔陪同到芎林舍下見面暢敘。葉先生在美已讀過我這三本書，言談中他突問：「劉小姐，妳的氣質這麼好，又漂亮，年輕時追妳的大概不只王先生吧？」我笑答：「這是秘密啊！」

我崇敬的蘇雪林先生，她曾在成功大學任教退休。堂弟邦鏞畢業成大，故對成大有份特殊好感，寄贈前兩本拙作給圖書館。得到賴英昭校長回函致謝，真是無上的榮耀，此函放在第三本書《紙寮窩記事》內留念。

傅武光教授（文學博士）間接讀到《白雲悠悠思父親》，來函表示敬佩。一百年七月邀我餐敘，把他的夫人、兒媳、乾女兒、姪女、學生多人，介紹給我認識，真是感到榮幸之至。他說：在座的都是他研究所的學生。他稱我大姐，教她們稱我「大姑」。他是同鄉，又是么妹同窗，真是有緣啊！

我與維經於八月下旬到芎林住下，九月十一日中秋節前夕傅教授，與家人由劉守相先生陪同，特來探望我夫妻，盛情難忘。

零三年九月七日，傅教授與師大同學，為紀念教平劇的關文蔚老師百歲誕辰，於國軍文藝中心演出，特邀我前往聆賞。教授飾演《珠簾寨》裡的李克用，寬洪的唱腔，精湛的演技，飽我眼福，多感恩啊！

一位紐約大學的牙醫教授——許旭君博士，我多次在其診所看診，言談中，深感此人善良誠懇。她以為我是退休教師，我遂送她《白雲悠悠思父親》，她看後便了然一切。她讀後寫一信給我說，她讀完此篇已淚流滿面。她因父親驟逝，感觸甚深。父親往生後，她決然從美國連根拔起，回國執業，就近陪伴母親。她果決的行動和孝心，豈只令人動容而已！

在實踐大學教詩詞的退休教授——陳正一先生，偶然讀到《否極福來》之後，說他感同身受，因感動，特寫一幅七言嵌頭律詩相贈（放在《紙寮窩紀事》書內）真是受之有愧！

民國一百零一年，維經往生後，百日內我做人工膝關節手術，復健期間，接到范綱文先生來信。他說，非常喜愛《白雲悠悠思父親》這本書，真誠樸實，充滿天倫親情、手足之愛的描述。問哪裡可買到？問他，何以讀這本書十多年才寫信給作者？他說，很喜歡文學，之前曾寫信給崇拜的作者皆石沈大海，無有回音，因此膽怯，遲遲不敢寫……

由信中洗鍊的文筆，飄逸灑脫的字跡，可知他是位腹笥極豐的讀書人，虛懷若谷。他寫給我的信或卡片，抬頭必稱「敬愛的劉女士」，署名必書讀者。

有這麼忠實的讀者，榮幸之至，遂以三本拙作相贈。他是位非常細心且用心之人，他讀三本書後，仔細列一張，我高祖世仁公以降各房的世系表，令我驚嘆不已。四年多來，雖未曾謀面，感覺他就是我兄弟。

我每一本拙作，皆蒙廖松根兄作序相挺。我倆相交通信整五十年，相知甚深，是無話不談的知己，他待我如妹，處處關懷。假若人真有來世，祈願上蒼安排他做我親哥，愛護我，疼惜我，鼓勵我讀書上進。在此感恩，兄長賜序增我文采。

我非常相信命運與因緣，以上所述善良的先生女士們，肯定上輩子即種下善因緣，雖男女有別，年齡不同，當機緣到來，自然出現眼前，讓我們一圓這段奇蹟的文字緣，我非常珍視，特將此奇遇良緣記述於序文，永遠懷念。

此書，既獻給天下人，特別是知我者；更更特別的是獻給一生疼我、惜我的夫君——王維經先生在天之靈。

民國一〇五年仲秋於芎林觀雲望月樓

父母與弟妹合照(民國 49 年)

作者中秋節於新店碧潭
(民國 48 年，吳會計攝影)

作者於竹北鄉(民國 47 年)

八童子姐(後)與祖父、父母(右一、二)於芎林(民國 49 年端午節)

八童子姐之子祥一(左)與作者弟、堂弟妹合照(民國 49 年端午節)

作者於台北(民國 48 年冬)

良師益友——楊世昌先生
(民國 49 年)

作者於台北(民國 49 年冬)

作者於台北(民國 48 年夏,
吳會計攝影)

作者(右二)與日友植田正六先生(左二)、鈴木女士
(民國 49 年秋)

八童子姐(中)攜子赴
西德，作者(左)機場送
別(民國 49 年)

作者於台北(民國 49 年秋)

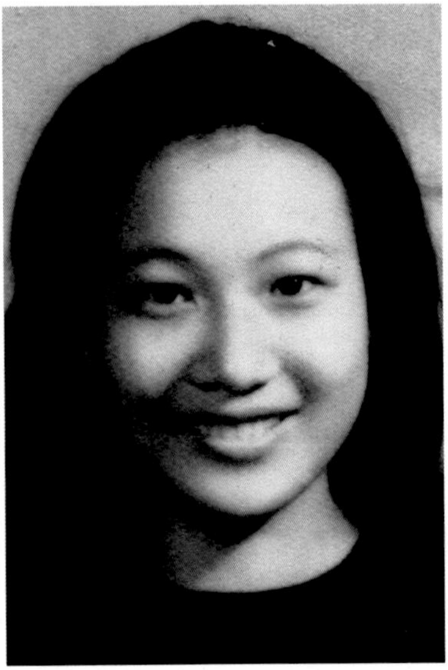

作者民國 51 年冬攝於台北

作者民國 50 年夏攝於台北

作者民國 49 年春(李太太攝)

作者民國 52 年春攝於台北

作者(後左一)與母親(後排中)參加表兄婚宴(民國 53 年)

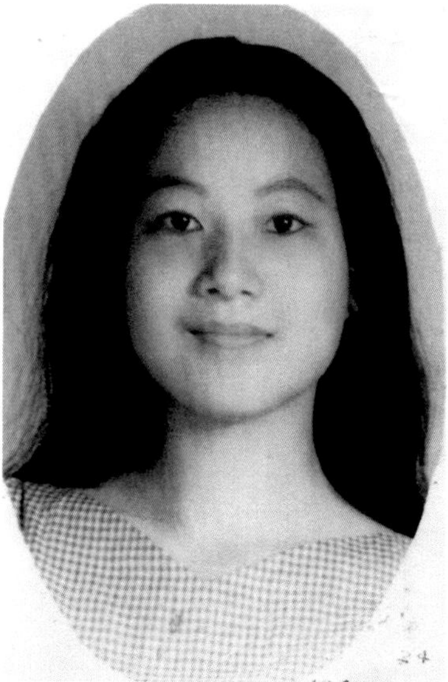

作者民國 52 年夏(李太太攝)

摯友羅梅枝、蕭幸一先生全家福家福

秋岳叔赴日深造，作者（右一）三姊妹歡送。（民國五十五年）

秋岳叔赴日，母親與弟機場歡送（民國五十五年）

秋岳叔赴日，洪潮嬸（右二）送別

作者身著自製棉襖拍攝
留影(民國 53 年)

恩師——鄭煥先生全家福
(民國 56 年)

兄長大婚之日，作者與二嬸
留影(民國 55 年初夏)

作者留影(民國 54 年夏)

文友郭發展先生(民國 56 年
攝於基隆公園)

亦師亦友——廖松根先生
攝於林口觀音廟

廖松根先生與林淑梅小姐新婚儷照(民國 56 年)

作者結婚照(民國57年元月21日)

作者於洪潮叔家留影
(民國55年冬)

王維經先生挽著心儀的伴侶 — 作者，步向紅毯，共組家庭。

作者結婚照充滿自信迎向未來。

父母親主持作者結婚典禮(臺北),並與兄弟妹合照

作者大喜之日,眾親友齊聚一堂,祝賀留影。

郭發展先生與李佩珍小姐新婚儷照(民國57年)

作者父母(中)與外婆(右一)於台北作客留影(民國57年冬)

八童子姐攜女(前左一、二)訪台與梅枝姐(後左一)於作者家前留影(民國57年夏)

作者與忠兒合影(民國 60 夏)

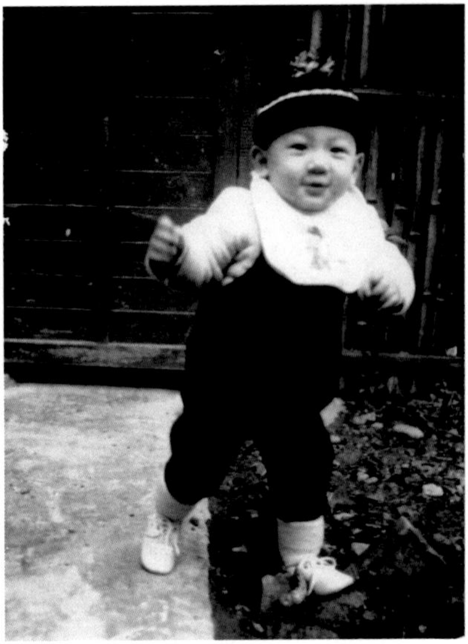

作者忠兒 10 個半月大留影
(民國 59 年冬)

作者與可愛的忠、恕兒二子合影

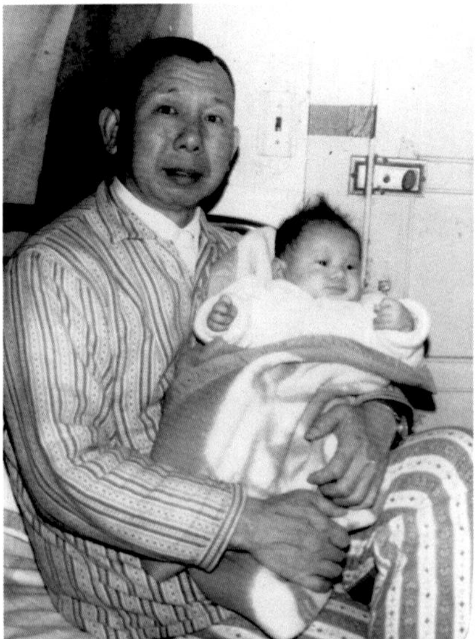

作者夫婿懷抱恕兒合影

作者恕兒滿周歲留影

作者夫婿與二子享天倫合影

作者夫婿與忠恕兩兒合影（民國六十二年秋）

作者全家福(民國 63 年新正)

作者與恩師伉儷於民國 103 年合影(左起作者、師母、鄭煥師)

作者摯友廖松根伉儷合影於桃園

民國 70 年夏，全家合影雙溪公園

一家四口羅東之旅，好友
張老師(左一)之邀
(攝於民國 65 年冬)

全家福攝於民國 69 年農曆新正

作者結婚二十周年誌慶全家合影（民國七十七年）

作者全家福合影（民國八十七年）

首　章　初離家門遇貴人

民國四十七年初冬，農曆十月二十日，我在炊煙裊裊，秋風颯颯的傍晚踏出家門，隨林表叔到台北。

那天午後三點多鐘，我和二姐到後背山自家山園砍柴，兩人剛爬上半山腰，忽聞母親在屋後的山腳下大聲呼叫，我倆立刻回家。到家母親說，興驥叔婆林家外甥來家，要接我上台北。那時父親與下屋的雙樓叔，正趕一牛車穀包回家。

父親尚未卸下穀包，乍聽說林表叔來接我，當下愣住。之前曾聽我提過，叔婆介紹我上台北幫表姑煮飯看孩子之事，父親不以為意，沒想到會這麼快成為事實。

年逾七十六歲的祖父，聽說我要出遠門，一向節儉的他，大方從衣袋裡掏出十塊錢給我壯膽，我非常感動。

我年紀雖比兄姐小，但身高體健，上山下田操作農務，身手俐索，不輸兄姐；而且平日敢上街買賣，是家裡不可缺少的好幫手，父親怎麼捨得我離家遠去？去台北工作，這是一個機會，去或不去，很難決定，父親頓陷兩難。

我一個女孩家，在鄉下的工作機會不多，幫人鋤草，摘茶，一天工錢也不過寥寥七八元，況且雨天就不能工作；若在外工作，即使刮風落雨都有工資可拿，在家鄉碰到這種天氣、只有蹲在柴房剁柴攘樵，沒有點滴收入，實不願待在家裡吃閒飯，徒增家庭開銷。思前想後，我非走出去不可。

父母親見我意志堅定，也只有同意我去試試看，說如不適應，隨時回轉家來。家裡無閒錢給我壯膽，我飛奔到對面米姑婆家，向菩薩心腸的姑婆借三十塊錢。就這樣，我身上揣著四十元，收拾幾件日常換洗的衣物，用一塊大方巾包妥，依依不捨離開溫暖的家。走出廳下大門，母親背著甫滿二個月的么弟，表情複雜，話語清析地對我叮嚀又叮嚀，說女孩子出門在外諸多不便，要我凡事小心謹慎，若不習慣，立刻回家。

我掀起母親揹衫，看到臉色紅潤安詳熟睡的么弟，心中一陣悸動，不覺淚水順腮而下，哽咽跟母親說：「媽我來去了。」回望父親和祖父在後相送，我抿緊雙唇，快步下石階，不敢回望。

林表叔和我們劉家一樣，都講饒平話，初次見面雖有些生分，因使用共同語言，不覺有隔閡。他說他正在就讀高中，姐姐在小學教書，姐夫在菸酒公賣局上班，有兩個小孩，極需請我前去幫忙照顧。

我們尚未走到紙寮窩口，二姐氣喘吁吁從後面追趕過來，大聲叫住我，她撫著胸口說：「爸爸吩咐，說表姑是當老師的，家中必有藏書，叫妳空暇多看書自修，要增志，不可敗壞門風，切記切記啊！」

我把父親叮嚀的話，牢牢記在心坎上，立志決不辜負父母親對我的期望。我和二姐揮揮手，大聲說我知，我知了。轉彎時回頭望，二姐仍痴痴地立在原地……。

我和表叔搭芎林往新竹的最後一班巴士。到達新竹終點站，華燈初上，街上閃爍著迷人的燈光。表叔說現在搭火車北上，到達台北可能半夜了，先到楊梅高山上軍營，父母經營的福利社住一宿，明日一早再北上比較妥當。離開淳樸熟悉的家鄉，到熱鬧的城市，我已不辨方向，只得跟緊表叔走。

我們搭上開往台北的慢車，經竹北時，天色已全暗。在車上我迷迷糊糊，不知搖晃多久，火車才抵達楊梅站。不料剛下車，老天就下起綿綿細雨，表叔領著我從軌道邊坡走下去，再走一小段田埂路，就開始爬坡。這時雨越下越粗，崎嶇山路已滙集一道水流，更兼陣雨沖刷，路面濕滑，我一手抓緊路旁的草根樹枝，小心攀爬。所幸天色濛濛尚能辨識路徑，可這山路既彎曲又陡峭，一不小心兩腳就往下滑溜。表叔在前遇到階坎時，他便轉身伸手用力把我往上拉。他說這條山路，是兵營阿兵哥假日到楊梅鎮看電影，必走的捷徑。

萬沒料到，第一次出遠門即遭遇到這種惡劣的天氣，令我哭笑不得，五內雜陳。

今元月我虛歲十八，實足十六。

春節後和哥哥聯袂去竹北鄉「台元紡織廠」應徵工作；哥哥因去夏大病後，體力尚未恢復，體重過輕，沒被錄取。我錄用後，寄宿竹北小姑母家，下班回來須幫忙挑水，準備豬食。前一個月是試用期，白天工作八個小時，以浮石磋磨銹蝕的機械鋼板。第二個月被分派至拼條組製作粗紗，開始日夜輪班，一天長達十二小時的工作。

我的體質不適夜間工作，不多久體重驟降，兩隻眼眶，黑如粉墨，睡眠嚴重不足。雖然在工廠每月有三百多元收入，比在鄉下幫人摘茶、扛竹把、木材強很多，而且風雨無懼，可惜無法得到充份休息；而且姑母嫌我早上梳辮子費時，叫我把頭髮給燙了，令我非常痛苦。

我咬緊牙關苦撐三個多月，終於豎起白旗投降，辭職不幹啦！回家後，父母親雖然感到惋惜，但並沒有苛責我。哥哥因極想入廠工作，卻因體重不夠格，被拒門外，不能如願，因此非常不諒解我，對我沒有好臉色，成天叨唸我不該辭工，叫我煩都煩死了。

家裡窮，我們做兒女的都了解，每人急著想為父母親分擔解憂，尤其年前那一場全家大小不幸生病後（註一），父親已債台高築，我們三個較年長的兄姐找不到開源的良策，哪裡有木材竹把可扛，不辭路遙地遠，山路多麼崎嶇險峻，我們三人都搶著去做，多少能掙幾個銅板貼補家用。

八月初大房的興銓叔，他在街路上開的雜貨舖，正要趕製中秋月餅，急需人手幫忙，我賣菜路過聽說，即自薦前去。

興銓叔，說每天凌晨四點多到對街井頭挑水，磨豆子，打掃等雜務，所以要帶換洗衣服在他店裡住下。興銓叔次女叫久妹，與我是小學同學，畢業後考上芎林初中，目前就讀新竹女子高級中學一級。

每當我挑完水，打掃店舖裡外，累得滿頭大汗吃朝飯時，看她身著雪白襯衫，黑色褶裙，揹著「竹女」的書包，載欣載奔去趕搭巴士上學，我心中好羨慕喲！想自己在學校成績優異，繪畫，國文，音樂，體育是全班的佼佼者，卻無緣升學……唉呀！人家爸爸有錢供她繼續讀高中。父親空有高中學歷，只因沒出外謀職，而在家鄉耕幾分薄田，下面有五個幼弟，只有一個在讀小學，都沒有工作能力，我們做兒女的只有奮力工作，以減輕父母肩頭的擔子啦。

中秋節前夕，製月餅的工作告一段落，我就打著包袱回家。

晚上父親即去興銓叔店裡結算工資，我們還沒熄燈就寢前，父親雙手抱著一紙袋的番薯餅回來，幾個弟弟見了喜形於色，一擁而上，歡喜地說：「爸爸買好多月餅！」

父親有些不好意思，說原以為我幫忙做十來天月餅，多少有些工資吧！豈知興銓叔取出我們家的賒帳簿，把算盤一撥，七除八扣，剛夠還賒帳，無有餘錢可取。父親撥撥前額頭髮說：「你銓叔很夠意思，沒讓我空手而歸，送了二十個香噴噴的番薯餅，全家大小都有份。」

雨越下越大，似無停歇的樣子。

整個楊梅鎮的大地更加昏暗，我好不容易爬上崗頂，看到樹影搖晃處有燈光閃爍。表叔和我已被雨水淋個濕透，他伸手指向燈光處說：「喏，到了，那裡就是福利社！」

姑婆約有六十來歲，人很福泰，一臉慈祥，看到我倆的狼狽樣，很心疼，叫我先去浴室沖澡，隨即到廚房煮兩碗熱麵給我們暖暖身子。

放下碗筷，時鐘敲十下。

姑婆說，時候不早，叫我將就跟她擠一擠，明朝趁早上台北。

翌日是個大好天，我和表叔吃過朝飯後，向姑婆告辭。即循昨晚上山的路徑下坡，地面已不再濕滑，因是下坡比較省勁，不一會工夫即到楊梅車站。搭上往台北的慢車，車票大概是六塊幾毛錢。

坐在車上我很好奇，近乎貪婪地望著車窗外倒退的景物，發呆冥想，心裡想念著父母家人，他們現時不知在做什麼？而父母親可不清楚昨晚我沒直接上台北，卻是遭遇在風雨交加昏暗的山路上摸索攀爬。

這班慢車每站都得停靠，以便往來旅客上下車，我坐得屁股發麻，不知過了多久，火車才抵達終點站——台北。

表叔帶我從火車站出來時警告我，說城市裡有很多無賴，有人問你要坐三輪車嗎？要裝老練說：「不，我認路不必坐車。」寧可走遠些再坐，千萬不可在車站前搭車；還有火車站後面更不能去，聽說那裡有販賣人口的拐子……

初來乍到，我聽得心驚肉跳，心想城市裡怎會有那麼多陷阱？那麼多壞人？

表叔大概常來台北，他老馬識途帶我衝出人群，跨過兩排高高椰子樹的中正路（今忠孝西路），往館前街走。

他說左手邊是一個大市場，賣青菜、魚肉、雜貨等吃食的小攤，很熱鬧。表叔走到新公園，穿過外貌不大像中國建築物的「台灣省立博物館」。七拐八彎走了好幾條大街，經過龐大的紅白色建築物時，指它說這是總統府，我瞪大眼睛應聲道：「喔，好大一座喲！」

我像個傻子似的，他的手指東，我就往東看；他的手指西，我就朝西望。

我們又走一段不像鬧區的街道，來到一處廣闊的地方，他指著工人擔砂石，走在四周用孟宗竹做鷹架的圓型建物，說這正在蓋「國家科學館」。

「喏，後面那紅色古典建物像皇宮似的，是「中央圖書館」。

「瞧，左邊這棟很漂亮吧！它是「國家歷史博物館」。

「這，後面有一大片樹林子和池塘，叫做「植物園」，人們稱它「都市之肺」。

從一大遍樹林子鑽出來，這時突感飢腸轆轆，沒有手錶不知是什麼時辰。所幸表叔說，這條馬路叫「和平西路」，我姐就住在這條馬路邊的巷子裡。轉入巷口看到牆上釘的長方形路標——和平西路二段六十巷。走進巷子先左轉一小段，再右轉一小段，再左轉入一條兩面屋簷幾乎相連的深巷。

表叔說，我姐住在最後一間，好認。

表姑住的房子，是這條巷弄裡最大間，屋面的寬是隔壁人家的兩倍。客廳裡隔一間通鋪，左邊也有兩間房出租；再進去是廚房，廚房邊有一個樓梯，通往小閣樓，表姑一家就住在樓上。廚房後面一小間堆放雜物，且有一個石磨；勾頭一看，左邊那兩間房間是懸空挑起的，下面空地裡養著一群聒噪的雞鴨。

表姑長得高頭大馬，皮膚黝黑，目光犀利，約莫三十出頭。長子四歲，聰明可愛，次子才一歲多。表姑說，我的工作是照顧小表弟，煮三餐，洗衣，打掃房間等等，月薪兩百元。其實還得剁柴，做煮飯燒生煤升火用；每天要磨米漿，煮米餬給小表弟做點心，以及餵雞鴨等。

表姑上班帶大表弟去，一整天我揹著小表弟做家事，常被小表弟尿得背腰濕透；為哄小表弟我會揹他走出大門，在巷內來回走。對面這戶人家，太太是大陸人，在國語實小教書，有一個八九歲女孩；她隔壁那位太太，有三個健康活潑的兒子，先生也在國語實小當老師，他們是客家人。那時候教師所得微薄，這位太太精明能幹，除照顧三個孩子外，還替人做衣裳，兼做蒸菜包賣，並且在屋後有限的空間養雞賣，增加收入。

安定下來，託表姑幫買紙筆、郵票和信封，即給父親寫信，說在此一切很好，請父母親放心。但是每天夕陽西下時，聽到火車的嗚嗚叫聲，我就心焦，想念家鄉的親人，循聲望向西邊，想那火車是從西邊的家鄉北上而來的，又感到無比親切溫馨。

表姑丈是台大農學院畢業的，長得也是高頭大馬，猛一瞧，與表姑倒像一對兄妹。他人很好，隨和，話也不多，每天按時上下班。

一天下午來了一位白胖的日本太太（註二），身邊跟著一個五歲男孩。表姑帶她參觀客廳及每個房間，和後面廚房轉一圈，那位太太還爬上閣樓去瞧瞧，下來時說：「有道！」（日語）原來表姑要另購房舍，這間要賣掉。

冬至那天，表姑的族親前苎林鄉長——林祺業先生，到表姑家吃惜圓（客家鹹湯圓）。以前隨父母到田裡工作，在路上經常會遇到他。鄉長長得像一尊彌勒佛似的，笑呵呵，一團和氣；今晚在這異鄉他突然蒞臨，讓我有如見到親人般親切，使我非常想念父母親及弟弟們。

到表姑家已滿一個月，她付我二十張十元面額的鈔票，我小心收好。這天白胖和藹的日本婦人，又到表姑家來。表姑見了她很愉快請她稍坐，即上閣樓去。時序已十一月，北台灣的氣候蠻寒冷，這時小表弟在我溫暖的背後撒一泡尿，我立刻解下來換尿布，免得腰背先熱後涼。

這位日本太太，操一口不是很純熟的國語告訴我，說她的先生姓陳，在一家餐館當大廚師，已買下這間房屋的地上權，等手續辦妥，就搬來住。她看我褪下濕答答的尿布時，隨口問我一個月工資多少？我手比出二，她同情地說太少了，到我先生工作的餐館端菜，比這裡還多，而且供應中午晚兩餐，說如果需要換工作，可以來找我。

一週後，表姑在學校附近的汀州路小巷租妥房子，我隨她一家把家當什物搬進去，第二天立即給父親寫信，告知已換了地址。

這棟房子有寬敞的院子，與別人分租，表姑一家住在一間大通舖，我住在廚房後面約六尺見方的小房間。因處在萬華至新店線的鐵道旁，不時會聽到氣笛嗚嗚的鳴叫聲，兼火車在軌道上滑動行走的匡噹聲，非常不寧靜。

這天表姑不上班，叫我背小表弟跟她上街，我們坐一輛三輪車經過總統府，到重慶南路一個轉角處下車。表姑牽著大表弟走前面，不時回頭看我跟上沒？我隨她停在一個辦事處前騎樓，她叫我牽大表弟在外面等她。表姑逕自走進辦公大樓，過了好一陣子，她滿面緋紅，眼眶含淚，氣咻咻走出來，叫部三輪車，我們四人默默回家。

天黑後，姑丈下班頭垂垂回家，我背著小表弟剛把飯菜做好，正要端上餐桌時，突然聽到姑丈說：「不要這樣！不可以這樣啦！」間又聽到表姑氣急敗壞大聲說：「你好大的膽子，竟敢這樣做？你不照照鏡子，哼！」我一聽不對勁，立刻轉到通鋪瞧瞧。只見姑丈雙手抵額頭，被逼到通鋪牆角，嘴裡討饒說：「不要這樣嘛，有話好好講，不要讓人笑話。」他話還沒說完，表姑的拳頭像驟雨般，招招落在姑丈頭上，背上，肩上，大表弟嚇得瑟縮在通鋪角落，號啕大哭。

我從小沒見過父母爭吵或拳腳相向，乍見這光景，竟嚇得發抖，害怕他夫妻會鬧出亂子，急得淚流滿面，叫表姑別打了，孩子嚇壞了呀！姑丈從通鋪這頭，躲閃到通鋪那頭，雙手護頭連說，不要這樣……表姑像中了邪的瘋婆子，雙拳不停猛捶，破口大罵，不要臉的東西，看你還敢不敢……。

我把大表弟抱到廚房，安撫一陣，盛飯給他吃時，他還嗚咽著。看表姑夫妻平日和諧相處，挺恩愛的，可怎麼突然反目打起架來？我心中一片茫然，不明白她倆為了什麼事？不過我有些懷疑男女雙方，必定有一方出了問題。我心中暗自立下誓言，以後我若結婚，一定要像媽媽對爸爸那樣溫柔細語，體貼周到，決不與夫吵架。

尾牙前，表姑雇輛小貨車，載著家當搬到南昌街，台灣銀行後面一條巷子裡，我這才恍然搬汀州路時，表姑叫我不必解開行李的原因。表姑買的這棟房子是日式兩層樓房，比和平西路那間大一倍多，雖然年關將近，我還是寫封信告訴父母親，我們又搬家啦。

表姑的舅表妹——信娟姑是宗親，她來玩，看我穿的裙子單薄，說台北天氣太冷，應該做一件料子比較厚的才能禦寒。晚上，信娟姑帶我到圓環天水路，買一件三十五元的黑色外套，另裁一塊紅黑色格子衣料做裙子。拿回家，我把裙的下襬先縫妥，然後順著格線摺疊壓在床墊下，使它服貼；可是裙頭無法用手縫，忍痛花了三元五毛錢，請裁縫師傅用車針把拉鍊縫牢。

農曆十二月二十八日，信娟姑要回鄉過年，我即隨她結伴同行。除了包袱，還帶兩個空的奶粉罐，母親可用來放砂糖比較密實。

表姑給我第二個月兩佰元工資外，另八天工沒算錢，而只給二十元，說給我坐車用。

這一家人很怪異，兩人都是高學歷的知識份子，且有令人羨慕的職業，夫妻長得像兄妹，高瘦黝黑，卻像仇人似的，大小每天必吵一回，也不嫌累！最絕的是表姑另一患小兒痲痺的弟弟，他來看姐姐新房時，劈頭對我說：「妳有二十六歲了吧，好老相喲！」

天哪！我虛歲才一十八，正值青春年華，他竟說我老，好傷人喏！

回到家鄉驚喜發現，紙寮窩已於年前牽電線，小路沿途埋設電線桿，有了照明路燈，象徵落後的煤油燈，因此走入歷史。但一般家庭為了節省電費，沒人用六十燭光的大燈泡，幾乎都用十燭光的電燈泡。

離家兩個月，父母親說我變胖啦，父親說表姑家應比家裡吃得好。我把兩個月的工資肆佰元及車錢二十元加上，再減去買衣裙及回家車資，剩下的全交給父親，我到街上買十幾顆糖漬的橄欖，去還向米姑婆借的三十元時，雙手奉上。她老人家常感喉頭癢癢，口裡含一片橄欖，好像能鎮咳；米姑婆口裡含著橄欖片，無牙乾癟的嘴很有滋味嚅動著，還不住地誇我曉得（懂事）。

註一：見《否極福來》前六篇。
註二：見《否極福來》中之〈天涯若毗鄰〉篇。

第一章　一年三易工作

新春期間與父母、兄姊和五個弟弟，歡聚一堂共敘天倫，其樂融融。莊稼人過春節遇到好天氣，即使才初二就得開始到田裡工作，我也參與整頓田坎。不覺到初五，我向父母親表示要上台北找陳太太謀事，母親還是那句老話——女孩子在外生活不便，叫我別去了。

其實母親是擔心我在外會被欺侮或學壞；父親說我不在家，二姐天生害羞又無膽識，不敢上街，所以賣農產品或購買家用什物，都得靠母親，而母親又要照顧年幼的弟弟。么妹（註一）剛上初中二年級，二弟在讀國小，全家一半以上成員沒有工作能力，我若不出外工作幫忙掙錢貼補家用，父母親的生活擔子，只有越來越重，思前想後，還是得踏出家門才行。

我徵求父母親同意，讓我再去闖闖看，去找那位陳太太。最後父母親終於應允，父親連過年的壓歲錢，共給我一百元備用，我拎起包袱，依依不捨離開家門。

在台北火車站下車時，一群三輪車伕一擁而上。問要去哪裡？可算便宜……還有一些不知幹什麼的閒人，亦步亦趨問要找工作嗎？介紹費算便宜……。我謹記表叔的告誡，一揮手，說我是來看親戚的，我認路，不坐車啦！鑽開人群，跨過兩排高高椰子樹的中正路，七拐八彎，嘿！我真的認路耶！循著去年隨表叔走過的路線，沒多久我就找到和平西路二段六十巷了。

這位慈眉善目的陳太太，對我如約到來，熱烈表示歡迎。

她的日本名子叫——渡邊八童子（註二），他先生叫她秀英。她說我比她小，叫她姐姐即可。她的小男孩叫祥一，搬來不到一個月，已經跟斜對面蕭老師家的孩子，玩得很熱絡，我跟他打招呼時，他忙著抱一堆玩具，逕自到蕭家去了。

晚上陳國祥先生回來，見到我便說八童子很喜歡妳，以後有個伴，還可以跟妳學講中國話，叫我就住客廳通鋪，明天上班去打聽打聽，幫我找工作。

第二天陳大哥就帶回好消息，他說是一家山東人開的「悅賓樓」正需要人手，明天即可去上班。當然第一天去報到，是坐陳大哥的自行車後座去的。

「悅賓樓」位在中正路和杭州南路交叉口，旁邊一棟三層樓建物是審計部。這家餐館一樓有間寬濶的大廳，最裡面有弧形舞台，三面垂掛紫紅色絨布幔，感覺很高貴豪華，廚房在後面。樓上中間留一走道，兩旁隔成許多房間，裡面可擺一或兩張大圓桌。最後面隔成一道橫枱，客人點的菜餚全擺在上面，盤子邊上夾個木夾紙條，上面寫明菜名和桌位號碼。我和一位南部來的胖小姐，第一次上工就是派在二樓服務。另有三位點菜的男跑堂和二位本地服務人員。

我早上搭〇東的公車，車票五毛錢，繞經九條街才到達餐館。八點一過採買的員工，用三輪小貨車載回當日應用的豬牛羊肉和雞鴨魚蝦、蔬菜瓜果等。卸下一大包蝦子，我們數人圍著圓桌，忙著剝蝦殼。

十一點半後，食客陸續光顧，在這裡問客人不能說：「您還要飯嗎？」而要說：「您要添飯嗎？（或盛飯）」。要飯是對叫化子說的，我小心謹慎學習。

週六週日經常有人辦喜事。一樓大廳客人很多，很熱鬧也很忙，這兩天我們會被調派到大廳服務。平常日下午約兩點即休息，飯後可在圓桌上趴著小睡一下，約五點過後吃晚餐的客人才會登場。晚上九點打烊後收拾妥當才可下班，通常十點前可返抵家門。陳大哥有時先我而回，有時與朋友聊天則比我晚歸。姐姐待我梳洗後才熄燈就寢，有時會聊一下，問我的工作情形。

不知不覺忽已過了一個月，餐館是逢五和二十發工資，我第一次領到三百七十幾元，好開心，回家拿房租給姐姐，她堅拒不收。我盤算一個月工資足足超過七百元，真是太好了。第一個月，我請一位老成的同事幫我去郵局滙六百元給父親。父親來信說這麼多錢，他著實嚇了一跳，繼而一想，這是我一個月的辛苦所得，並非做了壞事，心裡就坦然啦。

一位高大的馬先生，趁無人在時跟我借錢，我老實告訴他，工資都滙給父親貼補家用啦。他不死心，一次，他說只借二元五角而已，問他做何用？他竟說要買新樂園香菸抽，給他錢之後，我盡量不與他碰面，免得他犯了菸癮再向我借。

那位南部來的小姐，長得很胖，台北兩個老鳥欺生，給她取外號叫她「大叢」，她便應聲。她們叫我「勞高乓」，我裝沒聽見，因那非我之名。一天南部小姐說是感冒，問我借了三十五元要看醫生。後來一位女同事對我說，她比我大方，請兩位同事去吃消夜。啊！我被騙了，她說感冒，是為博我同情，其實是謊言。她一口怪異的南部閩南語腔調濃濁，尾音很重，不易聽懂，這撒謊的人是不可交的，對她避而遠之為妙。後來她到中華路北平致美樓工作，向我借的錢當然一直沒還我。

這一陣子寒流來襲，氣候驟變，很冷。姐姐看我衣衫單薄，便把自己的鵝黃色呢絨短大衣，要我穿去上班。中午休息時，我睡沉了，搭在背上的大衣滑落，忽有人撿起往我身上披。我瞇眼餘輝瞄到一位年輕的跑堂，竟然坐在我身旁寫毛筆字，幫我披衣的顯然就是他，我只得站起來把大衣收好。

忽憶起近幾天我午睡時，似有人在旁展紙磨墨的動靜，當時我太累沒有警覺，這會我全明白了。正要離去，他突然把我叫住，拿著書法簿，說：「劉小姐請妳看看，我寫的毛筆字寫得好不好？」我接過來瞄了兩行，內容是——最近來了一位漂亮的客家小姐，長得落落大方，氣質很好，國語標準，聲音好聽，但態度有點凛然不可侵犯的樣子！

我立刻把書法簿還給他，我坦白說自己只讀到小學畢業，認識的字不多，對不起，我看不懂耶！他哦了一聲愣住，便說沒關係，以後我每天可教妳一點。

從這之後，午休時我不敢在二樓趴桌上休息。我找到一樓大廳舞台布幔後面堆放雜物的小空間，這裡很隱密，又安靜無人侵擾，我便窩在這小天地午睡，直至我離職無人知曉。

一週後，這位跑堂他告訴我，下個月他將調到老闆另一家「會賓樓」餐廳服務，以後見面不易，問晚上可否陪他看一場電影做個紀念？這是一個欲接近我的藉口，我哪會不察？我說九點下班回家已經很晚了，不可能再去看電影。他沉默一會，我發現他失望落寞的眼神。

第六天我下班搭公車，發現他跟我坐同一輛公車，這可不得了，莫非他想知道我的住處？我心裡納悶著，嘀咕著，要怎樣才能擺脫他呢？我一路忐忑不安。在南昌街郵局站下車步行右轉即是寧波西街，我一轉，他也跟上來了。街上行人稀少，天上飄著鵝毛細雨，他忽伸手說要幫我拿雨衣，說夾在腋下太累了。真是笑話，腋下夾件雨衣會累死人哪？我在家鄉上山下田，肩挑八九十斤重物都沒喊累。

不行，我決不能讓他知道我的住處。我有時故意走慢點，有時又加快腳步，他的步伐也隨我加快放慢，走到六十巷口就快到家了，怎麼辦？這條短短的巷弄有幾個轉折，我熟悉，陌生人可不一定。我打定主意撒腿就跑，上氣不接下氣，越過姐姐家旁小水溝，使勁往上一躍，到上屋黑暗的屋簷下貼身而立，屋裡阿婆聽到有人站在她屋簷下，突然打開門，問：「係向（是誰）？」我屏息用食指豎在嘴前，示意叫她關門不要出聲，她說句「阿呢喲！」即把木門關上。喔！我鬆了一口氣，好感激阿婆幫忙。

我站了約莫二十幾分鐘，只聽到巷子裡回盪答答來回的走路聲，一下急步，一下停頓。後來答答的皮鞋聲，漸行漸遠，終於消失了。我這才下坡越過水溝摸到姐姐家敲門，姐姐開門時按亮電燈，我立刻關掉，小聲說有人跟蹤我，她連說兩句日語「是嗎？」並勾頭朝門外張望。

翌日我上班，這位跑堂已離開悅賓樓。一位客籍年輕採買員，我下班時，未經我同意，竟與我搭同輛公車，說要保護我，我很煩，不好正面表示不悅，他可能想知道我的地址吧！我提前一站下車，他也跟著下車，與我並排走，走著走著，他忽然把左手伸過來攬住我的腰，真討厭！我把他的手移開時，說：「我不喜歡這樣！我要一個人自由自在地走，你請回吧！不可跟來。」他先是一愣，後來知趣地走開了。

一日午餐後，看到老闆和跑堂，前擁後簇攙扶一位身材高大，體形胖碩，長鬚飄逸的老先生下樓，才知道他就是鼎鼎有名的行草書法家—于右任先生。

第七次的發薪日，我高興領到四百出頭，可萬萬沒料到我接過薪水袋時，那位主事的頭頭卻毫無表情，冷冷地說：「劉某某妳明天不必來上班了。」我傻傻應聲是，便問身邊的老鳥：「妳明天也不必來上班嗎？我們都放假是嗎？」這位住在隔壁屋的在地小姐表情踐踐地說：「叫妳勿免來，就是回家吃自己啦！」待我搞清楚是被辭退時，兩條腿馬上癱軟無力。天哪！那就是，我失業了。

我雙腿乏力，無精打采，好不容易才摸到姐姐家。姐姐看我的臉色不對，頻問發生什麼事？我只有直說。陳大哥叫我放心，他明天抽空幫我問問別家餐館。

失業第一天，我留在家中幫姐姐打掃屋內外，擦玻璃窗，並同去龍口市場買菜。姐姐說本來一個人在外打拚就不容易，說她年輕時也是從鄉下到東京打工，才認識善良的陳大哥，因此託付終身，並跟他到台灣來。她說在台灣也不是長久之計，陳大哥雄心勃勃，想攜帶家眷到歐州闖闖看，而且正在進行之中。

晚上陳大哥帶回好消息，說已在漢中街一家素菜館幫我找到工作，即日可上班。不過這家的工資少很多，一個月才三百元，供應兩餐，叫我將就先去上工，以後再找工資高一點的餐館做。真是禍不單行，我剛上工即患耳疾，就醫花掉三十五元。

這家素菜館，客人最喜歡的是「雪裡紅」素包子。年輕的老闆夫妻，兩人貌合神離，經常發生口角。我們幾個跑腿的很憂心，只裝做沒看見。一天，新店一位客人來訂兩桌素席出外燴，說是給新生兒做彌月。大廚和一位助手及我三人準備妥當，坐著人力三輪小貨車，把菜餚、桌椅、盤碗、蒸籠拉到客戶家。

這是一座簡樸的小洋房，雖不寬敞，但精緻乾淨又寧靜；院內花木扶疏，很是宜人。午餐後收拾桌椅等裝上車，我順手把垃圾帶走。女主人笑盈盈走過來給我一個紅包，說：「小姐妳服務很周到，辛苦妳啦，這點心意請妳收下。」

我一時錯愕，忙說：「太太，這個請您交給大廚師吧！」太太說已送給他們兩位了，這個是送給妳的，收下吧！我作揖謝過之後，在廚房把紅包裡的錢抽出來，哇！六張嶄新的十元鈔票，我把它對折，紅紙袋折小，鈔票放中間裝在白襯衫口袋。

這真是意外的收穫，為了省滙費，想分三次夾在給父親的信裡寄。父親不愧是正直的讀書人，收到後，來信告誡我，說做人要誠實，不可做虧心事，說這樣做是違法的行為，叫我不可再犯；父親的教誨我謹記在心，未寄的錢不夾信裡寄了。

端午節前一位小堂叔來看我，我因此得知他大姐（他姐弟三人皆是叔公領養的）秀英姑的住處。在陳太太家打擾太久，無以回報，趁堂叔來，我即收拾一紙箱衣物，冒昧隨堂叔去秀英姑家。

林姑丈是六家望族之後，做水泥師傅，姑姑在家照顧五個男孩。一家七口住在金門街一棟違章建築裡。姑姑說地方太小，委屈我住廚房後面一間小屋，我們都使用饒平話，一家和樂親切。我上班時改搭○南公車，早上在巷子口，喝一碗豆漿，兩個小燒餅，花一元五角，解決早餐。

一天下班搭車回家，發現一年輕男子老盯著我瞧，心中起了警覺心。當我按鈴下車，他也跟著下車，當我轉入巷弄時，往後一瞄，怎麼他也轉入巷弄，這時我撒腿一口氣跑到姑姑家，推開木板門屏息躲在門後。這位男子在這短短的弄子裡，便走過來又走過去，心想莫非他在找朋友吧！當他發現我露在門板下的白鞋尖時，便大膽敲門，我只得把木門拉開，問你要找誰？他說走錯路，問要怎麼走出去，這也許是藉口吧！我對他說：「你從來的地方走出去就對了。」

這時姑丈聽有人講話，出來問我何事，我說是一個人迷路，走不出去啦。

到秀英姑家住不到一個月，老闆的素菜館就無法經營下去，盤給了別人，老闆說他無錢支付工資，因此我最後一個月辛勞，也化為烏有。

我又失業了，只得跑回姐姐家請陳大哥幫我找工作。他叫我明天來聽消息，翌日我如約去姐姐家，她見到我笑咪咪說：玖子，妳很幸運。陳大哥找到一家「山西館」

就在火車站旁邊，離這裡很近。他們需要兩位小姐，正好！這家的工資可能會多一些呢。

陳大哥夫妻對我熱心的幫忙，真叫我感激在心。

我到山西館上班被派在二樓工作，二樓加上隔壁的二樓，比一樓寬敞，擺的桌數比較多；一樓除掉後面的廚房，店面小很多，全擺小桌，有一位小姐足夠應付了。這家餐館的周老闆夫妻，氣質文雅，態度溫和，感覺很親切。最特別的是我們工作人員，不像前兩家吃客人吃剩的菜，而是另外炒三菜一湯，於十一點前，讓我們大夥先填飽肚子再工作。

山西館當時是以四種特製的菜餚，招徠饕客光顧，名聞遐邇。

一：名叫「甫國鷄」，類似咖哩燜爛的整塊雞大腿。

二：叫「鯉魚三吃」，即魚頭紅燒、魚的中段糖醋、魚尾清煮白蘿蔔絲，湯清味美。

三：是青葱白加蒜粒快炒海蟹，紅白綠相間，色香味俱佳。

四：叫做「快炒鱔糊」，鱔魚上面撒滿綠油油的香菜，端上桌再澆上滾燙的油汁，滋啦滋啦響，再撒上胡椒粉攪拌，膾炙人口，齒頰留香。他們送給客人的小菜，是黃豆涼拌醃芹菜粒，黃綠色澤，爽目可口，客人非常喜愛，讚不絕口。

這裡是每月末發薪，我第一個月領到八百多元（底薪加上客人給的小費），我好開心哪！翌日午休抽空到對面郵政總局滙柒百元給父親，並在店門口地攤花十元買一件無袖套頭暗紅色小衫，犒賞自己。

住秀英姑家，每天早出晚歸，通常下班到家已九點多快十點，表弟他們早睡了。這天有颱風來襲，天色忽晴忽陰，整天下著不小的間歇陣雨，但空氣卻甚悶熱。我在進大門的小廳左側，以一扇門板打地鋪，半夜忽感背脊一陣濕涼，驚醒翻身時一隻腳伸到鋪外，聽到物件落水聲，原來我的腳已掉落水中，驚得一躍而起，這才驚覺屋裡淹大水了，睡鋪漂到角落卡在狹窄的走道口。

我立刻喚起沉睡中的姑姑一家大小，這時屋外傳來叫趕快撤離到河堤國小的呼叫。姑丈夫妻從通鋪上面拖出衣物細軟，我背起較小的表弟，一手拉住另一個較大的，一家大小八口手牽手涉水，一步一步摸到河堤國小教室安頓下來。

天亮時，看到學校操場泡在汪洋大水中，我們吃過政府送來果腹的麵包，耐心等待水退。快八點我涉過及膝的污水到巷子口的電話亭，撥電話給山西館的同事，說我住的地方淹大水了，請代我向老闆請一天假。對方似不相信，說淹水妳如何打電話？我說我是赤腳泡在水中打電話的呀，我的衣服鞋子在住處泡水啦，好了拜託啦，不然電話亭過電，我會被電死耶！

第二天上班看報始知，中部彰化八七大水災，還淹死人了，家畜農作物全泡在水中，損失慘重。政府宣佈全國節約救災，每週禁屠兩天。

一天，店裡來兩位年輕的日本人，戴眼鏡長得帥的那位說，他在台灣大學讀書，名叫田島高志，剛剛得到在台外國留學生華語演講比賽，獲得第二名，和同學飯島先生來吃飯，是為自己慶祝，離去時問我芳名。一週後，他再度來店裡吃飯，送我一張他簽名的演講相片，說給我作紀念。

秋岳叔在中興大學法商學院讀書，一日他忽來找我，說他伯父（秀英姑之父）家井叔公，生病住在華陰街醫院治療。我下班後兩人去探病，距上回返鄉見他，不到二個月他竟瘦得不成人形，我當時哇地一聲哭出來，叔公得的是絕症肝病，他出院返家後，不久即去世。

我和秋岳叔聯袂回家送殯，叔公妹妹責我不該去送殯，浪費人家一尺頭帕。返台北的火車上，秋岳叔告誡我，說店門口若有人向妳兜售相片，千萬別看，更不可買。我說休息時間從不外出，都待在樓上看《中央日報》。

某日，一位中年廚師，鬼頭鬼腦拿一疊相片，叫我瞧，那時我正欲如廁，不疑有他，接過來即關上門，當我看到那不堪入目的相片時，很氣憤，把它撕兩半丟入垃圾桶。出來時他問相片呢？我說丟入糞坑了！他脹紅臉，急得跳腳嚷嚷，那是我花錢買的，妳怎麼可以……我心想：你心不正，污染了我清澈的雙眼，活該！

店裡的會計吳先生，他每天十點前到二樓來看報，午飯後待到下午四點才到樓下收帳室。他約三十出頭，據說是福建某大學經濟系畢業的，英語很棒，喜歡攝影。老闆說中秋節下午不營業，放員工半天假，我們好雀躍。會計約我和一位阿美族已婚同事阿蘭姐，說去碧潭划船照相。

我們三人坐小火車到新店，在碧波蕩漾的碧潭中划一下船，即上岸到沙灘拍照，吳會計很會取景，拍了不少相片。傍晚一起搭小火車回台北，受邀在他住處又拍了好幾張。他說我很上鏡頭，找一天午休到植物園幫我拍一組相片，製成幻燈片送我。

第二天阿蘭姐來上班時，不知何故，老用手遮著臉，我覺得有蹊蹺，追問下始知他老公打翻醋罈子了，把她狠揍一頓，連眼眶都紫青一片。我看了好心疼，心想，怎會有這麼不講理的老公吶？她又不是單獨與男生出遊，還有我呢！

一天店裡來了一位西裝革履的中年紳士，帶著十七歲妙齡女兒，這位女孩長得面目姣好，清麗可人，長長的秀髮披兩肩，風姿優雅，可惜染了棕色頭髮，失去東方女孩烏黑秀髮的特色。聽說，這位紳士是至聖先師孔夫子的後裔嫡孫呢！好巧我讀小學時，就有一位同學名叫孔德成。

我們店裡不僅來了這位名人，其實多得不勝枚舉，如黃啓瑞、高玉樹、吳三連等政治人物。至於港台演員則有趙雷、王引、王萊、張仲文，范麗；台灣有金石、穆虹等，經常來店裡大啖美食佳餚。店裡一位二廚，他名叫林峯，他吹牛說，林黛就是他親妹妹，還好我看報載，知道林黛只是藝名，她本姓程不姓林。

台北新公園（省立博物館後）正在舉辦商品展覽會，並要選出商展小姐。我下班到新公園想買票進去參觀，但售門票時間已過，我不得其門而入。看很多人撥開矮欉的黃金露樹籬鑽進去，我也尾隨而入。公園裡到處設攤位，參觀的客人摩肩擦踵，非常熱鬧。後來一位阮姓十七歲美少女，獲得第一名，第二名是賣文具墨水的陳淑芳（後當演員），第三名是錢蓉蓉（後也當演員）；她們各披代表自己公司名號的彩帶，站在卡車上繞市區遊行，好不風光。

入秋後天氣慢慢變涼，冬天我們店裡的特賣是北方「涮羊肉」。夏末幾位師傅就開始用罈子把切細的韭菜醃漬密封起來，讓它醱酵，這是涮羊肉的必備佐料之一。涮羊肉所以好吃，除羊肉本身鮮嫩之外，唯因其有羶味，全靠佐料蘸食，如芫荽、蔥花、蒜泥、薑沫、麻油、辣椒油、豆腐乳、醬油、醋、韭菜花等佐料拌勻蘸食，缺一則不可。

客人慕名來吃涮羊肉，店裡的生意很好很忙，老闆多請一位苗栗來，住在隔壁叔叔家的黃小姐。一日午休，她隨口低吟一首詩——月落烏啼霜滿天，……我一聽好熟悉喔，像父親教兩個姐姐的「唐詩」，一問果然是唐朝張繼的詩。翌日下午，我特地到重慶南路書局，花七塊錢，買一本《唐詩三百首》，回家背誦。

黃小姐長得明眸皓齒，體態豐腴，顴骨有點高，一雙蘿蔔腿，活潑外向，講話時大眼睛一眨一眨，像會說話似的，很討人喜歡。一天傍晚上班，她說，她約田島先生到劍潭見面，可惜他有課無暇赴約，而請飯島先生代表會面。我聽了大為吃驚，心想，她怎麼那樣大膽敢主動邀男生出遊？

這天店裡來了一位高瘦儒雅男士，與一位衣著樸實的淑女，他坐定後，自稱是文化界人，我不諳文化界何所指。他笑著說，就是搖筆桿寫文章的啦！他說《藍與黑》這部長篇小說就是他寫的，問我讀過沒？我不好意思搖搖頭。他從提包裡取出一本《吉屋出租》，說：「我的筆名叫王藍，這本書也是我的著作。」他說年輕人應多讀書增廣知識，也可改變氣質。他身旁這位身穿旗袍的女士，風度優雅，大概讀了很多書吧！

某日一位講閩南話的百貨公司老闆，請日本客人吃涮羊肉。這位日本人約三十出頭，他拿一張名片給我，上面的大名是——植田正六。他說他到台灣來尋求合作對象，他在日本的「皮卡索」化妝品公司服務，說下午在延平北路台灣銀行二樓，有一場化妝品現場示範表演，請我下午去捧場。

午休時我和阿蘭姐找到台灣銀行二樓，那裡擺的長桌上，果然排滿琳琅滿目的各式化妝品，參觀的人並不多，植田先生請我做他的「麻豆」，我不諳何謂麻豆，正想請教別人，植田先生請我端坐在靠背椅子上。即開始用棉花蘸化妝水擦拭我的臉，我閉目靜靜讓他在我臉上又擦又洗，塗抹一番。一會，他叫我張開眼睛，他拿一面鏡子讓我看，睜開眼，瞧鏡子裡的自己，著實嚇一大跳，不說，人家會以為我正要出場演戲呢！我很不自在，卻聽圍觀的人說：「變得好漂亮喔！」

待阿蘭姐化妝好已快四點，我倆說要回餐館去上班，便告辭。我倆頂個大花臉，走在熙來攘往的街道上，令人側目，只得舉高手臂遮著臉，低頭快步跑回店。剛踏進門，一位大廚師吃驚嚷道：「喲！妳倆怎麼變成大花臉哪？」我奔上樓衝進廁所，把臉上的粉墨洗得一乾二淨，這才大大舒一口氣，自在多了。阿蘭姐洗完臉出來，說很慶幸只被一人看到而已。

下班正要出門時，一位年長的助手，對我和阿蘭姐說：「兩位小姐要我送回家嗎？」他也許只是開玩笑吧！我竟不知天高地厚說，你有種就讓你送。當我走到車站等〇南公車時，赫然見他泰然自若坐在那。我神情緊張囁嚅問：「您要去哪呀？」他正經八百說：「我要送妳回家啊！」

天哪！我一句無心的玩笑話竟傷了他的自尊，我忽然害怕起來，怎麼辦？要如何擺脫掉他呢？好不容易熬到〇南公車進站，頭也不敢回，立刻跳上車，發現他並沒跟我上車，卻笑咪咪對我擺擺手，說：「明兒見！」

我這才大大鬆口氣，受到這次的教訓，想起大人喝叱小孩子的話——屁不能亂放，話不可亂講。從此之後與人交談不敢魯莽，特別小心謹慎。翌日上班，看到這位善良的長者，誠心誠意向他賠不是，請他原諒，他卻裝傻問我何事？

十一月初，陳大哥辦妥出國手續，那天我和姐姐母子，及他幾位餐廚界的好友，聯袂到基隆港送行，他夫妻父子三人，臨行依依，陳大哥特別囑咐我，叫我搬回去與姐姐同住，做伴好照應。他搭船到香港，再轉搭大郵輪赴歐，約一個月才能抵達目的地——德國西柏林。

在金門街秀英姑家打攪幾個月，當我告知將搬回姐姐家時，她滿懷歉意說，沒好好招待我，叫我窩在後面小屋子很過意不去。我說，姑姑收留我住下，這恩德是天高地厚，這輩子永遠不忘，有空定會常回來看您。（註三）

住姐姐家上班搭〇西公車，更近了。黃小姐能說善道，很快攀上一位在農林廳當處長的客人，沒幾天就辭職跟他到彰化去當工友。正當生意大好之際，她突然辭職，令周太太很不諒解，因此對認真工作的我和阿蘭姐，更加體恤。

當餐館服務生終非良策，植田先生在台合作若成功，可到他公司上班，為作準備，我和姐姐積極學習日語會話。一天午休我手寫香蕉注「巴娜娜」反覆練習，一位大陸籍年輕同事聽了，對我怒目相向，大聲叱責我：「你是亡國奴哇！日本鬼子打殺多少中國人，妳卻在講日本話！」我爭辯說，多學他國語言是好事啊！

我的話剛落，他面紅脖子粗，忽地一聲揮手摑了我一巴掌，我摀住臉奔到廁所哭，想我父母自來疼愛我，何嘗對子女打罵，阿蘭姐推門進來安撫我。兩位年長跑堂大聲喝叱年輕人魯莽，因此驚動在樓下的周太太，她身體瘦弱，扶樓梯上來，哄我別哭，說她會責罰他。我擦乾淚水向周太太說：「我不幹了，我自小父母從沒打過我，今天無端受他人侮辱，真地不能待下去了。」

周太太千拜託、萬拜託，說店裡這麼忙，你走了再也找不著像妳這樣勤快認真的小姐呀！自己細想，是那小子無禮，這跟工作何干？便順勢答應留下來。這時那小子眼眶含淚，直跟我賠不是說：若不是日本鬼子害他家破人亡，引來共產黨，我也不會流離漂泊，逃到台灣來，所以一聽有人講日本話就生氣，才……。

一天早上出門上班，遇到對面教書的太太，她問我願不願意幫人煮飯？說朋友是師大教授，人口簡單，管吃住一個月三百五十元。當下我說，在過年之前不會離開餐館，所以無法即時前去，未知能否等到明年初？她說，教授太太身體不好，急需立刻有人幫忙，大概不能等。

多年後讀《中央副刊》，一位作者龔書綿說，她畫國畫的夫婿，因兩人外出應酬，擱下畫筆。待她倆回家，發現夫婿未完成的芭焦樹已完成，本來以為自己記錯；後來證實，他未完成的畫作，正是家裡請來煮飯的小姐所作，她耳濡目染順手把它塗抹上去的。心想，當年我若到教授家裡煮飯，說不定教授會鼓勵我去夜校進修呢！

工作忙碌又疲累，感覺時光飛快，陳大哥離台不覺一個半月，姐姐終於盼到丈夫安抵西柏林的訊息，而且他已正式上班。他叫姐姐照顧好孩子，待他基礎打好後，可望明年底母子即可成行，到德國團聚。

春節將至，餐館放假，員工年終聚餐時，周太太悄悄塞給我和阿蘭姐各一個紅包，並囑咐我，過完年切記回店裡工作，我未置可否。

姐姐母子隨我到芎林鄉下過春節，她見到我父母親，恭敬稱「父母親大人。」父親在日治時期受過高中教育，對日本歷史、地理嫻熟，與姐姐交談甚愉快。父親表示能招待女兒的大恩人，是無上榮幸，多謝她對我的照顧。這期間因天寒，除在家附近看看外，陪姐姐到淳樸簡陋的街上走走，還特別到文林閣拜文昌爺。

祥一與家裡幾個年幼的弟弟，年紀相若，雖然語言不通，但小孩子天真好動，五六個男孩聚在一起，比手畫腳，還是玩得盡興又快樂。

註一：見《白雲悠悠思父親》書中之〈么妹〉篇。

註二：見《否極福來》書中之〈天涯若毗鄰〉篇。

註三：秀英姑民國九十八年往生，這五十年間，我每年都去看她一兩回，從沒間斷。

第二章　幫傭解決食宿難題

民國四十九年正月初三，我身上帶兩佰元，與八童子姐姐母子搭火車返台北，我暫時仍住她家。姐姐將赴德國與夫團聚，我不能再依賴她，所以必須找到供食宿的工作安頓下來。白天我外出找工作，看了幾家介紹所張貼的訊息，皆是找煮飯看孩子的，管吃管住，月薪在三百元之譜；有幾家徵店員，待遇雖比煮飯的高一些，但不供吃住，這就叫我為難了，因為租房子吃飯得另外花錢。

很不幸，在我每天早出晚歸找工作期間，眼睛竟患角膜炎，看一次眼科須付三十五元。五天後身上的錢將用罄，我內心很著急。

台北幾乎每天陰雨綿綿，異常寒冷，一天傍晚，踽踽走在行人稀少的廈門街小巷口，飢腸轆轆，即在小麵攤叫一碗一元五角的陽春麵果腹。一碗麵條當然填不飽我年輕人的肚皮，可我身上剩不到五十元啦！何況還得預留三十五元的介紹費呢。再餓也得忍住，不敢再叫第二碗。

望著那白氣騰騰的麵鍋，我直咽口水，顧不得自尊，鼓足勇氣跟老闆討一碗麵湯。老闆毫不猶豫，大方舀一碗給我，當下我感激得直跟他道謝。至今五十多年過去，每憶及那位慈悲心腸，施麵湯的老闆，仍感念不已。

初九是祖父的生日，傍晚我仍在介紹所等待，等待看有無適合的僱主出現。剛巧來了兩位高中生，聽其中一位跟介紹所負責人講，說家中父母及妹妹共四人，管吃管住，每月三百元工資，他留下資料即離去。

介紹所老闆說這家人在泉州街，人口倒簡單，問我願意去否？心想身上快沒錢吃飯了，先找碗飯吃要緊，待以後再看有無較好的工作機會。老闆以憐憫的目光對我說，妳若是初中畢業，工作就比較好找些，我聽了默然無語。

我決定後，老闆牽自行車陪我去。

這家人房屋位在巷子中段，是一幢與隔壁雙併，有前後院的日式結構屋。男主人在台北市政府上班，是位管娛樂稅的稅務員，方臉直爽，體壯膚黑；太太臉瘦削體弱，看人時兩隻眼睛滴溜溜轉，直透人心。夫妻倆皆是河北人，長男名添祥，在勵行中學讀高中；女兒名喚曉君，膚色白皙，不足三歲，很可愛。

目光犀利的太太對我上下打量一番說，就煮飯洗衣裳，打掃屋子裡外，工作輕鬆，既管吃又管住，妳做做看，要是表現好，三個月調三百二十元；當然啦，若繼續做，以後還會再調。

先生知我是客家人，誇我國語講得好。他說，以前請的阿珠也是客家人，嫁人多年了；她哥哥台大畢業，當過他兒子的家庭教師，現正在服兵役。太太問我幾時來上工？心想既然找到安身之所，就不要再打攪姐姐。我表示現住在和平西路朋友家，回去取衣物過來，就可上工。

安定下來，連夜給父親寫信，說女兒隻身在外會謹記父母叮嚀，牢記家規庭訓，請父母放寬心，不必掛念。

東家前後院都有榕樹，落葉很多。我每天煮好稀飯，到重慶南路小舖買小菜回家，即洗衣裳，晾上竹杆；接著打掃屋內，整理客廳，擦桌抹椅；再打掃前庭後院和大門外。

先生吃過早飯，騎自行車上班，少主也騎車上學，等女主人梳洗畢，哄小妹妹吃完早飯，她即去南門市場買菜，我是最後一個吃。廚房收拾乾淨，餵過兩隻狐狸狗，即陪小主人在院裡玩耍。小白狗叫拉奇，大的那隻不吠也不叫，老瞪著兩隻大眼睛瞅人，傻呼呼的，我就叫牠「傻瓜」，牠有反應，親熱地搖搖尾巴，以後我一叫傻瓜牠便搖尾巴跑過來。女主人看了大為驚奇說，牠一向不睬人，家人對牠有畏懼，從不敢靠近，牠卻乖乖讓妳幫牠洗澡。

女主人買菜，一定帶一個菠蘿麵包回來，給小妹妹當點心。我把蔬菜各別整理後，到煮中餐有一段空閒時間。那年代還沒有方便的瓦斯爐，煮飯燒菜全靠黑煤球；工人送煤球來，我要點收，吩咐他把煤球擺到地板下方空間放置。廚房是以鐵皮搭蓋在六尺寬的長形走道上，兩邊沒有門窗分隔，到前院的小巷弄僅一扇活動木板。

因沒有儲存食物的冰箱，因此，女主人得天天上市場買菜。包餃子時，太太教我用瓷盆和麵，她強調說麵要和得好，要多揉。記得三不沾法則：一不沾盆，二不沾手，三不沾擀麵杖。那時沒有絞肉機，餃子餡不管豬牛羊肉，都得切碎，剁得稀爛如泥，再加上蔥末薑米，拌上麻油醬油，最後再加上剁碎擠乾水分的青菜伴勻。

太太擀餃子皮，我學包，雖然捏得不像元寶，但只要不露餡就算合格。我們一邊包餃子，太太一邊講她北方老家的風俗人情，和親戚往來之情誼。下餃子時她便講順口俚語：「替（從）哪邊來了一群大白鵝，劈哩叭啦下了河，先沉底後飄著！」教我：水沸餃子下鍋後，要用鍋鏟輕輕動一動，以免沾鍋；每滾一次再加一次生水，共加三次；待餃子全浮到水面表示熟了，用漏杓撈起；放盤子裡也要用筷子動一動，以免縮水分，沾在一起破相。

東家訂《中央日報》，我每天忙完家務，即瀏覽認字不多的報章。一日看到「雅禮補校」招生新聞，怦然心動，這就是秋岳叔鼓勵我去唸的補習學校。我大膽與女主人商量，請求晚上可否允我上補習學校進修？太太聽了眼睛斜瞟我一眼說：「那怎成！我花錢請妳來家煮飯做家事，並非請妳去讀書啊……不成，我們晚上常有應酬，家裡不能沒人看，而且小妹妹也要有人陪，所以……」因此，我剛想進補校求學的願望，也就落空了。

日子過得真快，不知不覺，到此工作已經滿月了。我第一次領到三百元工資，即到南昌街郵局匯兩百五十元給父親貼補家用。父親來信告知：所寄匯票已領出應用，哥哥已接到入伍令，將於三月赴左營海軍基地服三年海軍役；並囑我注意身體及言行，對主人要忠誠守職，有空暇多看書；家人大小粗安，不必遠念。

一個月後，抽空去和平西路看姐姐母子，並謝謝她對我照顧，我工作地點離她家很近，會常回去看她。姐姐與鄰居蕭太太——梅枝姐很談得來，兩家四個男孩經常玩在一起。兩位姐姐待我親如姐妹，處處關心我，稍慰我這離鄉背井遊子情懷。

某日，想起植田先生要來台合作之事，就冒昧寫一封中文信到東京向他問候。兩個禮拜後，我就接到他的回信，並寄贈一本明仁皇太子和美智子完婚大典的精美雜誌，我如獲至寶。

心想讀補習學校不成，每週一個晚上學日語總可以吧！遂向東家試探我的請求，經他們考慮之後得到允許。學日語須繳學費，初級班一期三個月，每週一次，共交六十元。第三個月領工資，只能寄兩百元回家。父親回信，鼓勵我要認真學習；信內附一張父母和六個弟妹的合照——說哥哥在左營海軍基地受訓，想念家人，因此花錢到照像館照張相片寄去，以解哥哥思親之苦。

這天，阿珠的哥哥來看東主，正巧他夫妻都不在家，只有我和小妹妹倆。因同是客家人，相談自有一分親切，閒聊時他突神秘說，妳知道這個小妹妹嗎？我問何事？他說：妳看，她長得白白淨淨，根本不像章先生和太太，我懷疑，她絕不是太太親生的！那年我七月來，太太肚子平平的，不像有娠孕，十月再來就有這個小妹妹了；而且她和哥哥相差十五歲，妳說一個婦人相隔十五年之久，還會再生育嗎？

我認為就算小妹妹是太太抱養的，可這是別人家的隱私，沒有外人置喙的餘地。

我聽了不悅說：不清楚，我來這裡時她已快三歲了，不是親眼目睹，最好不要亂講。林先生聽我這麼說，有些不好意思，便自語道：章先生和太太待人不錯，我妹妹在這裡做到嫁人……。

一天介紹所老闆騎車來找我，說有一家皮鞋店待遇不錯，供兩餐，但不供住宿，問我願去否？對隻身在外的我而言，沒有住宿之所很不方便，而且租屋也要花一筆錢，當然不敢貿然換工作。我非常感謝老闆他守信諾，給我這訊息。

某日，我下課回家，走到巷口聞到一股水澆過的強烈焦味，原來是巷尾這家公賣局福利餐廳遭祝融肆虐，託天之佑，幸未殃及左鄰右舍。

端午節我向太太請三天假，和八童子姐姐母子回芎林。姐姐重視感情，禮數周到，說她年底將離台赴西德，因此隨我回鄉向我父母及家人辭別。全家大小對姐姐母子熱誠款待，依依不捨。

當日回台北趕晚上的日語課。下課返回住處伸手按門鈴，忽感有人往我臀部劃了一下，我急伸手去護，手指竟插入裙裡，我大吃一驚，抬頭望去有人騎自行車朝巷口揚長而去。在這有路燈照明的巷子，竟有歹人敢偷襲路人，怎不令我心生恐懼？進屋後發現我的洋裝連襯裙及內褲，三層都被劃破，臀部留下一道十公分長滲血絲的傷口。

為此，男主人在第二週我下課之前，特別到補習班附近，遠遠跟在我後面，看歹人是否再出現。東主章先生關心我人身安全，對我這份關懷，至今我仍感激在心。

兩週後，新聞報導：演員江綉雲（住斜對面）買檸檬，經過南昌街郵局旁小巷，也被人用刀片襲擊。不多久警方逮到一個三十七歲精神異常男子，他承認多起案件皆他所為。

東家除了《三國誌》和幾本明清舊小說外，沒什麼書籍可讀。我到泉州街區黨部對面一家出租書店，租書來讀。書店的老闆沈老伯（註一）人很好，貌醜心慈，他看我愛讀書，原一本租一元的書，全算我五毛錢。因他的特別優惠，我如飢似渴，每天去借，經常看到三更半夜欲罷不能，滿足了我的求知欲。之後，他送我一本狄更斯《雙城記》，在這裡我陸續租到大仲馬的《基度山恩仇記》，小仲馬的《茶花女》和夏綠蒂的《簡愛》。還有《咆哮山莊》、《赤地》、《華夏八年》等中外名著，大大拓展了我貧乏的視野，開闊我的心胸。

一天傍晚，我正在廚房忙碌，忽聞巷子裡人聲嘈雜，大喊「失火啦！失火啦！」

太太聞聲，踉蹌跑到玄關張望，回頭大聲喊我。看她的小臉嚇得泛青，不知哪來的力氣，從客廳壁櫥拖出一只樟木箱，叫我扛到後巷友人家。在這緊要關頭，我像得了神助一般，把沈甸甸的樟木箱往肩上一拋，扛著就跑，回到家兩條腿還在抖。忙亂中聽到有人歡呼：火澆熄了！火撲滅了！有人口唸佛經：「南無阿彌陀佛」。原來是右前方，一位寡居婦人家裡失火啦。後來太太調息了一個多禮拜，驚恐的情緒才漸漸平復。

我在南昌街小巷學日語，教初級班的陳老師是大陸人，他的日籍太太安藤老師教中級班會話。安藤老師的國語講得很好，溝通無礙。學生大都是成人，有空軍，海軍，大學生和社會人士。我每次提早十分鐘到，在教室外面等候前一班下課之前，同學們會聊聊學習心得和學日語的目的。一位師大生驚訝，我怎麼會講客家話？他原以為我是大陸人，猜我可能在某單位上班，我笑而不語。

一天下課後，這位師大數學系的楊君和李君，忽要求我留地址及送相片給他。我有些猶豫，但見兩人態度誠懇，也就答應了。下週去上課時，我即各送一張小照作紀念；他倆也各送我一張穿學生制服的相片給我，並互留通訊地址。楊君說他畢業後即回南部，這邊的課就不再來上啦。

一週後，我下課快步往巷口走去，訝然見楊君倆笑盈盈迎向我。他很誠懇地說：「劉小姐，請妳留真實的地址給我好嗎？」我驚愕說，不是抄給你了嗎？他正經八百地說：「妳給的地址是和平西路的，不是妳回去的住處啊！」

我吃驚問：「啊！你倆跟蹤我？」想到自己平日走路從不左顧右盼，專心快步向前直走，這樣很不好，以致被人跟蹤都沒察覺，以後要改進才是。

楊君說他雖然是美濃客家人，但已分發至高雄省立高級中學任教，以後南北兩地見面不易，問可否賞光陪我倆看一場電影？

心想，既然已知我的住處，何妨坦白告訴他，我就是在這戶人家裡幫傭，而且我只有小學畢業而已，跟大學生做朋友，真是不知量力，算高攀吧！他倆聽了瞪大眼睛，異口同聲說：「不信不信，看妳的氣質和談吐，不像只讀小學而已。」我再三表示，確實如此，沒必要撒謊。

我們三人遂邊走邊聊，言歸正傳，他想請我看加利．古柏和殷格麗．褒曼主演的《戰地鐘聲》。想到洋片總免不了擁抱和親吻的鏡頭，雖在黑漆漆的電影院裡，仍會令人感到不自在吧！即推說看不懂西洋片，去台北戲院看《七海遊龍》改編的日本片《七武士》如何？他倆無異議，即約定明日看午後第一場。

翌日我向女主人告假外出，保證五點鐘之前趕回家做晚餐。我在和平西路坐十三路公車，在昆明街站下車，李君已在站牌邊等候，兩人併肩走，老遠就看到楊君在電影院門口朝我們這邊張望。他倆雖是公費生，但都是從鄉下來台北讀書，生活節儉，他買了票，我若爽約不能退該怎麼辦？所以楊君看到我如約而至，即轉身去買票。

楊君溫文儒雅，眉宇俊秀，身材頎長，溫和靦腆，竟不敢與我併肩而坐，卻禮讓李君坐中間。這部電影是三船敏郎主演的，劇情誇張又暴笑，從頭到尾令人捧腹不已，笑聲連連，我們開心說值回票價呢！

散場出來離五點還早，楊君請我到冰果店吃西瓜，三人東南西北聊得很愉快。楊君眼尖發現我吃西瓜吃到只剩下薄薄的綠皮，大為驚奇，說：「劉小姐妳真節儉惜物，很多小姐吃西瓜只吃紅瓤部份，以示尊貴，妳卻吃得這麼乾淨，真難得啊！」

我嫣然笑道：「是她們不懂吃西瓜，暴殄天物了，西瓜最降火的是白色部份啊。」

植田先生來信說，他將與公司裡的鈴木化妝師來台北考察，屆時請我到他住宿的旅社見面。上午十點我到達旅舍，接待他倆的是位在延平北路開百貨公司的李老闆。中午他在一家西餐廳請吃飯，這是我生平第一次吃西餐。植田先生看我對一排發亮的刀叉不知所措，即細心教我如何使用刀叉的禮儀，令我大開眼界，算是開了洋葷。飯

後植田先生送我一件蘋果綠的短袖開襟毛線衣，使我既驚喜又感動，

翌日晚上，我陪八童子姐姐去看植田先生和鈴木女士。姐姐一見到東京來的同鄉，激動得眼睛濡濕。鈴木女士告訴姐姐，說她來台北還有一個特別的任務呢！是受植田太太所託，要她看看常給她丈夫寫信的女子是何許人？結果兩位女士嘀咕一陣後，笑得前俯後仰。鈴木女士說，原來給植田先生寫信的女子，只是一個單純樸實的小姑娘嘛！

八童子姐確定十一月底攜子赴西德與夫團聚。這天我陪她上街購物，經過一家照像館。櫥窗裡面正擺一幀女性著日本和服的麗照。八童子姐看見眼睛一亮說，玖子，我都沒有妳的相片，妳照一張穿和服的相片，給我帶去西德作紀念好嗎？

我想也是，即入內打聽，照一張全身照，最少要四吋大，這得花六塊錢，為了要給姐姐作永久紀念，決定拍一張。五天後，當八童子姐手捧我簽名給她，這張穿她家鄉服裝的相片時，驚嘆說：「玖子，好自然、好美麗喲！任誰也看不出妹妹是台灣姑娘！」說著把相片湊到唇邊猛親。

半個月後，住在後巷，經常碰面的年輕李太太，看到我說：「妳在千秋照像館拍

的那張相片好漂亮喔！那個姿式好美好活潑。我也照你的樣子拍一張，就是沒有妳這張好看。」

當晚我即去照像館，跟老闆要回這張被放大擺在櫥窗裡做廣告的相片。老闆不捨說，這張六乘八的很貴咧！我質問：「你沒經過我本人同意，擅自放大他人的照片是不對的，而且還把它擺到櫥窗裡讓所有經過的人看，我很不願意，趕快取下來還給我。」

老闆自覺理虧，只有乖乖把它取出給我。我是厚道的人，沒讓老闆白白損失，付給他十塊錢算補償。

後巷這位太太，身高不滿一百五十公分，長得小巧玲瓏，明眸皓齒，鼻梁高挺，算得上美人；她最引人注目的是一頭烏黑長及臀部的秀髮，講話聲音極富磁性，非常悅耳，酷似警察廣播電台主持安全島節目的羅蘭女士。

李太太有一個漂亮的三歲女兒，她與母親同住。她為人誠懇，她坦白告訴我，先生不住在一起，但每天下午會來看她和孩子⋯⋯。

我依稀了解她這沒有法律保障的婚姻，她所說的先生是一位大公司董事長，年近耳順，體態微胖，方臉大耳，挺有福相。他幾乎每天都會來，坐一部黑色進口轎車，有時車子停在泉州街路邊，有時停在巷子另一頭的重慶南路，司機坐在車內等候。

一天李太太邀我去她家坐坐，我覺得這人很實在，比我長三歲，也蠻談得來，我真的就去了。她的住房是長條形很深落，但並不寬敞，窗明几淨，正所謂「屋雅何須大」，屋內最吸引人的是一排頂天立地的木製書櫥，裡面擺的全是世界名著精裝本。我瀏覽後大膽向她借整套的《紅樓夢》，她也很大方立即取下交給我，說不必急著還，好書要慢慢讀才了解。

我想一般人沒那麼大方，肯把藏書借予他人：一怕借書者不懂愛惜弄髒了；二怕借書人故意延遲不肯還而弄丟了。李太太把我當知己，把珍藏的名著借我閱讀，非常感激。我帶回家一得空就翻閱，囫圇吞棗，讀完盡快還她。當時我還抄下林黛玉的《葬花詩》，五十多年來，我僅記得書中兩句詩：「瘦影正臨春水照，卿須憐我我憐卿。」

十一月底，八童子姐姐辦妥離台赴德手續，賣了房子，正在處理家具衣物。我跑到衡陽路向在和興食品公司上班的興郎叔（秋岳叔之弟）借兩佰元，買下姐姐一件八成新的墨綠色毛料大衣，一來可作紀念，二來晚上蓋在薄被上可保暖。姐姐另送我兩只紅、白色皮包和二件毛料短外套，以及絲襪等。

為了感謝姐姐待我的大恩大德，我無以為報，到金店買一只純金打造的戒指，內環刻上「玖子」兩字，送她作永久紀念。姐姐感動得含淚接受我誠摯的贈予和祝福，兩人相擁而泣，此去天涯海角，不知何年何月何日再相逢？（註二）

在松山機場，我強忍奪眶的熱淚，祝福姐姐母子一路順風，平安抵達西柏林與夫團聚。目送飛機凌空而去，我已淚流滿面，不能自已。回家的路上，頓感無限空虛與落寞……，內心非常不踏實，彷彿失去人生最珍貴的寶物一般不捨，怎不令我仰天嘆息！

我每次寄錢回家，父親來信必說：「謝謝賢孝女兒助為父一臂之力。」我讀了既感慚愧，又感無助；想我一個女孩家只能以勞力掙取微薄收入，對食指浩繁貧困的家幫助不多，幸喜涓涓細水長流，永不枯竭。

哥哥當三年的海軍役，家裡只有父母、二姐有工作能力，下面三個弟弟皆在求學階段，兩個幼弟尚未入學。么妹初中剛畢業，父母期望她努力考上學費全免的師範學校，一來可減家庭經濟負擔，二來讀三年畢業有份安定的教職。然而考上師範學校的都是成績頂尖的學生，么妹雖然努力，但未能如願。

哥哥服役單位奉令出國至沖繩交流時，為了買毛線給二姐和么妹，當時身邊錢不夠，哥哥為人憨直，寫信給父親請他寄三百元去付款。

這時我剛匯上三百元給父親，身邊自己僅留三十元備用。父親來信云：賢孝女兒辛苦所得，我寄給汝兄，已成泡影，望妳以後有蓄多寄回助我一肩之力，吾之所願也。

每次讀罷父親來信，晚上必蒙被哭一場，我要怎樣努力才能多掙些錢幫父親脫離窮困呢？一天看報載黑美人酒家，陪酒小姐月入四萬多元！啊，四萬元真是一個大數目，而父親所負債務估量大約就是四萬元左右。我想若去當陪酒小姐，一個月收入就夠父親還清所有借款了！僅僅當一個月就好，可是我若這樣做，就違背父母親對我的期望了。

讀了報載酒家的消息之後，我內心陷入前所未有的掙扎與痛苦。做一個月陪酒的收入，雖然可馬上解決父親困境，但問題不是只做一個月或多少天，只要身陷這個泥淖，即使只做一天，世人必貼上「酒女」標籤，再爬起來已不是妳純淨的原貌了，正所謂「一失足成千古恨」。

這個荒唐異想天開的掙錢捷徑，我內心和理智痛苦掙扎二十四小時就結束了。感謝慈父嚴母自幼給我的庭訓：「人要行得正，坐得端，即使生活再貧困，也要頂天立地，昂首挺胸面對嚴肅的人生考驗。」從此，我認命做個以勞力換取代價的平凡人。

一天傍晚，靠重慶南路的巷尾，突然起大火，起火點正是立法委員吳延環先生書房，所幸他人住在泉州街的另一端。據說，他辛苦多年心血註解的《西廂記》手稿，付之一炬，被大火燒個精光。令他很難置信，翌日，他在《中央副刊》寫的方塊文章，即改「誓還」為筆名。

東主與兄嫂同去應酬，把八個月大侄兒託我照顧，這小子很奇怪，也許是陌生吧！任我怎麼哄逗拍，他就是一個勁哭鬧，拿他没轍。我和少主用大浴巾把他放在中間，各抓浴巾兩頭，讓他像坐搖籃一樣，左右輕搖，他便樂得咯咯笑，一停手，他就放聲大哭，真會折騰人！可我胳臂都搖痠了呀，好不容易搖到他父母回來。

交差時，我心裡想，都市人到底跟鄉下人不同。想我母親，哪捨得把襁袍中的孩子丟下整個晚上？因思念父母不禁眼眶濡濕。太太眼尖瞄到我眼中淚光，不問青紅皂白，追到後面，咄咄逼人責問我：「怎麼？幫忙看個孩子委屈了是不？若不高興，大可別幹了啊！妳隨時可以離開，現在就可以走……」

我低聲說不是，太太誤會了，因哄侄少爺而想到弟弟，想家才……。晚上我躺在廚房後面那間簡陋的鐵皮屋床上，轉輾反側，徹夜難眠。心想，好狠的婦人哪！我一個女孩家，舉目無親，這三更半夜，妳叫我到何處去啊？

時序進入農曆十二月，我即開始把所有門窗卸下刷洗乾淨；每天漿洗床單被面，生起笨重的鐵熨斗，把被面被裡熨平，平鋪在客廳地板上，把棉絮和被面用針線釘牢。連續忙碌整理的清洗工作，感到身心俱疲，晚上去上中級班課，見同學未到，索性趴在課桌上小憩一會兒。一位海軍上尉文同學，見我趴在課桌上休息，非常體貼人，他輕手輕腳坐下，不忍吵醒我。

下課時他告訴我，他將回左營與母親團聚，問我可否到火車站送他？我本很疲累不想去，但看他一臉誠懇期待的眼神，不忍拒絕，便說十點前趕回家尚可。他一聽開心說，我的車是九點發的，不會太晚。

這位文同學身高一百九十幾，貌俊英挺，寬額隆鼻，標準的北方人。他在激烈的八二三炮戰中，英勇奮戰，為國捐一條腿，裝上義肢，走路有點跛。他想到東瀛學習裝置義肢技術，而來學日語；他為了老師方便，給自己取個「文太郎」的日本名字。

那天晚上八點忙完家事，向太太告假。趕到火車站，遠遠就看到高壯英挺的文同學。他頭戴白色黑邊海軍盤帽，身穿海軍黑色大衣，站在鐵路局餐廳門口等候。他看到我如約而至，顯得非常開心。

在餐廳裡他點兩杯咖啡，我們邊喝邊聊，我好奇問他何以選擇當海軍？他說讀高中時看舅舅當海軍，一身潔白筆挺的軍服很帥又很威武，令人肅然起敬，心生愛慕。高中一畢業即考上海軍官校，因是獨生子，當年母親並不同意他當職業軍人，後來慢慢地也就接受了。

他問我是在貿易公司上班嗎？我答不是，但沒告訴他我只小學畢業，在幫人煮飯。咖啡喝不到一半，他從大衣口袋掏出兩本書，我一看是《簡愛》，不禁愕然。他說這書送給妳，熱心囑我春節期間務必仔細讀。他買的是臥鋪票，九點正火車啟動，他站在車廂門邊跟我揮手，我目送火車離站，內心很不平靜。

台北天氣寒冷，又常下綿綿細雨，我工作時精著腳丫穿拖鞋，仍凍得發麻。太太說，妳應買雙襪子穿比較保暖，可我一想到父母家人都打赤腳工作，要到晚上洗浴後才穿上木拖鞋。我的工作在屋裡，還能忍受苦寒，何況買襪子又得額外花筆錢呢！

接近春節，太太買很多豬牛雞鴨魚肉，我一鍋一鍋紅燒，又滷上一大鍋海帶，豆干滷蛋。連著三天共蒸六十幾個大饅頭，一切料理完畢，除夕前天向太太請假要回鄉過年。她聽了揚眉說：「那怎行啊！妳得在這兒，過完年才能回去啊！要不，過新年，先生同鄉同學同事，來家拜年打牌，我一個人怎辦？總得有人做飯吃啊！」

我聽了無言以對，寄人籬下，不得不低頭。

這是我第一次在外過春節，不能回家與家人團圓的代價是——兩百元年終賞金，以及兩百多塊，東主朋友給的壓歲錢和客人打牌給的吃紅金。

因來不及寫信向父親稟告，不能回家團聚的原因，除夕夜聽到屋外此起彼落的爆竹聲，想父母親和家人等不到我回家吃年夜飯，不知有多焦急？東主一家在客廳推牌九玩樂，守歲。晚上把廚房拾掇乾淨，只有孤獨寂寞地躲在被窩裡暗自啜泣。

正月初五家鄉稱「出年假」，這天我才得返鄉，太太發工資時說，這個月開始給妳調到三百五十元，並送一塊灰綠色細格子布料給我。接過太太的贈予，還是得客氣向她道聲謝謝。

註一：民國五十七年夏，我婚後半年，八童子姐攜在德國出生的女兒來台看我們。

註二：見《白雲悠悠思父親》書中之〈租書的伯伯〉篇。

第三章 求知若渴租書客

農曆正月初五，我才得假返鄉。我們農家過春節，初一之後，只要是好天氣仍得下田工作。父母親心疼我沒能與家人團聚除夕，這四天假期家人都沒下田，父親待在家裡修補農具，陪我共敘天倫。初八傍晚，我搭最後一班巴士離家北上，母親在我提包裡放半隻蒜酒醃的白斬雞給東主。

適值農曆正月期間，年味尚濃，東主家每三五天，就有朋友來家打牌。他們忙打牌，我得隨時添茶水，倒煙灰缸。太太會留他們吃飯，叫我多燒幾樣菜，不會太忙，我仍可利用空暇多看幾頁書。

三八婦女節這天，上完日語課正要步出教室，文太郎君叫住我，他要請我在巷口一家咖啡館聊聊，看手錶還不到九點還早，一時不好拒絕。

他坐定後，忙不迭問我，他送的兩本《簡愛》讀完了沒？我愣了一下，說還沒呢，被么妹拿去看啦！他聽了頗為失望，唉呀一聲，說妳應該先仔細讀啊！他的口氣有些責備，我忽視他一番盛情的意味。我無言垂下頭，羞愧不已。

他從牛皮紙袋取出一疊相片叫我看，說這些相片都是他在美國治療復健時交的朋友，有男有女，每個都笑得很燦爛。他說當年在前線受重傷後，立刻被送到美國去治療，之後裝上義肢學走路，復健一年多才回國。

他母親到松山機場接機，看他下機走扶梯，一拐一拐的，很疑惑，待他雙腳踏到地面，母親奔上前提起他的褲管，看到兒子一隻腿竟然是義肢，當場昏厥過去。

我聽了他的敘述，輕喟一聲，說你是獨生子，母親當然無法接受這嚴峻的打擊……。聽他輕聲細語，娓娓道來，好像在說別人家的故事，一點悲傷哀怨都沒有，對自己肢體的重創，不怨天尤人，可見他是位多麼堅強開朗的青年！

他說舅舅娶的是一位卡車公司老闆的女兒，家庭富裕，嬌生慣養，有很強烈的優越感，婚後不懂居家過日子，只知玩樂，舅舅很後悔。他目光堅定地說，我不會步舅舅的後塵，我要娶一位節儉樸實的女孩，平淡過一生。我現在是上尉官階，除本俸外，另外還有公傷特別加給，每個月有七百多元收入，過日子沒有問題。我和母親住在左營眷村裡，很安定，左隣右舍也很融和，守望相助親如一家人。

天哪！他為什麼要告訴我，他的家庭狀況，甚至薪俸幾何？

他是在試探我嗎？他想追求我嗎？

不，這怎麼可能！我只是個小學畢業的鄉下女孩，並非他眼中在貿易公司上班的知識份子。我離鄉背井，出外幫傭，單純只想掙錢幫父親度過困境，並非來台北談戀愛，尋找結婚對象。家鄉很多女孩嫁給大陸來的阿兵哥，被無知的鄉愚譏諷說：女孩嫁給阿山仔，不如餵豬的刻薄話。

我還年輕，虛歲才二十一歲，眼下戀愛結婚，皆非我來台北工作的初衷。

楊君在高雄省立高級中學任教，他教學認真盡責，所以很忙碌，但忙碌中仍不忘常常寫信鼓勵我多讀書充實智慧。他的文筆洗鍊流暢，字如其人，端正秀麗，讀他關切的書函，令我愛不釋手，一讀再讀。我視他如兄，敬他如師，對他不敢心存一絲非份之想。他信函中說文闢理，深邃雋永，以及為人處事之道，篇篇皆是至理佳文，我在他潛移默化之下漸受熏陶，自覺書寫文筆，日有精進，楊君誠是我的良師益友也。

楊君在省立雄中實習教滿一年，暑假後即將入伍服兩年預備軍官役。某日我下課，見他行色匆匆，他說要搭十一點夜車返南部，時間緊迫，長話短說。我們快步邊走邊講，往公賣局前的三路公車站候車，他說他已考取師大研究所，因此特別來告訴我這好消息，待退伍後即回師大進修。因不捨打攪我上課，故在教室外面等我下課，他還誇我上課時神情專注，是位好學生。三路公車一靠站，他跳上車揮手說，會再寫信聯絡。

文太郎君有一段時間沒來上課，這天我們下課後，邊走邊聊，到寧波西街口我將右轉，和他告別時，他突然對我說，他將來會出國進修義肢技術，邀我能否賞光陪他看場電影？對這突如其來的邀請，我一時語塞，不知要如何回應。他靠著騎樓柱子，定定望著我。男士請看電影其實是欲接近異性的藉口，我不想深入交往，只得婉轉地說，目前是暫住親戚家，寄人籬下，要麻煩人家開門，不好太晚回家，但仍沒說出自己是在幫傭。

我沒爽快接受邀請陪他看電影，他的臉色忽顯暗淡，失望之情溢於言表。我只得故做輕鬆，望向霓虹閃爍的街道，不忍正視他。靜默了一會兒他仍不放棄，近乎祈求，又似質問說：「看一場電影都不願意嗎？」

我內心很掙扎，答應或拒絕很難抉擇，我擔心若陪他去看電影，之後未知會是怎樣發展，我們都是單純善良的人，很不願意傷害對方的自尊。我不安自語道：「看完電影十一點多，真地太晚了，所以……很抱歉。」

想到父母親的慈顏，我還是堅定初衷，是來台北掙錢改善家裡經濟，不是來談戀愛的，心忖：就此打住吧！便說不早了，改天見，跟他擺擺手，即慢慢往前走，我不敢疾步而行，更不敢轉頭回顧，我拒人千里是否太冷酷了？唉！想到此君倚柱凝望，我漸行漸遠的背影，消失在蒼茫夜色中，是怎樣的心緒？想到這，我不禁眼熱喉哽……（註一）

我理智告訴自己，這日文課是不能再去上了。

八童子姐赴德與夫團聚後，除了寄一張賀卡外，僅僅來一封像天書樣的信函；前段是日文一般問候語，後段用不是很通順的日式中文書寫。她說自己抵西柏林後，身體就不舒服，不吃飯，天天在床上睡覺……。我和梅枝姐捧信苦讀，再三推敲，仍不解其意，心想坐大郵輪，會頭暈那麼久嗎？只有去信安慰她，好好保重身體。（註二）

一天，在法商學院唸書的秋岳叔，送我一本《世界文學發達史》這厚達六百頁的世界史書，上自古希臘詩人荷馬、古埃及文化和印度史詩、中國遠古的《詩經》、《楚辭》、魏晉唐詩、宋詞戲曲小說等等；下至近代歐亞文學，包羅萬象，豐富雋永。獲贈此鉅著，我如面對滿桌豐盛佳餚珍饈的宴席，欣喜若狂，無從下手，唔！我得用心慢慢欣賞，細細品嘗，才不致辜負叔叔愛姪一片心意。

我租書的隔壁，是一位新婚太太開的裁縫店。一天路過入內打招呼，相談之下，知她也是客家人，感到十分親切。她說生意很好，可惜自己一人忙不過來，問我可否幫她做縫邊釘鈕扣的收尾工作，講妥每件三元工錢。這難不倒我，記得國小畢業後，母親為大姐的新生兒做衣裳，差我去阿姨（母親堂妹）的洋裁店裡縫小衫，阿姨誇我目水好，跟母親表示，要免費教我裁縫。所以，我有些經驗，立刻應允下來，這以後每個月多個幾十元收入，真是求之不得的好差事。

五月，植田先生再度來台，八童子姐不在台北，我獨自去旅社看他。這回他送我一條藍紫色相間的碎花百褶裙，並帶來僅一面之緣的栗橋先生送的絳紅色、藍斜條紋泳衣，真是受之有愧，非常感謝兩位先生餽贈。

植田先生此番來台北僅僅逗留六天，即去香港洽公。他赴港時我至松山機場送行。在香港他來了兩封信，之後即返回東京。他用心籌畫的中日合作化妝品公司，似無下文。

放棄日文課之後，我就去學打字，打字行老闆說出師後可幫忙介紹工作。既然花錢學習，我就認真練，一週兩次，每次一小時，兩個月後我已打得熟練快速，達到要求標準。有出版社上門挑選打字員，一個月薪水約七百多元，若加班另算工資，供一頓中餐，待遇算優渥，但不供住宿。唉呀！只要不供住宿的工作，待遇再好，對我來說是一點辦法都沒有，奈何？

這天下課，心裡一直想著這家出版社，位在附近，若能供住宿，該有多好啊！我滿腦子為不能實現理想而抱憾，難不成我永遠當個傭工嗎？我意興闌珊，邊走邊為此事而煩惱，竟不自覺放慢腳步，在快到家門口時，忽被一騎自行車的男子，伸手往我右胸摸一把。這家伙竟得意洋洋，吹著口哨從巷口揚長而去。

我從冥想中驚醒，氣憤得大罵一聲「畜生」！隨之想想，實在不甘，非給這混蛋一個嚴厲的教訓不可。看他騎車往泉州街左轉，我以侵犯者心態推測，心想這是他的障眼法，要誤導我，照常理他應該右轉才對。我便待在巷口守候，果不其然，沒一會工夫，一轉頭他快意吹著口哨往美國新聞處方向騎，到寧波西街他卻左轉，與我推測的完全吻合。機不可失，我飛奔到榕樹下轉角的三輪車排班處，叫一輛三輪車，吩咐車伕，請他快馬加鞭追前面那輛自行車。車伕關切問何事？搶妳的錢包是嗎？我沒搭理，催他快，加快，再快！

車伕死命的猛踩踏板往前奔，到和平西路，這邊太暗不好行動。快到植物園斜對面派出所（南海路尚未打通）門前；那小子不知後面有追兵，仍一派悠哉吹口哨，我在三輪車上一個躍身，往自行車上飛撲過去，拽住那小子的衣領，那小子驚叫一聲，連人帶車，哐噹一聲栽倒地上，我抱在胸前的打字資料散落一地。

我一骨碌從地上爬起來，上前往那小子臉上左右開弓，噼哩叭啦，搧了他幾個大耳括子，口裡不忘大聲怒斥：「你好大的狗膽，竟敢偷襲夜歸路人啊！」

這時派出所兩位警察，聞聲出來張望，責那男子，說怎麼騎車那麼不小心啊？撞到人啦。這小子驚魂未定，爬起來看清是我，大吃一驚。那位熱心的三輪車伕，看闖禍了，早已溜之大吉，這時我發現手錶蓋摔壞了。

我更加憤怒，告訴警察，說這人是畜生，父母沒教養好，我走路干他何事？他竟犯賤，伸爪摸我胸部，真是欺人太甚，我要教訓他，看他以後還敢不敢欺侮人！

一位警察彎腰幫我撿拾散落的講義，問我是學生嗎？另一位則正在教訓這小子。我把左手抬到他面前，說手錶摔壞了，要你賠。這小子驚魂甫定。垂首囁嚅說，他身上沒錢賠，我說沒錢賠也得賠，不會輕易放你走。我問警察先生要如何處理？警察說錶蓋破了，賠六十元可以嗎？心想，得饒人處且饒人，便點頭說可。

警察問這小子，住何處做何事，他結結巴巴說是在衡陽路一家布行做學徒。警察叫他打電話回店，叫人帶錢過來。這年輕小子尚有羞恥心，他脹紅著臉，垂手低頭，不敢正視我。

約莫一刻鐘，有一位年輕人騎車送錢過來，我收下錢，算是雙方和解了。他們離去前我不忘警告他，以後千萬不可再犯。後來我才發現左手肘挫破皮，有些刺痛。

我很驚訝，我一個小女子，哪來膽量敢去教訓一個大男人？除保自己潔身自愛，胸臆裡肯定有股強烈的正義之氣吧！

當我回到泉州街口，那兩個走和平西路的男子，正經過我身邊，我清楚聽到店裡來的男子正數落那小子的不是。猛抬頭又遇到我，闖禍那小子，他驚叫一聲，唉唷：「奈擱堵著伊！」另一個催說：「緊走啦！」兩人加足馬力，落荒而逃。

我身心俱疲，一身狼狽，且又晚歸，東主很關心，我輕描淡寫，說自己不小心被車撞著而已。翌日拿四塊錢去三輪車班，找昨晚載我的那位車伕，謝謝他仗義幫忙。他一臉憨厚，直說「歹勢歹勢」，讓妳跌倒了，有受傷嗎？

在東家每天讀《中央副刊》的文章，發現副刊上的作者個個都是飽學之士，寫的文章，說理的令人欽服，寫景的令人心嚮往之，寫親情友情的，令人感動落淚，寫小說的令人心緒為之跌宕起伏，寫推理的令人撲朔迷離，緊張刺激……總之我愛讀副刊文章上了癮，一如三餐飲食，不能一日無此君。

作者高深的學問，寬廣的視野，必定讀了很多好書，才能胸有成竹，下筆成文，著實令我敬佩心羨不已。為滿足自己的求知欲，我到重慶南路書店選購一本《國文基礎教材》回家研讀。發現中國文學何其浩瀚深遠！豐富的資料，讓我目不暇給。《滕王閣序》、《岳陽樓記》、《醉翁亭記》、《祭妹文》、李密的《陳情表》等等，皆由於讀了此書，才曉得這些曠世奇文的作者與出處，真叫我茅塞頓開，欣喜若狂。

一天讀到作家墨人（註三）某日將到師範大學演講。過去在《中央副刊》常讀到他優美引人入勝的散文，他那至情至性至理的感人文章，心中欽慕不已，很想趁他對青年學子演講，一睹他儒雅的風采。當晚我做完家事向太太請假，步行到和平東路師範大學，進門的右手邊是學生活動中心，彼時演講廳內外已萬頭鑽動，可都是清一色著黃卡其制服的男女學生，並無社會人士，我這個鄉巴佬，沒膽擅入，只有在活動中心大門外，勾頭探看的份。

同學日語的阿昭小姐，父親是客家人，母親是閩南人，父親在南昌街開一間百貨店。她長我兩歲，皮膚白皙，兩頰豐腴，身材矮胖，猛一看像個少婦。妹妹像父親身材高䠷，臉蛋粉嫩，聰明機靈，眼大嘴巧，很會說話，比較會做生意，父親偏愛妹妹顧店。阿昭外表較不討喜，口又拙，負責做家事，煮飯洗衣，她常利用下午空閒時來找我聊天。

阿昭在日語班看上一位空軍，心生愛慕，寫信託我轉交，一兩回後，她沒收到對方的回音，便意興闌珊，鬱鬱不歡。她告訴我，說女孩子要趁年輕、青春正茂時結婚，以免過二十五歲，老了就没人要啦！我心想有這麼嚴重嗎？

我猜她很想結婚，早日脫離家庭管束，卻苦無適當對象，又不好意思向父母表白意願，才有此煩惱。我提醒她，結婚不是到貨攤挑選物品，雙方要有相當的匹配條件，如人品相貌，學識工作，家庭經濟等。對一個要託付終身幸福的對象，人品最重要，相貌倒在其次，看順眼談得來最好。

阿昭不像我愛讀文學小說，她常到牯嶺街舊書攤流連，難免會翻到沒有深度的雜書，她沈溺其中，使自己的目光侷限在一個小框框裡而不自知，她看不到高遠廣闊的天空，誠是可惜。

一天阿昭突來找我，說她經媒妁之言，雙親同意，就快要結婚啦。她手裡捏條手絹，喜滋滋地說，對方家庭也是做生意的，人長得黑黑胖胖的。我說那很好啊！門當戶對，我祝福妳。

一天東主正巧有兩張中山堂演平劇的招待券，他夫妻不去欣賞，而把戲票給我。之前到阿昭家，見過她父親，我稱他伯父，知他非常喜愛平劇，便把一張票送給他。

那晚我到中山堂入場後，發現伯父已先我而至，剛打過招呼坐下，大戲就開鑼了。前場是演文謅謅的《拾玉鐲》。大軸是演《紅鬃烈馬》的武打戲，台上演員個個演得賣力精彩，觀眾看得很開心，掌聲連連。

散場後，伯父邀我坐三輪車順道回家，在車上他意猶未盡，高談劇情。快到公賣局總局門口時，伯父突然伸手握住我的左手，我大吃一驚，立刻把手抽回，心忖：我已是二十一歲的女人，不是八九歲的小女孩，他握我的手，是何意？我很不高興，嚴格說，很生氣，立刻叫車伕停下，伯父驚問還沒到為何要下車？我一語不發，逕自穿過總局旁小巷，轉泉州街跑回家。

自此之後，我不再去阿昭家。

數月後阿昭來信說，她和丈夫在成功新村市場做生意，邀我去她家看看。找一個下午特別去看阿昭。到了那裡才知道所謂做生意，即是在市集擺攤，不是在家開店做生意。那是很辛苦的買賣，早上擺攤，一陣熱鬧過後，就得收攤。她的住家就在市場邊一排簡陋的違章建築裡面；更糟糕的是，她的丈夫是一個態度隨便，大嗓門的粗魯男人，瞧他那副德行，顧客不被嚇跑才怪！我很為阿昭憂心。

越半年，一個溽熱的午後，阿昭挺個七月娠孕，哭著跑來找我；她說丈夫經常對她咆哮，甩她耳光，還用腳踹她……。她囁嚅問我：妳主人的哥哥不是當律師嗎？我想請他幫我辦離婚手續。

阿昭實在太天真了，她以為離婚很簡單，雙方蓋個章就了事。我質問她若離婚，這腹中的孩子算是誰的？那這孩子便是父不詳的私生子，這樣對孩子很不公平，妳忍心這樣做嗎？再說若離了，想再嫁，可是妳挺個大肚子，嫁誰呀？我苦口婆心，極力勸阻她，為了她母子將來不出差錯，最好不要輕率離婚，應該忍耐等把孩子生下來之後再考慮，說不定有了孩子之後，妳丈夫為了孩子而改變脾氣，對妳好也說不定呢！所以做這決定是絕對不可在氣頭上，免得後悔。

阿昭垂首聽我分析利害，勸說之後，乖乖回家去了。從此之後，她不再來找我，我也無從得知，她到底幸福不幸福？但願她母子平安無事。

在山西館工作認識的同事黃小姐，一天忽來找我。她自赴八卦山農林廳任職後，我們一直有書信聯絡。

黃小姐與我同齡，身高與我相仿。她有健美的胴體，豐滿的胸圍，款擺生姿的柳腰，圓滿的雙臀，走路時扭動生姿，從後面望去，直可媲美瑪麗蓮夢露哩！寬而略方的臉蛋，可惜顴骨稍高；彎彎的月眉下，嵌著兩顆烏溜溜的大眼珠，躲在睫毛下，一眨一眨地，非常逗人遐想，又好像她在窺探妳的心扉;小而巧的鼻子，顯得十分俏皮。

她說目前已在台北市政府任職，我為她慶幸能找到公家機關編制上的正式工友，暗羨她求職的機運好，說不定以後還有機會更上一層樓呢！

不多日，她騎自行車又來找我，同時帶一位男士來。寒暄之後，她把那位男士打發走，側頭慧黠問我：「他長得怎麼樣？還可以嗎？」我以為她喜事近要出閣了，不想她竟說：「他追我一年多了啦，我壓很兒沒把他放在眼裡，哼！他還厚著臉皮死心踏地跟上跟下，煩死了！」

她這種交友態度，我不能苟同，若心裡實在不喜歡要明說，不可藕斷絲連，我極力勸她交異性朋友要謹慎，不可兒戲，免得將來生出亂子，惹火焚身，後悔莫及。

一天她又來找我，說要介紹男友給我，約好週日晚請我去看「白雪溜冰團」表演，因票價太貴我拒絕受邀，她改口說是那位男士請的，票已買好，不能退，我只有硬著頭皮前往。

到現場才知她要介紹給我的男友，就是上回她帶到我住處那位男士。原來她另外認識條件比較滿意的男士，故想把這位讓給我，是為彌補對方虧欠，而想出來的如意算盤。她天真以為如此安排對前男友有所交代，真是令人匪夷所思，叫人哭笑不得。她能說善道，舌燦蓮花，兩面遊說，硬把我倆誆去看表演，可說荒唐之至，莫此為甚！

一天黃昏，遠在苗栗的姑表妹絹代，突然來訪，我把她請至我屋裡聚談。不巧黃小姐騎自行車蕩到我這兒來，當時我真是進退兩難，不請她進屋裡坐，實在過意不去；可請她嘛，唉呀，鑑於她平日交友態度，我擔憂心無城府的表妹，兩人相遇便啊啊都是同鄉，一拍即合，黏到一塊。她見我異於往常沒招呼她入內，便胡嚷嚷：「有男朋友在裡面是嗎？不敢讓我瞧見，難道怕被我搶走是嗎？」不容我解釋，把車子往院子裡一丟，逕自往裡面闖。

我很無奈，她跑進我屋，看到端坐床沿上的是一位年輕女性，並非她胡猜的男性朋友，便自嘲地嘿嘿大笑。同是苗栗人，表妹和黃小姐打招呼後，聊得很熱絡，水乳交融，馬上打成一片。當黃小姐和表妹聯袂離去時，我心裡不免暗叫一聲「慘啦」。

太太發現我屋裡很熱鬧，便問聲是誰來呀？我告訴她，是常來找我的黃小姐和表妹在這巧遇，都是苗栗人，聊得很開心，很抱歉打擾太太清靜了。太太聽了便哦一聲說，就是那位很活潑，顴骨高高那位是嗎？我答是，隨意說她的手好軟好軟，像沒骨頭似的，摸起來好舒服喲！不像我的，自小做粗重工作，手掌硬硬的。

太太聽了抿嘴笑說，女孩子手軟不好，將來會剋夫。我覺得太太如此武斷批評我的朋友，好像在詛咒人，很沒口德。便說我看小說裡面形容的美女，都是瓜子臉，柳葉眉，櫻桃小嘴，兩腮如桃紅，臂如新藕，十指尖尖，手軟如綿啊！

太太說：這可不是我自個兒編的，是聽老人說的，「男子手如綿，無錢也有錢；女子手如柴，無財也有財。」我一聽，還真押韻哩！

半年後黃小姐來信說她要結婚了，想請我做她的伴娘。我表示自己沒件像樣的衣裳，到時怕失她顏面而婉拒。其實最主要理由是厭惡她交男友的態度，到處留情，卻不專一的輕率行為。我一向行事謹慎，時時刻刻警惕自己，舉止要端莊穩重，凡事三思而後行，交友先擇而後交，朋友要坦誠相待。

後來一切如我所料，聽表妹說，那天自我這裡別後，她倆即在新公園附近同租一間房子。黃小姐常趁表妹回家之後，把男友留在那裡過夜。她所以倉促結婚，原來是奉兒女之命，婚後三個月她就做媽媽啦！

多年後聽表妹說，黃小姐嫁一位在水處工作的同鄉，婚後連生三個兒子。其夫年輕肯上進，白天上班，晚上騎機車到逢甲學院夜校進修；丈夫因工作上學，每日往返奔波太累，下課騎車回家，在風雨夜不幸發生車禍而身亡。

我聽了非常震驚！想起太太說的「女子手如綿會剋夫」的老人言，嘆世間好事難成真，壞事皆應驗，令人唏噓不已。問表妹她開雜貨舖的娘家經濟不錯，應可幫女兒忙吧！表妹說，她父親是雕刻墓碑的石匠，環境不是很好。

我一聽，心中又是一驚！心想交朋友貴在兩心相惜，誠懇相待，與家世出身何關；黃小姐當年告訴我，說她父開一間雜貨舖，生意很好，利潤很高。問我父親是做何行業？我誠實說父親是佃農，種田又耕園，以前入冬後父親還兼做造紙來賣，增加收入；家裡兄弟姐妹眾多，食指浩繁，一直很窮困，所以我才出外工作掙錢。

她有些不信，那年家鄉演平安戲酬神，她應邀專程到苳林我家來看個究竟。我到巴士站接她，看她手提一袋椪柑作禮物。便說，我父親知妳要來，已備妥一小簍上選的椪柑要送妳呢！

她的動作很誇張，聽我這麼說，笑到彎腰蹲下雙膝說：「唉呀呀！我這不是捉猴子入山嗎？」

一天傍晚，我正在廚房做晚飯，天外突飛來一隻雞，我不清楚是誰家的雞，怎麼會飛到我們院子來？到天黑仍無人來尋問。兩隻白狗對這個從天而降的陌生入侵者，二話不說，一擁而上要驅逐牠，我對牠倆喝斥說，不要追！牠倆還算聽話，即閃到我房門口趴下靜靜觀察。到晚上就寢前，牠們三個還蠻安分，白狗似不再排斥入侵者，一宿相安無事。

翌日，發現此雞是帶卵而來的，牠在榕樹頭的低凹處生了一枚肉色殼雞蛋。太太聽我說雞生蛋了，笑說原來是隻小母雞喲！倒垃圾時，我碰到人便問：妳家有雞隻走失嗎？都回說沒有，家裡沒養雞仔。三天過去了，仍無人來認此雞，我餵狗時同時餵牠，不過牠倒沒白吃人家米糧，每天生一枚鮮蛋回報。

大概是第九天吧！發現牠不再生蛋了，也不像平日勤修理羽毛，把自己整理得光采有精神，卻是一副蓬頭垢面，鎮日心神不寧的樣子。我在鄉下長大，了解這隻雞要做什麼。我和太太說，這隻母雞不想再生蛋了，牠準備要當媽媽啦。

太太去市場買菜時，打聽到有賣受精的雞蛋，便買十二枚回來。我用紙箱鋪上碎紙條，到外面草地找一握乾草，搓揉軟了，把它裝潢成舒適的產房，把十二枚雞蛋放進窩裡，這隻為想抱窩，茶飯不思的傢伙馬上跳進窩去，左右磨蹭了一會，便閉目入定安靜下來。

一週後，我學母親把門關上，留一條縫隙，把雞蛋全拿出來，利用門縫一絲微光照一照，看到每個雞蛋裡面都是縱橫交錯的血絲，這就證明這些鷄蛋是有生命的，不是謊蛋，都能孵出小雞仔來。檢視之後再把雞蛋放回草窩，讓母雞繼續孵。

二十一天後，十二隻小雞仔，先後破殼而出。小妹妹捧著毛絨絨的小毛球，愛憐撫摸著，開心極了。

小雞仔天天長大，母雞只能帶牠們在院子的樹陰下玩耍，偶爾會從小巷弄木門下鑽到前院去。前院有一片小花圃，牠們發現新天地，興奮得猛拍短小的翅膀，在泥地上覓食，洗澡兼玩耍，玩得不亦樂乎。牠們都很聰明，知道前院比較好玩，吃過早飯，熟門熟路，一窩蜂鑽到前院快活去。

當小雞仔的翅膀長出粗羽毛時，母雞便不再陪牠們玩了，小雞不明瞭母親不再陪牠們玩的原因，仍親暱地在母雞身邊，跟前跟後，母雞為讓牠們能夠自立，就啄牠，不理牠，慢慢地小雞仔領悟母親已不理睬牠們啦，就各自在前院覓食戲耍。

後來他們長到成雞時，食量大，排洩物越來越多，把個前後院搞得到處都是雞屎，掃不勝掃。先生和太太嫌髒又嫌臭，趁快過年，把這些雞分送給大娘，和中和鄉的王奶奶。最後連那個辛苦孵出一窩小鷄的母雞也都陸續進了家人的五臟廟。折騰半多，終於才回復到往昔乾淨清新的庭院面貌。

今年太太送我一塊圓花紋、紫紅色的織錦衣料做棉襖。我自己裁剪，續上棉花，縫上拉鍊，年後正好穿回家。

北台灣一入冬，每天細雨霏霏，寒風刺骨，太太看我光腳丫穿拖鞋，提醒我應該去買雙襪子穿保暖。我到南昌街夜市，幾度想買，但一想到父母在這天寒地凍的十二月天，還不是打赤腳在田裡工作！我有拖鞋穿已經很好，若再穿上暖和的襪子，覺得對不起父母。

後來禁不住太太再三提醒，決定買十二雙襪子，趁過年回家，送給祖父、父母和兄弟姐妹每人一雙，這樣全家人都有襪子穿，我內心才不致愧疚難安啊！

註一：民國五十七年夏，我婚後半年，報載文太郎在聖家堂，與一外國醫師舉

行婚禮。衷心祝福他倆琴瑟合鳴，白頭偕老。

註二：八童子姐去國一年，寄來一張她女兒作彌月的相片。我和梅枝姐終於了解，她天天床上睡覺，是害喜不是生病。

註三：民國六十五年，參加全台北市副刊作者新春茶會。應彩虹出版社——黃社長之邀聚餐，巧遇景仰的墨人先生以及左海倫教授、中央日報主筆趙滋藩先生、胡品清教授、青年戰士報副刊主編胡秀先生等。

第四章　記取賭的教訓

除夕夜守歲，東主一家圍桌玩推牌九，嫌人少不夠熱鬧，太太叫我和他們一塊玩。我認為那是賭博不想參加，站在一邊看就好。

初一上午，大爺家來拜年，吃過午飯，大夥又圍桌玩推牌九。我添茶水時，太太慫恿我，說，莊家氣勢很旺大贏，叫我下注。莊家果然很旺，每一把都贏，禁不住誘惑，我真的拿出兩百塊錢賞金試手氣。雖然一次只壓十塊錢，轉眼工夫我那兩百塊錢，幾次進出後，竟然輸光光，我急了，深感賭的可怕。

我想起小學四年級那年，正月初一農家全放下工作，玩樂過新年。阿公每年正月初五之前都會湊熱鬧玩「跌三撲」。記得那賭具是圓形的古幣，中間有四方空間，也就是俗稱的「孔方兄」，古幣一面磨光無字跡，當三個擲下都是光面朝上，叫做「三撲」，就是贏了。

那天父親去請阿公回家吃飯，在旁邊觀看一會，發現莊家氣勢很旺，便動了試他一試的心。他大膽下注，才幾個回合就贏了一百多塊。父親不貪，見好就收，把贏來的錢裝入口袋，立刻走了。

晚飯後父親說到街路走走，沒多久父親從外面回來，懷裡抱著一大包嶄新的衛生衣。原來父親把贏來的錢拿去街路店舖，給我們全家每人各買一件保暖的衛生衣。印象中父親僅僅賭那麼一回，我很敬佩父親的決心。

一年正月初三，父親帶我去草山看舅婆，途經二重埔軍營，看到幾處營房眷舍的男女，玩車馬炮紙牌或打麻將，父親對我說，連婦女也在玩牌，真不是好現象。

父親告誡我，說打麻將、玩紙牌就是賭博，老人常說「吃喝嫖賭」都不是好事，人若沾染上了就不容易戒掉。當時我把父親的話牢牢記在心裡，作為警惕。

現在可慘了，才玩了一下下，我兩百塊賞金就不見啦，我很懊悔。東主看我急紅了臉，都快哭出來了，說我借妳五十塊把本撈回來。我想那是不可能的事，想到回家少了兩百元給父親，心裡很不甘，心想姑且一試，用這五十塊錢，跟了幾把後，我真的把輸掉的錢贏回了一些，除還東主五十元外，算一算還是輸掉四十元，我不想再撈回賭輸的，就以這四十塊錢做「賭」的教訓吧！

我立誓，要學父親有志氣，一輩子不再沾這可怕的「賭」。

今年是我第三年在外過春節，正月初五返鄉時，太太把我的工資調到三百七十元；加上東主過年賞金二佰元，以及他朋友來拜年給的紅包和打牌吃紅，除了買全家襪子外，我給五弟一妹各拾塊錢，祖父二十元，預留坐車錢外，竟然還有六佰多元孝敬父母，當然父親也給我十塊壓歲錢。

我年初九銷假返台北。元宵節後一天，東主的同事，呂處長的太太送會錢過來。她每次都是坐三輪車來，今天她派頭十足竟坐計程車來。翌日我正掃院子，她又來啦。心忖：她昨天才送會錢來過，怎麼今天又來？她在客廳與太太打哈哈，聊了二十來分鐘，就告辭。她走出大門時特別對我上下打量一番，遂跟等在大門外的司機嘀咕幾句，便離去。

中午包餃子時，我好奇問太太，那位呂太太昨天才來過，怎麼今天又來啊！太太抿嘴笑說：她呀，呂先生和幾個朋友出資合夥開一家出租汽車公司，昨天開車送呂太太來的那位年輕司機，看上妳啦！像怕被別人搶去似的，千拜託萬拜託，請呂太太來說媒的。

我聽了好笑，怎麼才打個照面，就央人來作媒。問太太是怎樣打發呂太太啊？太太挺神秘的，她說我家這孩子今年才二十二歲，還年輕呢，家裡有一個姐姐尚未出嫁，要嫁也得等姐姐嫁出去才輪到她，何況她一心想多掙幾個錢供弟弟讀書，所以近期決不會談婚事啦！

三月，陽明山花季開放，東主邀兄嫂和住在桃園的楊法官，三家大小十來人搭車上山賞花。晚上我準備豐盛的紅燒肉、滷菜、雞湯等他們回來。當時台北市沒幾個可遊玩的景點。春天市民都上陽明山賞花，假日多半帶孩子到圓山兒童遊樂園坐飛輪，或逛逛圓山動物園看林旺大象；夏天則去新店溪上游淺灘，泡泡水消暑或在碧潭划船。全年最盛大的節慶，就是雙十國慶。

東主夫妻好客愛熱鬧，來家的朋友多半是哥哥北大的同學，如胡律師、黃律師、何書記官等；其中走得最勤的算是楊法官，他太太是閩南人，教幼兒園，育一女二男。他每年雙十國慶前夕，就從桃園攜眷來家打地舖住下，晚上打麻將消遣，天亮早早到總統府前佔位，等看元首閱兵大典及其他各單位的兵種分列式，走正步耍槍，以及民間雜耍特技，舞龍舞獅表演，節目豐富精彩，讓人目不暇給。這熱鬧之後，就數十月二十五日的台灣光復紀念日啦。蔣總統把受日本外族統治五十年之久的台灣拿回來，人民從此不再受日本政府欺壓，所以是非常值得慶祝的節日。

政府處在戒嚴時期，每年警察局都會派員警到轄區查核戶口。這天我一人在家，當我在後院房間看書正入迷時，門鈴響了，打開大門一瞧，是一位健壯英俊的警察，他手上抱著一大堆資料，說要查戶口，我即請他坐在玄關地板等候。

東主家的戶口名簿，放在他臥室書桌右手排最下一層抽屜，我拿出來請警察校對。他仔細核對後說：「妳的名字不在這家戶口內，你是他的什麼人？」我對他說謊，表示是親戚來做客，暫住而已。他在戶口名簿上蓋上職章，收妥資料，站起來說：「妳若是長住最好去管區報臨時戶口比較好。」走幾步，一轉身突勾頭望向往後院的走道說：「我可以參觀妳的閨房嗎？」這要求太唐突了，不知那來的智慧，我慧黠地反問他：「這是你的任務嗎？」他沒料到我會這麼一問，一霎時脹紅著臉，忙說：「不是不是，沒別的意思，請原諒我問得不得體。」

端午節前太太又送我一塊棉織花布，原來她們北方老家的規矩，夏冬兩季會犒賞在家工作的男女：一來表示體恤下邊的人，二來收買人心吧！之前大娘一歲多的女兒出水痘，她抱來叫我照顧兩週，大娘抱回去之前，太太暗示她，說我照料孩子很辛苦，因此大娘也送我一塊花布。今夏我算很豐足，衣料雙獲，自己可縫製兩套連身洋裝。

一天傍晚有人按門鈴，待我開門探看，門前站兩位高大的男人，一個竟然把左腳伸進大門裡，那意思是不讓我關門。他倆約莫五十好幾，身材魁梧，膚色黝黑，衣著灰樸老舊。家中僅我一人在，當下我心裡有些發毛，心想他倆若賴著不走，如何是好？我小心問他們要找誰？有何事？他倆不約而同，探頭往空蕩蕩的院子搜巡一眼，伸長脖子望向昏暗的客廳。說我們不是壞人，也不是要飯的，只是手頭不便，請小姐捨個二十元好嗎？

看這位先生年紀與父親相仿，他顧不得尊嚴向人討錢，實在可憫；而我因家貧離鄉背井出外幫傭，供人使喚，也可憐，只惜我每領微薄的工資，除留下些備用外，全數寄回貼補家用了，我要怎樣讓他知難而退，又不傷自尊呢？

在這緊要關頭，靈光一閃，一挺胸壯大膽說：對不起兩位先生，我爸媽不在家，我身上沒錢幫助您。我一邊說一邊做勢要關門，然後朝屋裡大聲喊：「弟弟，你還不起來呀！你快起來吃飯，不然上課又要遲到啦！」

一腳跨在門裡的那位問，妳家裡有人在啊？你弟弟多大年紀？我又轉頭朝客廳大喊一聲，不起來鐵定會遲到。我扭過頭對他說，我弟弟他讀夜間部大學，長得很高很壯，年輕人就是貪玩，和同學打籃球，累睏了，怎叫都起不來，瞧吧！等爸媽回家肯定給他一頓好罵！哼！

我剛說完「哼」，他倆見勢知難而退，對我頻說對不起，小姐不要誤會，我們不是壞人……。我目送他倆走了十來步，才關上大門。走到玄關開門燈時，才覺得兩腿無力。心想見鬼呀！這偌大的房子裡，只有我一個人而已耶！

周日早上家裡來一位四十多歲的婦人，她五官清秀，舉止穩重，衣著樸素，未施脂粉。先生太太稱她劉大嫂，我奉上茶水即回房。過了一會兒突然聽到悅耳的平劇曲調，我側耳傾聽——我好比籠中鳥……啊！是《四郎探母》裡的《坐宮》呢，真好聽，我立刻跑到客廳去聆賞。

當下雖沒有胡琴和其他樂器伴奏，這位婦人中規中矩唱完，撫著胸口說：久沒吊嗓子，快拉不上來啦！拱手頻說見笑。

先生鼓掌大聲叫好，說大嫂功力紮實，寶刀未老，唱得真好。這老生戲最耐聽了，我有時心血來潮也愛哼上兩句。這位婦人離去後，太太說她是戴笠手下紅人劉ＸＸ的如夫人，來跟劉先生之前是一位平劇演員。

我很喜歡看平劇，因平劇演的都是忠孝節義的歷史故事。記得我讀小學時，正值大批軍民從大陸撤退來台，在家鄉有大陸劇團宜人京班來駐演。父親喜歡看平劇，雖然票價比客家採茶戲貴，父親總是想盡辦法帶母親去欣賞。父親說平劇我們叫做「正音」，採茶戲裡的老生都會唱戲班裡平劇的腔調，這叫作「唱曲」，難度比較高，但好聽。

記得宜人京班演員的戲服非常華麗講究，劇團裡有一對兄弟檔，哥哥叫李桐春，專演忠義人物，如關雲長；弟弟叫李環春，多演英俊瀟灑的呂布或周瑜，非常精采，很受觀眾歡迎，讓人看得如醉如痴，掌聲連連。

東主上班的單位是專管娛樂稅的，台北劇團或話劇社有表演，都會送招待券，他們若沒有空去觀賞，就把招待券給我，我會早早把家裡拾掇乾淨搭車去欣賞。平劇演完約十一點多，公車已收班，得自己花錢坐三輪車回家；若給的是電影票，就利用午后去看，回家坐公車只要五毛錢，不必另外花錢坐三輪車。

二弟邦朝讀初中還算認真，他寫信要我幫他買參考書，我到重慶南路書店選購他指定要的書籍寄回去，不多日接父親來信說，我寄的四本書已收到。但是父親不知道二弟又來信，要我買鋼筆和口琴給他，我只得一一買給他，寄給父親的錢就更少了。

從正月來北之後，已四個多月沒回家，隻身在外我非常想家，思念父母親和弟弟們。雖然這期間我常寫信回家，向父母稟告我的生活近況，而父親每接到我的信，必把田裡山園的工作進展，和弟弟們上學讀書的情形，仔細告訴我，以解我思家念親之苦。

這回太太大發慈悲，讓我返鄉過端午節，除工資調到四百元，另外賞我一塊黑底米色花布料，我自己縫成簡單的褶裙。

我歸心似箭，下車後以小跑步速度轉入紙寮窩蜿蜒小路時，迎面遇到賣豆油（醬油）的阿海伯。阿海伯約莫五十來歲，見人就嘿嘿傻笑，一臉憨厚老實相，皮膚黝黑，缺幾顆大門牙，穿一身灰黑色舊裝，下身是件寬大的黑色四角褲，褲腳縮到小腿上，腳下穿一雙舊草鞋。他用勾搭挑著七八個豆油桶，神情悠閒搖擺著往街上走。

我對他親切喊一聲：「阿海伯，您挑豆油啊！」

在這兩面山林，傍著清澈圳溝的田邊小路，他啊了一聲，看清是我，便說：「喔，妳從台北回來啊！」打過招呼，我說您慢走啊，我即朝家的方向前進。走著走著，在這靜悄悄的小路，怎麼有人在我身後說話？回頭一瞧，原來是阿海伯緊跟在我身後，我有些納悶，問他：「您不是要回街路的嗎？怎麼又折回來呢！」

阿海伯經我一問，便笑嘻嘻地說：「剛才我到妳家去收豆油錢，妳阿爸說家裡沒錢付，本想下次來再收，現在妳回來，身上一定有帶錢回家，這樣妳阿爸就有錢給我啦。」我心想，他說的有理。

我和阿海伯邊走邊聊，他掏心說：「真難為妳爸媽，孩子這麼多，我們耕種人除一年兩冬收割稻谷外，沒有其他農作物出息，唉呀，種稻要買肥料，緊工時插秧割稻都得請人幫忙，要付工錢又要繳賦稅，政府什麼三七五減租，減來減去，到頭來，我們農家窮得還是得吃番薯簽飯澆豆油過三餐。」

爬上石階到家看到久違的父母親，和弟弟們可愛的稚相，內心悸動不已，眼眶不禁濡濕。放下提包，我留下三十元把其他的全交給父親。母親對阿海伯說「安敗勢」，讓您多跑一趟，要是我家妹子早一步轉來，您就不必來回奔波了。阿海伯接過父親付的豆油錢，直說貪財貪財，父親說您太客氣了，買賣算分嘛，這已經晚給你了呢。

翌日午後，與父母、二姐到後背山摘茶，父親開心說我的手腳快，剩這幾壠茶腳半晝就可摘完。傍晚收工回家，我揹一痲袋茶葉到高梘頭茶工廠時，前一位茶農的茶菁，老闆抓一把，抖一抖便說，「一斤算六塊錢。」這個價錢算很高，以前從沒賣到這個價錢。老闆掏我這袋茶菁抖抖看，隨口說：妳的算五元八角一斤。

我很不服氣說：「老闆你是眼花了嗎？前面那袋茶菁會比我這袋靚嗎？憑良心講，我的茶菁價格應比較高才對呀，你看我的茶菁多幼啊！」

老闆理屈，揮揮手說：「算平價吧！」我心想這還差不多。

過磅後，不多不少剛好十公斤重，我把麻袋揹到樓下，與其他茶菁放一堆。老闆數錢給我時說，以前沒見過妳，妳會摘茶？我樸素的白上衣、藍褶裙，讓他產生錯覺，誤以為我是個學生吧！我伸出雙手讓老闆瞧，說我未出外工作前，家裡摘的茶都是我挑來賣的，我很會摘喲，以前幫人摘茶，曾經一個上午就摘三十九斤呢！老問聽了瞪大眼睛，很驚訝的樣子，說有影沒影？

我到雜貨舖買兩斤四剖魚乾，二姐用豆油加醃漬黃蘿蔔蒸，這道菜非常下飯，弟弟們都用湯汁澆飯吃。

在家這幾天，我和父母親、二姐上山鏟草，因我的加入使工作提早完工。四天假期很快過去。傍晚離家時，父親直送我到伯公祠下，父親不忘叮囑我要注意身體，一切小心，我依依不捨跟父親揮揮手，一邊說我知我知，眼淚悄悄流下。

放暑假少主拿成績單回家，東主一瞧，勃然大怒說，怎麼又不及格？還要留級？這書你是怎唸的？人家高中讀三年，你讀三年還升不上三年級，你實在太不爭氣了！

事有湊巧，少主在台北縣讀的這所私立學校，發生駭人聽聞的凶殺案，學校一團糟。東主便趁此機會，在台北市另找一家私立學校，讓他去夜間部繼續讀高二課程。

這天早上約莫十點左右，一位三輪車伕來家按門鈴，說有事找太太，我朝玄關向太太報告，她一聽連拖鞋都來不及穿，便匆匆跑到大門口去，我逕自回後院晾衣服。稍頃聽太太吩咐，說她有事要出去一趟，午飯不回家吃，叫我把妹妹顧好。

中午東主提早返家，未知何故臉色很難看。稍晚太太也回家來。我一瞧他夫妻倆的氣氛有些不對勁，不像平日有說有笑，我把妹妹帶回我房間時，就聽到餐廳一陣摔東西的聲響。聽到太太說：「你摔啊！誰怕呀，也不撒泡尿照照看，多大年紀啦，還玩小伙子的把戲？」

接著突聽東主大聲吼叫：「不然妳要怎樣？」接著又是一陣摔椅子的聲響。

小妹妹還算乖，我不讓她出去，她便安靜待在我房裡畫畫。可我一聽到男女主人大聲爭吵，便嚇得兩腿發抖，心想莫非他倆跟表姑、姑丈一樣上演全武行？待東主倆吵完架，把戰場移到客廳，我趕緊到餐廳，小心翼翼收拾摔得粉碎的煙灰缸，還有塑膠花瓶，扶正東倒西歪的桌椅。

下午東主不去上班，乾脆賴在家裡睡大覺。

翌日中午東主回家，竟理個大光頭，令人錯愕不已，下午東主的兄嫂卻聯袂趕來。我跟少主兄妹喊東主的兄嫂——大爺、大娘（北方話，伯父、伯母之意）。

大爺北大法律系畢業，現職執業律師，在大門左上方掛塊木刻的某某律師的牌板。大爺坐在客廳籐椅上，悠閒搖著二郎腿，笑容可掬地對太太說：「弟妹，妳先別生氣，這也許是一場誤會，妳就別當真，說開了就好，免得心裡老犯嘀咕，是吧？」

太太坐在一旁，滿臉委屈，含淚說：「這個家要不是我處處儉省，拿出私蓄貼補家用，光靠他那幾個死薪水，哪夠他抽菸喝老酒……，他還……」

那位長得高䠷艷麗的大娘，塗著鮮紅蔻丹，十指尖尖的玉手夾根菸卷，陶醉地吞雲吐霧，倒不忘說兩句安慰的客套話。通常客人來家，我倒完茶水即回房，不作壁上觀。

晚餐太太叫我多弄幾樣菜，留大爺倆吃飯。所謂多弄幾樣菜，也不過是多一盤炒蛋，買兩個沙丁魚罐頭和牛肉醬，撐撐場面罷了。

東主心情不好，翌日差我去辦公室幫他請一天假。我坐三輪車走中山南路，從中山北路陸橋下穿過，左轉第一條巷子，直到長安西路的市政府。下車東問西探找到稅捐稽征處辦公室，請東主一位李姓科員，拜託他填寫假單，我拿出東主的印章蓋上，就算完成請假手續。裡面幾位科員交頭接耳說，沒聽說科長有這麼大的女兒啊！

家裡看似雨過天晴，沒事了，其實正波濤暗湧呢！雖則東主理了個大光頭，也在祖宗牌位上香叩頭下跪明誓，跟太太保證再保證，但是……

我突然想起十多天前，太太拿東主的相片給三輪車伕時，附耳嘀咕一陣，那位車伕猛點頭，聽罷吩咐，踩上車一溜煙消失在巷口。啊！我明白了，太太肯定是花錢雇這位三輪車伕當偵探，跟蹤東主的作息行蹤。

原來某日少主騎車去同學家，路過一排眷舍小山坡，見一男子對著特定的房舍猛吹口哨，乍看這人還真像他老子。他竟傻呼呼趨前大喊一聲：「爸爸，你在這兒吹口哨幹嘛呀！」

年近不惑的老爸，做賊心虛，隨口說沒事。沒事當然好，偏偏這個傻兒子回家來，一五一十向老媽報告老爸的怪異行徑。老媽驚問：「你爸吹啥子口哨來著？」《桂河大橋》，兒子答得順口，不知自己無心之言闖禍了。

當晚東主神情愉悅返家，太太不是笑臉相迎，上前指著老公鼻尖：「你真不要臉呵！孩子都跟你一般高啦，你去對著人家屋後吹口哨幹嘛？當真你是忘不了那個小狐狸精！」

原來東主辦公單位，去年暑假來了一批工讀生，學生揮汗辛苦工作一個多月，當科長的東主，為表示慰勞，自掏腰包請他們看場膾炙人口的西洋片《桂河大橋》電影。東主似對其中一位台大的湯同學特別關心，時有聯絡。

從那之後，太太一聽到《桂河大橋》四個字，便像觸電一般抓狂，破口大罵，為此夫妻時起勃豀。從此東主叫兒子不呼其名，直說：「王八羔子，小雜種！」太太一聽「雜種」兩字便跳起來：「雜種也是你的種，既不是我從娘家帶來的，更不是我偷人養漢生的……」

這天三輪車伕又來按門鈴，跟太太報告，說他看到東主在某街某處打電話，約人在某電影院門口見面。太太立刻與當律師的大爺趕過去，截住這個湯同學，把她帶到律師事務所，嚴加審問，著實教訓一頓。

據太太事後說，湯同學雙手護頭，抵擋太太如雨下的巴掌，頻頻告饒，表明自己有男朋友，等男友退伍即去美國留學，與科長無不可告人之事，只是看場電影而已，請太太不要誤會，高抬貴手饒了她。

那位湯小姐畢業後，在西門町交通銀行上班。太太為了監視她，請她大嫂和多位朋友輪班，每天到湯小姐上班的銀行外面，走來走去，干擾她，並阻嚇東主，使他知難而退，不敢再貿然約她外出。

說來好笑之至，連我這個小嘍囉，在這非常時期也被精明能幹的太太派上任務，牽著小妹妹在銀行大門外，裝模作樣走動好幾回。後來太太覺得為一個即將出國遠去的小女子，如此大費周章，勞師動眾，每天辛苦輪班到西門町走動，感到對不住朋友；再方面湯小姐每天老老實實在上班，並沒有外出跡象。後來湯小姐不再到銀行上班了，打聽之下，她真的與男朋友去美國留學去了。至此太太終於放下心中那塊石頭，也結束這段到銀行監視他人作息，荒誕又無聊的戲碼。

自我來此之後，發現太太每個月的月初，必坐三輪車到迪化街一趟。她回來時一定買一包帶皮的炒花生，一包去皮蒜炒鹹花生，這都是東主下酒的好料。有時太太懶得出去，便叫少主騎自行車去迪化街。有時她母子都沒去時，就有一位西裝革履的林先生騎自行車來家，太太笑盈盈從林先生手中接過一個牛皮紙袋，我猜想，那就是太太放款的利息。東主的薪水養四口之家，應所剩無多，哪還有餘錢雇傭人？更別提他每天要喝幾盅老酒啦。

這天傍晚時分，少主臉色發青，由張同學護送回家。原來他倆去看電影，散場出來在電影院門口，少主對幾個小混混斜瞄了一眼。那幾個小混混心裡不爽，二話不說幾個一擁而上，團團圍住揍他，少主一霎時反應不過來，當下嚇得臉色泛白，渾身顫抖，不知如何是好！

他這位張同學很聰明，見對方來勢洶洶，人多勢眾，惹不起，他立刻裝老練伸手把對方領頭的那位肩膀一攬，附耳說，我哥哥是某某的拜把兄弟，咱們都算是自已人……沒料到那個領頭的聽了，馬上換成一副模樣，對張同學作揖，直說抱歉，誤會一場，轉身把手一招，那幫小混混一哄而散。

東主聽張同學敘述後，趨前對兒子賞了一巴掌：「王八羔子，正事不做，淨惹是生非！」張同學告辭後，東主仍氣咻咻坐在餐椅上，與低頭垂手的兒子僵在那兒。小的不懂認錯，老的不肯饒恕，這樣很不好，妨礙我端菜上桌。沒轍，我大聲對少主說：「還不跪下跟爸爸賠不是！」少主看我一眼，雙膝咕咚跪下，囁嚅說：「爸爸對不起！」東主抬頭瞪眼，看我足足一分鐘，然後丟下一句「沒出息的東西」，走向客廳去。

這年，繁華的台北市，在台灣大學前的新生南路瑠公圳，發生一樁駭人聽聞的箱屍命案。死者為年輕女性，屍體綣縮被塞到一只皮箱裡，嚴封漂在髒亂寬大的黑圳溝裡。

警方查辦期間，社會眾說紛紜，各方臆測很多，但老是查不出死者為誰，若知死者身分，再抽絲剝繭，就容易查到兇手。報紙每天報導查案進度，喧騰一時。在家鄉的父母親聽聞傳說，對隻身在外工作的我，非常憂心我的人身安全，母親急促父親寫信叫我即刻辭工回家。

我一個女孩子，對東主敬如長輩，待少主兄妹視同自家弟妹，工作認真，盡忠職守，交友謹慎，友朋間坦誠相待，亦師亦友，正視自己的身分，珍惜相處的緣份，清白做人，與異性友相互尊重，自重然後人重之。我寫信安慰父母說：「女兒在外言行舉止端正，以家門為重，絕不會做讓父母蒙羞之事，那些出事的人，皆是與人感情糾纏不清，瓜葛牽連所致，請父母放寬心，不必為行得端、坐得正的女兒煩憂。」

在隔壁工作的女孩，心地善良，長相清秀，身體柔弱。她比我長兩歲，早上倒垃圾時會在巷口相遇，同樣是幫人煮飯，自然聊起各自工作的情形。她的東家是做貿易的上海人，姐妹同住，上有老母，姐僅生一女；妹妹卻有三個男孩，都在七歲八歲顧人怨的階段，頑皮搗蛋。一家大小九口，她每天煮一大鍋飯，燒一大桌菜，洗兩大盆衣服，還得打掃整理房間，所以她整天忙得像個陀螺似地團團轉，喘不過氣來，不得稍歇，倒垃圾是她最快樂的時光。

她跟我同姓——劉，名叫阿鑾，彰化人，沒上過學校，所以不識字。熟稔之後，她接到父親的信，便請我唸給她聽，我讀信時，她很專注聽，表情隨著信裡的內容變化起伏，一會兒面露欣喜之色，一會兒垂首默然無語，顯現憂容。

她說妹妹，還是妳這家比較好，人口少，單純輕鬆許多。不像我這家，人多事繁，每天忙不完，不得休息，我好累唷。我安慰她說，工作多，工錢自然多一些，像我來這裡兩年多，工資才調到四百元，妳的工資多我一倍多，每個月可多寄些錢回家，幫父母很大忙。她聽了嫣然一笑說，這倒是真的。

之後，她常託我幫她寫信給父親，信的內容，也只是問：祖母身體好嗎？爸媽工作不要太累，弟妹有認真讀冊嗎……等一些日常問候語，要嚒就是問：家裡幾時蒔田？何時割稻……等農家瑣事。

每次幫阿鑾姐寫信時，我就想到自己何其幸運，家裡兄弟姐妹眾多，在生活艱困的環境，父親還勉力讓我讀完小學，雖然識字有限，但至少出門搭車看懂時刻表，走路認得東南西北指示路標；而且給父親寫信時，會表達內心的感情和思想，匯錢時會填寫資料數目……想到阿鑾姐這些都不會，也不了解，實在為她感到惋惜。

一天，阿鑾姐突然送我一對自己親手繡的枕頭套，那是雪白純淨的枕套，上面繡著栩栩如生、翠綠欲滴的長條形葉片，在三兩片長葉中間突擎起一管花托，花托尖上是一朵艷紅的喇叭花瓣，花瓣中間鑲著杏黃點點的花蕊，這紅白綠強烈相襯的色彩，好看極了，令人眼睛為之一亮，實在太美太好看啦。我很驚訝，文靜的阿鑾姐，沒有讀過書的阿鑾姐，竟有這樣的慧心巧手！真感謝她這份無價的厚禮。

原來阿鑾姐，她奉父母之命將辭職返鄉結婚，為了紀念我倆萍水相逢，親如姐妹的情誼，因此熬夜趕工親手繡這副枕套送我，盼我日後枕著它時，不忘兩人相知相惜的姐妹情誼。她細心體貼又懂事，著實叫我深受感動。為了答謝她這份精緻的禮物，投桃報李，我買一只黑色皮包回贈，希望她以後錢包常滿，生活不虞匱乏。

阿鑾姐婚後在鄭州路賃屋居住，先生是一個泥水工，這樣很好，有技藝在身，日後不愁沒飯吃。一次我去看她，那時她已有一個剛滿周歲的男孩，她的住處非常狹隘簡陋，看可愛的孩子光著腳丫在水泥地上玩，非常不捨。

我們聊著，發現她兩眶含淚，問她為何難過？她欲言又止，羞於啟齒。再問她，才說嫁這媒妁之言、父母作主的丈夫，全家人不了解他的為人和生活習性；原來他不但是個老煙槍，而且還是個不折不扣的酒鬼，工作不順心，喝了老酒，就對她拳腳相向，她不敢還手，事實上她也無力還手。做工的人孔武有力，阿鑾姐是個柔弱的小女子，怎奈何得了他？唉，可悲可嘆！

告辭時，我特別提醒她，說萬一老公發酒瘋，立即抱孩子遠離他，免得挨拳頭，待他酒醒再回家比較安全。

數月後再去看阿鑾姐，已人去樓空。

房東說，她們一家已遷往他處去了。她沒事先告知，從此之後像斷了線的風箏，杳無音訊，令我悵然不已。

父親來信說我這次匯錢，指定的是新竹，不能在竹東鎮領取（芎林尚未設郵局），只得託街上本家德駿先生到新竹時代領。父親要我寫信，叫哥哥做事要謹慎，不可粗心。原來哥哥來信說，自己晾曬的海軍服，不翼而飛，請父親速寄二百五十元給他賠償。父親慨嘆說：吾兒一片孝心，所匯之款寄給汝兄，已化為泡沫矣！

放下信紙，我已淚流滿面，氣哥哥粗心，讓父親短少家用，父母親將更難度日，我卻徒勞無功，怎不令人扼腕！

我的生理期常腹痛如絞，臉色泛白，冷汗直冒。返鄉時，母親帶我給當婦科醫師的遠親看。他跟母親說，女孩通常都會有經痛的困擾，但這不是病，待結婚後陰陽調和，自然會改善，不必服藥。

這天中午，我做好午飯，忽腹痛如絞，難以忍受，一時按捺不住，立刻躺到床上，緊抱厚被壓在肚腹上以減輕疼痛；不僅額頭冒冷汗，還口乾舌燥，伸開手掌看，一遍雪白，毫無血色，我嚇壞了，遂大聲喊：「太太，太太快來啊！我不行啦……」我聲嘶力竭，喊乾了喉嚨，喊焦了嘴唇，可就沒有一聲回應，我似走進幽冥漫漫的黑洞，四周寂靜，闃無人聲，我以為我已經死了。

直到太太到廚房喊，可以擺飯菜，無人回應，這才發現我像死人一般癱在床上，沒有知覺。太太在床前搖我頭，翻動我的眼皮，驚叫一聲，怎麼臉全無血色？立刻喚少主到巷尾重慶南路，請她的中醫朋友——修養齋大夫來家看診把脈。

我意識朦朧中，感覺有人掀開我的衣服，往我腹部扎針，太太輕聲問：這孩子到底怎樣啦？可嚇人哪！大夫說：「不打緊，這種毛病結婚自然就會改善，不算是病。」

太太又問：這情況將來會影響生育嗎？兩人的對話，怎麼那麼遠啊！那聲音好像來自很長、很深、很遠的長廊盡處……

啊，我終於聽清楚太太說，「臉上有血色了，額頭也不再冒汗了。」待我睜開疲憊的雙眼，瞄到腹部被扎了五根銀針，而那位白白胖胖的修大夫就坐在我小床邊，真叫我難為情！

我的不是病的毛病，驚動了這位中醫界鼎鼎大名的修大夫，當面我一再道謝，更感激太太和少主為我操心奔忙。為了感謝修大夫為我出診，我總得對他有所表示才對，請教太太後，她說就扯一塊像樣的衣料送過去吧！她特別囑咐不要買太花俏的，要選素淨大方的，適合他太太做旗袍。

我到衡陽路綢緞布莊，花一百八十元買塊旗袍料，送去答謝修大夫的大恩大德。當然，這個月我就少寄錢給父親了。而且聽大夫建議，每月可抓幾帖四物湯燉食，可改善體質，若嫌麻煩就買中將湯泡飲，調養身體。

少主在私立夜校讀高二課程，暑假後須再讀兩年方能畢業，因他已屆兵役齡，東只得到兵役課為他辦理緩征手續。

暑假，東主全家到螢橋火車站，坐小火車到新店碧潭玩水消暑。回家來大夥都累癱了，因此夜裡很好睡。半夜，東主突然醒來，發現擺在臥房窗前的自行車，怎麼變矮了，看不到車把手，便起身朝窗戶查看，定睛一瞧，不是自行車變矮了，是自行車不見了！開玄關門到院子看個究竟，一伸手，玄關落地玻璃門是洞開的，東主這才明白，家裡遭小偷啦！

東主跑去管區派出所報案，兩位警察過來查看。他們研判，小偷是從小弄走道邊窗戶爬進屋的，因那扇紗窗整片被割開；原來擺在窗口邊、茶几上的一盆塑膠花，被搬到走道上；茶几被挪到一邊，客廳籐椅沒移位；但客廳壁櫥門邊掛在衣架上的西裝褲，被丟到地板上，東主西裝褲口袋的七百多元，不翼而飛。

大門鎖沒被破壞，那小偷是從何處潛進來的呢？原來隔壁正在蓋房子，工人把砂石堆放在圍牆外，有半人多高，小偷即從這裡輕而易舉，翻牆爬入院子。太太提醒東主說，大哥那塊大律師木牌掛在咱家大門外，難免受宵小覬覦，誤以為律師家裡很有錢，我看把律師木牌取下，別掛啦！

東主上班的交通工具被偷後，太太即籌款為東主買乙輛鈴木五十西西機車代步。

接著太太又買一台腳踏縫衣機，擺到我房門邊。太太把自己穿過時或變窄的旗袍，拆開剪裁做小妹妹的短上衣或小洋裝。我也沾到光，從此以後，我做衣服更方便了。

秋岳叔就讀中興大學法商學院，不好意思讓父母操心，為了籌措學費和生活費，兼了三個家教，但家教收入仍不夠用。一天他來看我，他抖抖腳上張口的破皮鞋給我看，他說拿去修補，修鞋的師傅，左看右看，對他搖頭說實在補不起來了；他懇求師傅說，無論如何，請想辦法再補一次。

秋岳叔繁重的課業，加上三個家教，經常忙得焦頭爛額，因此常請假。他住在學校附近合江街堂兄（岳叔入嗣二舅為長子）家，和我小學同學劉世武的親哥世佐兄，與其他幾位同學住在一起。我得空坐〇西公車，轉二十五路公車去看他；秋岳叔向同學借，來不及整理的筆記本，叫我帶回幫他抄寫。

我私心竊喜不已，我一個連初中都沒讀的人，竟有幸接觸大學課本的知識，這無形中增廣我的見識，加強我的書寫能力，何樂不為呢？

暑假後，世佐兄在台北學苑申請到床位，即搬離合江街范叔叔家。某晚我到台北學苑看望世佐兄，到了那裡，我頓時被嚇呆了，學苑裡進進出出，吵吵嚷嚷，住的清一色全是大男生。

找到世佐兄，他請我到他寢室兼書房的屋裡坐。其他室友見有女性來訪，紛紛退出，到門外卻貼壁或勾頭偷窺，一位男生故意調侃世佐兄說，原來世佐的女朋友這麼漂亮標致……世佐兄起身對門口的室友啐一口：「你個大頭啦！她是我家妹妹劉某某，聽清楚沒？」

不多會兒，另一位室友端兩碗熱騰騰的牛肉麵進來，親切說：「世佐兄的妹妹來，算是我們的客人，不可怠慢」，對我誠懇說：「劉小姐妳不要客氣，請笑納吧！」

世佐兄雙手作揖，對這位室友連聲道謝。世佐兄說：「這位室友是台南望族，家世經濟都很好，也很會耍寶。之前，他看到妳寫給我的信，讀後大為讚賞，直追問妳是誰？是女朋友嗎？讀那所學校？我逗他說「師大」，他聽了說，難怪文筆這麼好；我的女友是銘傳的，文筆差遠囉！」

與世佐兄告辭時，他在我耳畔細聲說：「妹子，今天託妳的鴻福，讓我這個修道院的修士，大開洋葷，這碗牛肉麵真好吃，辣呼呼，大碗又實在，倒讓他破費了；不過他家裡很富裕，人也豪爽，一碗牛肉麵不算什麼，嘿嘿！」

哥哥來信說，他服役的軍艦從左營開到基隆港停泊，等待出洋與他國海軍交流。在停泊期間叫我可趁此機會，到艦上參觀，開開眼界。於是我向太太請假，午飯後到台北東站公路局坐車到基隆港。找到哥哥服役軍艦停泊所在，經站崗的衛兵通報，哥哥即出來接我登艦。

這艘軍艦真個是龐然大物，哥哥帶領我到艦上各單位參觀，我好像進入夢幻迷宮似的，穿進穿出。看哥哥的睡床像搖籃吊掛在半空中，沒有附著依靠物，心想他們如何睡得著啊！上下樓梯不是我們平地斜坡式，而是筆直的梯子；後來哥哥帶我到伙房見世面，他說我國三軍裡面，就是海軍的伙食最好，每天都有雞鴨魚肉，水果香菸和咖啡。

我在艦上待四十分鐘，已感覺頭暈目眩，身體不自主左右搖擺，怎麼放在桌上的咖啡都不會倒下，太神奇了。

我寫信給父親說，已到基隆港參觀海軍大軍艦，令我大開眼界，始知國軍裝備精良，很佩服海軍官兵堅忍盡職保衛國家的精神。我在艦上只待短短四十分鐘，回家後一個多禮拜，感覺身體仍不停左右搖擺。

今年台灣終於有一家「台灣電視公司」開播。以往除中廣的全國新聞聯播之外，只有星期日晚上的廣播劇聯播，沒有其他什麼娛樂節目。現今可好有電視台，東主即買一台十六吋大的黑白電視機。剛開播，因出於好奇，吃過晚飯大夥守在電視前，目不轉睛盯著那個小框框。過一陣子，大概看累了，才懂得看電視須選擇適合節目，不可照單全收。

今天包餃子時，太太嘀咕說昨天跟大娘一道去看，她丟在南崁孤兒院的兩個孩子。天氣這麼冷，看她姐弟倆衣衫單薄，沒鞋沒襪穿，髒兮兮打著赤腳，活像個叫化子，看著令人心疼，害她忍不住一直抹眼淚，可這個活人妻，一滴淚都沒掉，真夠狠心，忘了孩子是她的親骨肉……。

我聽不懂什麼叫做「活人妻」？而這個活人妻又是指誰呢？

太太經不住我一再追問，憤憤地說活人妻就是她的夫嫂，也就是她的妯娌啦！說她夫妻倆都是上海人，丈夫做生意，未知何故兩人鬧離婚。當年是請律師大爺辦的，夫妻倆的離婚條件還沒理出頭緒，她就跟大爺搭上了。離婚時長女和么兒歸女方，隨母嫁過來，就是俗稱的「拖油瓶」啦。中間兩個次女和長男歸父親，男人無力撫養，就把兩個孩子送到孤兒院去。

太太說：「妳想想看，她這個前夫仍然活著，她這不叫活人妻！叫啥呀！」

我心裡想既然有緣作妯娌，就算是一家人，再氣不過她的為人，也用不著拿這樣難聽刻薄的話來形容吧！

翌日，太太上街扯兩塊棉布，買十二兩棉花，剪裁兩件棉襖，我用縫衣機縫好四周。中午大娘趕過來，吃過午飯，我和太太即刻動手，把襖面攤在地板上，我倆辛苦又蹲又坐或跪，把棉花續上鋪整，把蓬鬆的棉襖用書本壓平，再反轉過來，一針一針縫好，再把兩袖腋下縫合。

大娘菸不離手，坐在籐椅上，悠閒地吞雲吐霧，也許是心裡有些過意不去吧！偶爾動動嘴皮，說聲：「弟妹辛苦妳啦，玖香有勞妳了，好感謝兩位幫忙……。」

午後三點多，待我倆把兩件嶄新的棉襖縫上拉鍊，就大功告成。太太把它疊好和日前準備的衛生衣、鞋襪、餅乾包好，和大娘聯袂送去孤兒院。

精明能幹的太太心地算善良，雖然有時老覺得自己高人一等，講話常未經思考，太直接，免不了有些尖酸刻薄的味道。大娘與前夫生的孩子，與她沒有血緣關係，也不住同一屋簷下，不同一鍋吃飯，但這次為孩子做冬衣送暖的義舉，倒是非常難得，誠如古人說的：「惻隱之心，人皆有之。」顯見她仍有悲天憫人的胸襟，所以看人不可單面概括，可以換個角度欣賞，則有不同的面貌和結果呢。

老天爺對人是公平的，大娘這兩個在孤兒院捱苦日子的孩子，因他父親與一有錢寡婦再婚，而脫離苦海，出大運了。他們的繼母因無子息，婚後把兩個孩子領回撫養，視如己出，幾年後，他們一家四口移民到美國去生活了。

這天太太的精神很好，心情愉悅。我在後院刷洗紗窗、玻璃窗，太太她優閒地哼著北方小調，慢條斯理地整理客廳那一排壁櫥。等我刷洗告一段落，淘米煮飯，坐在後院小木凳揀菜，太太抓著一隻畚斗到廚房來，叫我把畚斗裡的垃圾拿去倒掉，我接過來，看僅是一些破布團，便把老菜葉放在上面一齊丟。我這人做事向來不拖泥帶水，便開後門提著畚斗，往後巷尾那個垃圾箱走去。

在離垃圾箱一步遠，我就把畚斗的垃圾往箱裡倒，倒下時怎麼感覺破布團有些沈？心覺有異，我好奇翻出倒進垃圾箱裡的破布團，拾起一掂，怎麼沈甸甸地？待解開層層包裹的破布條，映入眼前的，赫然是團黃澄澄的金飾！抖開細看，裡面有三條金項鍊，一串大小不一的金戒指及耳環，還有一對麻花手鐲和幾個碎金塊……。

唉唷！太太妳怎麼這樣糊塗啊！

這一包值不少錢的金飾，妳竟然把它當垃圾叫我把它給扔了，我立刻轉身跑回家，對太太說：「妳剛才叫我倒的垃圾，妳知道那包是什麼垃圾嗎？」她卻輕鬆地說：「還不是一些無用的破布團什麼的，妳卻大驚小怪！」當我雙手把那包金飾攤到她面前，她先是一愣，待看清是金項鍊、手鐲、金戒指時，大叫一聲「天哪⋯」聲音顫抖地說：「這些首飾是阿珠託我保管的⋯⋯我怎麼會⋯⋯。」

事後，太太直跨我父母家教好，不貪財，倘若我有一絲貪念把它佔為己有，不聲不響帶走那包金飾，她也不會察覺。她說那些金飾的價值，可買一棟像她家一樣的房子。再說若真的丟失，她也賠不起阿珠。

日子過得真快，不覺中年的腳步又近了，我忙完刷洗門窗，接著漿洗被套床單。除依往例做菜外，我得忙著發麵蒸饅頭。因我很用心揉麵，蒸的饅頭碩大白胖，又結實，很招人喜歡。太太就把我辛苦蒸的饅頭送給妯娌，甚至送給妯娌的鄰居們。真是看人挑擔自己不累，太太這麼大方到處送饅頭，可把我累癱了。

連續幾天忙蒸饅頭，今天蒸的是最後一籠了。晚飯後把廚房收拾乾淨，剛把饅頭坐上鍋，先生在玄關大聲喊有人找我，這接近年關時節，誰會來找我？待我從小走道到前院，真是叫我大吃一驚，原來是在桃園服預備軍官役的楊君，翩然蒞臨。

這是他第一次造訪，我請他到我臥房木桌前坐定，泡一杯香茗奉上，我坐床沿，問他怎麼有空來看我？他雖著筆挺軍服，帥氣逼人，但仍不脫靦腆之氣。他說今晚將坐夜車返高雄，看時間充裕，特別北上來看我，想請我看場電影，未知肯賞光否？他說「第一戲院」正上映，珍•芳達主演的《神女生涯原是夢》，好像口碑不錯。

我看已近八點半，我的饅頭剛上鍋，待蒸熟起鍋已九點多了，我說看九點二十分這場是鐵定趕不上了。他看事實也是，便說那以後有機會再請妳看其他的電影，今晚我們聊聊也很好。

他誇我，說我寫的信，字越寫越成熟，修辭寫景，抒發胸懷等等，早超過高中生程度啦。我從實說，這得歸功你這位老師平日的教導指正啊！楊君寫的信極好，我從中學到很多不是書本上學得到的知識，和做人的道理；他勤寫信給我，我就像函授學校的學生，受益匪淺。

他問最近都看些什麼書？我說秋岳叔送的《世界文學發達史》已讀完。平日我最愛讀《中央副刊》的文章，為了要考驗自己的國文程度，最喜歡看每年大學聯招的國文題解和翻譯。一回讀到：「客從遠方來，遺我雙鯉魚；呼兒烹鯉魚，中有尺素書；

長跪讀素書，書中竟何如？上言加餐食，下言長相憶。」我完全讀懂了吔！

楊君聽了對我瞪大眼說，妳好用功喔，可以報名考大學聯招啦。

我突然想起有一回返鄉，自正月到台北工作，一直到端午節後才得回一趟家，看望父母家人。到家時鄰人告知父母上山工作去了。我即爬後山去迎接爸媽。當我看到母親正頭頂一大捆長竹把，奮力往坡上爬時，激動的心情難以言喻，噙著滿眶淚水，大喊一聲「媽媽」即飛奔下坡，雙腳被滾動的小石子絆倒，身體像溜冰似地滑到母親跟前。

母親丟下竹把，把我扶起，心疼問我跌傷沒？我笑中帶淚，直說沒事。

我跟楊君說，我記得在信中向你敘述這一段情景，你回信告誡我說：這就是「樂極生悲」呀！之後，我一直努力找這句話的出處；從這之後，我學會把歡樂之情掩藏心底，不顯形色，免得樂極生悲。

當我把蒸好的饅頭起鍋後，楊君依依起身告辭。

我送他到大門口，目送他高䠷英挺的身影消失在巷口，才掩上大門。一轉身，先生在玄關，問：「他是妳的男朋友嗎？長得一表人才，斯文有禮，做啥的啊？」

我答說：「不是男朋友，是朋友啦；他是一位高中老師，正在服預備軍官役。」

先生聽了，哦一聲，走進玄關。我隨即聽到太太說句：「那裡好看哪？長得像瘦皮猴似的！」我聽了心裡著實不悅，批評我的朋友，就是看不起我；同樣是一句話，做人何不多讚美人，積點口德？

第五章　天涯何處無芳草

秋岳叔來信囑我正月返家時，在新竹巴士站等他。見面後看他一臉哀戚，始知他高齡八十六歲的祖母，住在隔壁的叔婆太——祖父的嬸嬸，已於年前往生了。

秋岳叔說他在返台北前，要介紹他竹師的同學給我認識，那位男士曾見過我的相片和寫給秋岳叔的信，很欣賞，急著要見我。但這天見面相談之後，知我僅小學畢業，即打退堂鼓，不作進一步交往，因此連一封信都沒寫。秋岳叔得知後，說他這位同學很不夠意思。

今年正月初六才得返鄉，比往年晚一天。太太說這個月工資加二十元，即四百二十元。我返家後，父親說哥哥今年在左營過春節，興郎叔當空軍，正在鳳山受訓，其祖母喪事辦妥即回營。因此我臨時決定到高雄一位遠房嬸嬸家住兩天，假日哥哥和興郎叔都會到嬸嬸家會合，我們可以見面，盤桓盡日。

我坐夜車南下，天亮到達高雄即去公車站，找在市公車處當車掌的英子姐（嬸次女）。她家在遷往高雄前住在上屋，是我小時候最要好的玩伴。我坐公車到鳳山嬸嬸家，不一會興郎叔也來到，他帶我去參觀「大貝湖」（澄清湖前身）中午回嬸嬸家，哥哥也從左營來聚會，晚餐後他倆各自回營。

第二天，我帶兩盒茶葉，坐車經旗山到美濃鎮看楊君。美濃是生產菸草的農業重鎮，路邊住家，處處可見是高聳燻菸草的煙囪。我循地址找到楊家，它是一座古樸的老式三合院房舍，庭院寬敞清幽。我漫步欣賞週邊景致，看四面樹木綠油油，一片寧靜祥和，房屋左側傍著一條春水湲湲的清溪，想到這是孕育善良誠懇的楊君美麗的家園，心中不禁昇起一股暖流。

不多會一位約年三十出頭的高個子婦人，近前問我要找誰？當我表明身分，她打量我一下，說歡迎，只是不巧她弟弟不在家，問是約好的嗎？我歉意說沒有，是臨時來的。我指圍牆外一欉香蕉樹，說楊君曾送我一張在香蕉樹前照的相片。交談之後，始知楊君的尊翁，是鄉中一位頗負聲譽的中醫師，惜早作古。他上有寡母和三個姐姐，下有一妹，他是家中的獨生子。

哥哥服滿三年海軍役，將於三月底退伍。二月初他換防，到基隆時特來看我，同時帶一位也在服兵役的小學同學林君來。林君是位小學老師，中等身材，皮膚白晳，誠懇老實，他在台北服役是負責傳達公文任務。一週後，我接到他文情並茂的來信，字跡工整端正，賞心悅目。他說當日原與朋友約好三點到士林碰面，但見了我之後，他決定爽約。信的內容說我端莊美麗，氣質高雅等溢美之詞。再之後，每週必能接到他的信。

一天看到報載，台灣鐵路局招考觀光號隨車服務小姐的訊息，條件是初中畢業，家世清白，美貌端莊，身高一百五十七公分以上，精通國語或閩南語，略通日語，能吃苦耐勞之未婚女性。

明知須初中畢業，我仍貿然前去應試。初審官說：妳的條件相當好，除閩南話略為生疏外，日語不錯。當他問我要初中畢業證書時，我撒謊說忘了帶。他提醒我，明天記得帶證件來辦妥手續。

回家前到任職鐵路警察的族姐夫家，說應徵之事，她夫婦一致認為初審即通過，很難得。當姐夫知道我的困難後，沉思一會說，這個好辦，花點錢或請吃頓飯，可到南陽街補習學校弄一張等同初中學歷文憑即可。但我不願作違背良心的事，認為沒有確實經歷，花錢買來的證件，那豈不是偽造文書？

後來在給父親的信上提到此事，父親為我感到十分惋惜，自責當年因家貧沒讓我讀初中，以致求職時，少了一紙關鍵的證件。

端午節後，難得有四天假返鄉與家人團聚，我寫信給在楊梅服役的楊君，說趁返鄉之便，約他十點在楊梅火車站見面。

我下車後，在火車站等了半小時，仍不見楊君依約前來。這時正巧有輛軍用吉普車停在站前廣場，想這軍車定是楊梅山上軍營來的。我上前請教楊梅郵政一七七Ｘ附ＸＸ號信箱，可是在高山上？坐在車內一位軍官說：「我們這裡就是這個信箱號碼。」正說著一位阿兵哥拎一個大麻袋爬入車內，駕駛正發動引擎，我表示要上山看朋友，可否順便搭個便車？那位軍官遲疑了一下，隨即說妳上車吧！

那天，我穿件自己做的黃底圓白點短袖襯衫，配上植田先生送的紫藍色百褶裙，腳蹬兩吋半白色高跟鞋，拎著八童子姐姐送的白色小提包。我端坐車上，令旁邊兩位阿兵哥顯得拘謹，好在不一會兒工夫，吉普車已衝上山頂。

放眼望去是一大片無盡頭的相思樹林，空曠平坦的紅土地上蓋一溜營房，一排排井然有序，非常壯觀。吉普車突在路邊停下，軍官手指路旁一棟建物說到了。我下車向軍官道謝，車子已往前駛去。這時在路邊花圃低頭拔草的阿兵哥，見有女性訪客，一陣騷動，好奇吹著口哨，並大聲尖叫。

我剛要問阿兵哥，這時楊君走過來對他們喝斥一聲，大夥見是排長的朋友，知趣地馬上安靜下來。

楊君帶領我進入他的辦公室，他很驚訝我怎麼會突然出現，而且是坐軍用吉普車上山的。我說已寫信約在火車站見面，下車後等半小時沒見你來，我就坐車上山啦！楊君一臉歉疚，問妳何時寫的信，我還沒收到……他說到這裡，啊了一聲，說妳稍候，便跑出去。一會兒手裡拿一束信件，找到我寫給他的那封，拆開一看沒錯，確實是約在今天上午十點，他說剛才妳坐的那輛吉普車，正是去楊梅信箱取信的。

楊君說，妳的膽子好大，竟敢單獨搭軍用車，到這都是阿兵哥的軍營來，我說那是巧合，我的信寫晚了，很抱歉。

楊君笑容可掬地讀著我的信，誇我的文筆流暢，內容言簡意賅；說他妹妹教小學，當老師的都沒妳寫的這樣好。他把信收起又走出去。看他這麼忙，不好意思攪擾，正想向他告辭下山，楊君回來，說他已向上級請假了，「走！我陪妳下山。」

下山的小路正是四十七年冬，我初離家門時，跟林表叔到軍營走過的山坡路。這條崎嶇坎坷的山坡路，兩旁長滿爬籐和芒草，非常不好走，尤其是下山。而我又穿著高跟鞋，要是打赤腳下山定難不倒我，不巧我穿了長絲襪，不方便在男士面前褪下，只有硬著頭皮小心走。

楊君在前，我在後，他頻回頭叮嚀我小心。每過一個坎頭或一個轉折，他就伸手用力握緊我的手，惟恐我跌跤。

這是我第一次讓男士牽我的手，為了安全我也顧不得女孩子的矜持，大方與他雙手緊握。這一小段山路我倆小心翼翼，走了快二十分鐘，才抵達山腳下窄小的田埂，楊梅車站已在望，我領出寄放的提包，楊君立刻接過去，他說：「我們先去吃午飯，然後請妳看一場電影如何？」我點頭欣然接受。

我們找一家門面乾淨的食堂坐下，點兩碗湯麵，叫兩樣滷菜。楊君指店裡一位小姐說：「她在講客家話，妳說妳是客家人，可是妳從沒跟我講過一句客家話，妳說說看，吃麵怎麼講？」我即以他美濃的四縣話（又叫梅縣話）講。我說剛才店裡小姐講的是海陸話，與我家裡講的不一樣，我們家講的是極為古老優雅的語言，也就是唐朝那位出將入相的郭子儀講的「饒平話」。台灣講饒平話的族群不多，稀少又珍貴。

楊君說：「妳會講三種客家話，很有語言天分，而且說得很正很好聽，四縣話說得很軟甜。」我老實說，不是自己從小講慣的，還是差一大截啦。

小姐端麵來時，我挪了一下提包，楊君說妳這提包鑾沈的，剛剛提時就想問，裡面是裝了什麼書吧！

我說裡面裝的不是書本，是兩斤荔枝。

我阿公很喜歡在屋前屋後種果樹，如枇杷、芭樂、橘子、楊桃、香蕉等。他在山園種一棵稀有的荔枝樹，頭年開花結了十五顆果實，他老人家很得意，待果皮泛紅便摘下來給全家大小品嚐。不料收成後幾個月，這棵珍貴的荔枝樹就被蟲蛀食而枯死，阿公為此難過了很久呢。

我說讀李密的《陳情表》，受到感動而悟到，我阿公今年八十一歲了，要孝敬他老人家可得要及時。這荔枝雖然很貴，不過再貴我也要買給阿公嚐嚐。楊君聽我這麼說，目光定定地盯著我，若有所思說，妳很孝順。

飯後我把提包寄放食堂，楊君請我看的電影是部西洋片，是蘇珊·海華（註二）和華倫·比提主演的《天涯何處無芳草》。劇中一對私心相許，恩愛的有情人，隨著兩人日後際遇的跌宕起伏，而有所改變。劇終不是皆大歡喜的有情人終成眷屬，實在叫人意料之外，令人喟嘆不已。

走出電影院，我有一股撥不開迷霧般的惆悵與失落，楊君則一路沈默不語。到車站時，他告訴我暑假前將退伍，九月返師大讀研究所攻讀碩士學位，到時會再聯絡。

自楊梅車站別後，我們通過兩封信，再之後，我倆三年良師益友情誼，就像一首音韻典雅，令人沉醉的樂章最後一個音符，戛然而止。

這年樂蒂和凌波主演的《梁山伯與祝英台》黃梅調電影，讓全台民眾為之瘋狂。連我這樣節儉的人，都禁不住口耳相傳的誘惑，在快要下片之前，忍痛花錢去看了一場。

回鄉與二姐談起感人落淚的劇情，端著水煙筒的阿公聽了便附和說：「是啊！是啊！他倆原是七世夫妻，只因犯了天條，被玉皇大帝懲罰，每年七月七日才能見一次面。」二姐說阿公又張冠李戴，全錯了。我給二姐遞個眼色說：「阿公的記性好，全說對了。」就是這樣，他老人家聽了悅色說：「妳看連阿玫都說我沒記錯哩！」

翌日，和母親、二姐到後山茶園摘茶，山野寂靜，涼風徐徐，二姐慫恿叫我唱梁山伯的黃梅調來聽聽。茶園裡反正只有我們母女三人，不怕見笑，我就拔開嗓門，從「一要東海龍王角」，直唱到「訪英台上祝家莊」，突聽在附近工作的二嬸大聲喊：

「阿嫂，這麼好聽的歌，妳把收音機轉大聲點嘛！」

二姐噗哧一笑說，二嬸以為這是電台播放的！母親直起腰背大聲回應說，這已經是轉到最大聲啦。

暑假後，曉君妹妹到國語實小附設幼兒園上大班。園址在國立科學博物館後面，我每天接送她，都從重慶南路的台灣製片廠大門出入。

這天，家裡的氣氛有些不對勁，先生和太太倆沉著臉，相對無言，唉聲嘆氣，坐立不安，我不好問，自顧在後院忙自己的活。挨到午飯後，太太終於開口，她叫我到外面借電話打給丁先生，我專心聽她吩咐，如此這般……太太教我講話聲音要像撒嬌一樣，嗲一點，讓人家以為妳是位歌星……。

天哪！這是什麼樣的任務啊？不過我想這是她夫妻倆深思熟慮後所作的決策，只要不犯法，照辦就是。我抓著五毛錢硬幣，到區黨部斜對面，經常去買感冒藥這家西藥房借電話，今天老闆不在家，由他年輕的弟弟顧店。

我撥通電話，問：

「請問是燕京傳播公司嗎？」

「是的，請問妳要找哪位？」

「哦！我要找丁董事長聽電話，他人在嗎？」

「他在醫院……」

「在醫院？是這樣啦，我是香港的ＸＸ，之前和丁先生簽了合約，他安排我到ＸＸ歌廳演唱。可是我昨天下飛機後，一直聯絡不到丁董事長，啊！什麼？急診住院……」

「……」

「……」

我講完電話時，老闆弟弟用很奇怪的表情和眼神斜視我，不巧與我目光接觸時，他馬上低下頭看書。掛上話筒，我向他解釋說：「沒辦法，受人之託，忠人之事，你看我裝得全身起雞皮疙瘩！」謝他時，我故意伸手撲撲衣裙，說：「喏，滿地都是！」這位年輕人聽了，竟噗哧笑出聲來。

任務完成回報消息，太太聽了跟東主說，送台大急診這消息應該是真的，目前情況不明朗，要麼傍晚咱倆跑趟台大醫院探個究竟，看他到底是真自殺，還是在演戲！

第二天，吃早餐時，太太憤憤地說：「喝毒藥自殺那有不死人的！我看他是喝肥皂水吧！昨晚瞧他心情好得很，大口大口喝牛奶，哪像是尋短的！」

折騰幾天後，太太確定放給丁先生的錢被倒了，而且不只她一個，甚至連大娘出借的私房錢也被拖進去，數目多少不清楚。我猜想，每人至少在十萬塊以上。唉呀！三分高利誰能不動心？

丁先生和先生是河北同鄉，又是多年好友，記得他每次來家都很客氣，親切熱絡。告辭時，對先生太太總是恭恭敬敬行九十九度鞠躬，一個高碩魁偉的北方大漢，難為他禮數周到，低頭彎腰，行禮如儀，原來卻是在演戲呢！

精明的太太，經被姓丁的倒錢打擊之後，元氣大傷，對家裡開銷用度重新調整，一切講求節省。太太說她去買菜一定會超過預算，便命我以後擔負買菜的工作，不多不少，每天三十塊錢。

我沒有錢包裝錢，就用手絹包著買菜錢去南門市場買菜。先到牛肉攤買六塊錢碎牛筋，這是給拉奇和傻瓜吃的。餘二十四塊錢，斟酌買魚或肉做主菜，如買二十塊豬肉紅燒，得再配四樣青菜和做湯用的。我每天為要怎麼調配一家人的三餐菜色和營養，煞費苦心，想破腦袋。一天不小心丟失五塊錢，既懊惱自己粗心又心疼失財，只得向牛肉攤老闆借來買足菜，第二天自己貼錢還人家。

如是，我整整買了將近三年菜，還好當時物價平穩，不然三十塊錢除去狗食，這區區二十四塊錢如何能養活一家五口人，說來真是奇蹟！當然東主一家四口，仍會找機會到外面打打牙祭，不會太虧待自己的口腹之慾囉。

自從小妹妹上幼兒園後，由我負責接送上下學，因此，無形中多了一項工作，而且風雨無阻。中午去接小妹妹，須經過美國新聞處門口，那裡有排班的三輪車伕聚集。一天，我正要穿過新聞處，突被一蓬頭垢面、衣衫襤褸的男子阻我去路。我朝左閃，他就往左攔；我往右躲，他即朝右衝過來。我被嚇住，急得不知如何是好。一位年長車伕見狀走過來把他隔開，招手叫我快過馬路。後來才知，那無禮攔路的男子，是一個精神異常者，想想他真可憐。

那時香港的李翰祥導演到台灣來發展，組一個國聯電影公司，地址就在美國新聞處正後方（重慶南路這一段尚未打通）。李導演正在拍一部《西施》的古裝歷史電影，在白沙灣搭建一座大外景。我去國語實小幼兒園接小妹妹時，必得從重慶南路的台灣製片廠進入。

偌大的廠區左邊搭建一座攝影棚。一天我去得早，好奇走到棚內瞧瞧，恰巧看到演勾踐的趙雷，身穿鎧甲在排演，裡面有幾個大電風扇，朝他呼呼地吹。

左邊是一座長木梯，這是西施在木梯上下跳舞，會發出優美音樂的場景，應該是夫差的宮殿。

一天很巧看到王萊和周曼華，身穿古代貴婦華麗的服裝，在另一個攝影棚外的大樹下休息，搖扇聊天。那時她們正在拍黃梅調古裝戲《狀元及第》。明星不管大牌還是跑龍套的小角，其實沒什麼差別，跟我們普通人沒什麼兩樣。一次經過台製廠前路邊的違建小舖，看到長髮過臀的江青和汪玲、鈕方雨以及演夫差的朱牧，正悠閒逛街呢。

在兩班幼兒班裡，小妹妹被選中準備在雙十節表演歌舞劇，她將與其他入選同學，到教育電台錄音表演播出。能被選中是無上榮耀，但太太卻叫我陪小妹妹去電台。當天小妹妹穿件雪白紗質拖地洋裝，頭上戴頂鑲紅花的后冠，像一位高貴的小公主般可愛。

小妹妹演老鼠的女兒，她與演老鼠爸爸的男生一齊出場。老鼠爸爸穿件黑色燕尾服，戴黑色寬邊禮帽，像紳士一般，風度翩翩。小妹妹的台風不錯，落落大方，一點都不怯場。老鼠爸爸牽著小妹妹走向太陽先生，彎腰施禮唱道：

「太陽先生，太陽先生，你好嗎？我有一個女兒真漂亮，想嫁給你做太太。」

「……」

小妹妹面帶笑容，天真快樂地表演，我就猜不透，太太為何不陪女兒來？當下我有一個堅定的想法，假如日後我的孩子被選中表演，我一定不缺席，要親自奉陪，與孩子共享榮耀與快樂。

楊法官的女兒和小妹妹同齡，每次來玩都捨不得回家。這天，楊法官又帶一家大小來玩，幾個大人湊一桌在餐廳開四健會，楊太太踱到廚房來看我做飯，她悄悄問我有男朋友嗎？我說沒，她笑咪咪說不信。她說上次妳們到我內湖新家來，一位海軍上尉鄰居看到妳，很喜歡，託我介紹。可是我一開口，章太太便說：我這孩子還小呢！她家裡有個姐姐尚未出嫁，要嫁也得等她姐姐嫁人，才能輪到她啊！

楊太太說：我先生叫我以後別再提給妳介紹男朋友的事。他說：「章大嫂是何等精明的人，像玖香這孩子長得漂亮又樸實，乖巧又能幹，可遇不可求，上哪找啊？大嫂肯定是想留來做媳婦。」

我聽了笑說，這怎麼可能，我比較年長，而且我一直把添祥（少主）當弟弟看呢。

我在此工作，不覺已四年。這些年因東主職務關係，台北市只要有話劇表演或歌舞團演出，他都會得到兩張貴賓招待券，東主夫妻若是不克前往觀賞，他會把招待券送給我，讓我這個土包子獨自去觀賞。

每年十月三十一日，是蔣總統的華誕，這天肯定能看到名伶顧正秋表演的大團圓喜劇——《鎖麟郎》平劇。顧女士長得端莊美麗，演富貴人家，扮相雍容華貴，好看極了；加上她細膩嫺熟的作工，和甜潤優美的嗓音，可說繞樑三日，叫人聽得如醉如痴，大呼過癮，不捨離場呢！

某次忘了是誰主演的《孔雀東南飛》，只記得男主角焦仲卿和謝蘭芝夫妻倆，因母親的排斥，硬拆散這對恩愛逾恒的夫妻。那兩情繾綣，悲切悱惻，難分難捨的情狀，真叫人為他倆坎坷無奈的命運，一掬同情之淚。

第一次看胡錦演的《奇雙會》也是團圓戲。全劇以溫潤婉約的昆曲演出，有別於傳統平劇高吭悠揚的腔調，非常悅耳動聽，讓人耳目一新。

某次看胡少安演一忠僕，忘其正確劇名，只見胡少安演得非常投入，劇情高潮迭起，精采賣力的演出，讓台下觀眾掌聲連連。當他退到後台，應再出場續演的，竟換成兩個不相干的演員出場，令台下觀眾錯愕，一陣騷動，經解說，才了解胡少安入戲太深，這個對主人忠心耿耿的老僕，悲憤欲絕，退到後台就暈倒在地，不能再演啦。

因常接觸平劇戲曲，覺得徐露和顧正秋的演技可說無分軒輊，顧是前輩名伶，徐為後起之秀。另一演青衣的古愛蓮也很出色，唱作俱佳，只惜與前兩者在相貌上略遜一籌。還有演老旦的拜慈藹，演技也令人刮目相看。專演小生的高慧蘭，更是令人喜愛，她身材高䠷，五官端正，扮相英俊瀟脫，尤其演《群英會》裡的周瑜更是令人叫絕，美呆了，不知迷死台下多少觀眾。

一回看陸游的《釵頭鳳》話劇，陸游和表妹唐婉結婚，一對恩愛夫妻，卻因母命而離婚。許多年後，陸游獨遊山陰城沈家園，巧遇再婚的表妹與夫共遊，唐婉再嫁的丈夫趙士程也是一位學士。陸游看自己深愛的結褵妻子，與他人攜手同遊，難以自處，因悲痛恩愛妻子被迫離異，悲憤在牆上題下了這首《釵頭鳳》一詞。後面幾個連句錯錯錯和莫莫莫，讓人聞之鼻酸。

唐婉讀了，傷心欲絕，也寫了一首格局相同的《釵頭鳳》幾個連句是難難難和瞞瞞瞞，與陸游寫的前後呼應，但是他倆再也回不去了，不禁令人低迴惆悵不已。

我自中元節返家休假三天後，不覺已過兩個月。父親來信說雙十國慶，家鄉演平安戲酬神，囑我邀請東主全家來鄉下看看。我把父親相邀的盛情向東主轉達，沒料到他夫婦一口答應，要隨我去芎林鄉下，看我的家鄉是什麼樣貌。

這天下午，我陪東主一家四口和大爺大娘，坐火車抵達新竹車站，再轉搭往芎林的新竹巴士。因平靜的鄉下作熱鬧，巴士多開幾班。我領著東主兩家六口，浩浩蕩蕩從紙寮窩小路走回家，他們直說鄉下空氣清新，景致優美，到處綠油油，看著心裡就舒服。父母家人聞聲，忙不迭從禾埕跑下石階來迎接嘉賓。

待客以誠為上，我們鄉下再怎麼豐盛的桌席，也只是白斬雞、紅燒熕肉、白切肉，客家小炒和鳳梨炒木耳等幾樣菜餚。東主他們家吃的都是大陸口味，到我們這淳樸的客家莊，品嘗別有風味的客家菜蔬，反而感到清爽可口呢。

父親頻頻對客人說簡慢，招待不周。東主卻說，受到誠摯款待，誇客家菜太好吃啦！之前過年回家，返北時母親送給東主的「浸酒白斬雞」，他們嘗過讚不絕口。他們北方人的雞鴨魚肉，不是紅燒，就是油炸，絕沒有客家白斬雞浸酒這道作法。

東主見父親誠懇篤實，母親樸素勤勉，直誇父母親家教好；說我在彼盡職守份，非常難得；還說他把我當作自家人看待，請父母親放心。

這年入冬，太太大手筆，送我一磅雞血紅毛線。她說看我只有一件薄薄的羊毛衫禦寒，便送我毛線，說自己可以學織毛衣；再方面寒冬穿上比較保暖，免得手腳冰涼。我上街買一副竹製長棒針，太太耐心教我起針學織。我讀小學四級時，母親曾教過我織簡單的絨線帽，所以對織毛線有一點粗淺的基礎概念，不致手忙腳亂。

太太教我單邊織法，我試著以阿鑾姐曾教我的雙邊織法，比較有彈性，耐穿又好看。太太看我會起雙邊織法，好奇問是誰教的？我說是以前在隔壁做的那位姐姐教的。所以我把這雙邊起針法與太太切磋，她織三行鬆平看，說雙邊織法確實好看，有彈性，以後都用雙邊織法起針。

說到我那件羊毛衫，去年可花掉我一百七十元鈔票呢！穿著它回家，二姐看到很欣羨，但沒表示什麼。待我返台北後，父親來信說，姐姐比較年長，她沒有羊毛衫穿，叫我給姐姐也買一件。我回信問二姐喜歡何顏色款式，請來信告知，我可上街挑選寄回。

其實二姐精得很，別看她平日沉默寡言，原來她有自己的想法，她和父親說，她鍾意橘黃色毛線織的，式樣是對襟開有鈕扣的，不是買現成的羊毛衫。依二姐心目中理想款式，我到賣毛線專櫃挑選，量我的身材尺吋，講妥連工帶料共三百五十元。待取回郵寄回家，父親來信說二姐非常滿意，愛不釋手呢！當然，給二姐訂做這件昂貴的毛線衣，這個月我就無錢寄回家啦。

某日一男士送一籃水果來，可能有事對東主有所請託吧！他放下禮物就逕自離去。東主下班回家，聽說有人送水果來，發現裡面有張名片，他板著臉叫少主騎車送回去。他為了避免與此人碰面，乾脆請假不上班，三個禮拜我就幫他請四天假，我想東主或許是患了職業倦怠症吧！

東主辦公室的同事為了給長官解悶，最近假日相約來家打牌。

林先生比較年長，高瘦體弱，舉止穩重，話不多；傅先生約三十出頭，湖南人，高䠷體健，內向木訥；吳先生是上海人，與傅先生年齡相若，戴付金邊眼鏡，短小精幹，活力充沛，皮膚白皙，有些亮禿頂，能言善道，腹笥似有些墨水。

他們來打牌，我得隨時為他們添茶水，倒菸灰缸，好在他們都是吃了飯來，我不必為他們吃食操煩。我去辦公室為東主請假時，他們以為我是他上司的女兒，如今來家打牌，才明白，我只是他上司家裡雇的幫傭。

一天太太問我對傅先生的印象如何？我問何事？太太說，傅先生非常鍾意我，請太太牽線做媒。太太說，她覺得傅先生的為人比較實在，不會說大話；說他家裡有一大箱人送的衣料，說妳若嫁給他，這輩子有穿不完的新衣裳。常言道：嫁漢嫁漢，還不就是為了穿衣吃飯嚒？

我讀小學時成績不錯，只因玩球與老師發生口角，也就是得罪了她。老師因此排斥我，畢業時她放棄了我（註一）。漸長，我就立下宏願，將來我一定要嫁給當老師的，時時提醒丈夫鼓勵肯上進的優秀學生，勿錯失升學機會。

傅先生是稅務員，不是當老師的，我不喜歡他的職業。心想，幹稅務的有可能人人像白紙般清白嗎？一聽說他家有一大箱新衣料，更是反感。我家雖貧窮，但母親從不會讓兒女身不蔽體，就是老舊衣裳，母親必補綴得平平整整，洗得乾乾淨淨；我們也從不因身穿百衲衣，而感到羞恥。

一天傍晚，我突然接到吳先生，龍飛鳳舞，文情並茂的信，裡面寫道「……雖出將入相，非吾之所願也，吾此生惟願與卿兩情繾綣山林，攜手遨遊五湖四海，共度晨昏……。」

東主看我在信箱前讀信，捂嘴笑出聲，好奇問是誰寫的信，我把信遞給他，他看了看說，這小子竟用這招！那天傅先生先到，在客廳看到吳寫給我的信，氣得脫口說：

「他怎麼可以這樣？欺人太甚！」

吳寫信給我應該是鬧著玩的，傅卻是認真的，但他心志不堅，一天他跟太太表示，如我嫌他年紀大，可介紹我二姐給他。

註一：見《白雲悠悠思父親》之〈苦澀的回憶〉篇。

註二：蘇珊・海華主演《我要活下去》獲奧斯卡金像獎影后，後墜海殞命。

第六章　祖父往生・二姐出閣

這是我第五年在外過春節，工資從去年的四百二十元，調到四百五十元。雖是區區三十元，不無小補。

依往例正月初五返鄉，到家才知阿公生病了，而且病得不輕。父親料我年後必返家，因此沒特別寫信催我。看阿公病情沉重，即寫一封限時信給東主，說明祖父病重，我可能會晚些返台北，請他見諒。

在家這幾天，阿公因咳嗽連連，晚上不能平躺入眠，我和哥哥輪流依靠床欄，讓阿公坐著靠我們的背休息。阿公今年高齡八十二歲，正月初九天公生日這天，是阿公的生日，屆時姑姐們都會回來為他祝壽。

在眾多孫兒女中，阿公最喜歡我，因我聽話不頂嘴，而且他吩咐的事，我必欣然去做。如他割一弓香蕉找人幫忙抬時，哥哥和堂兄撒腿就跑掉，只有我願意幫他抬到街上小鋪。他賣了香蕉會賞我兩毛錢，我便拿去買橄欖，回家與兄妹分享。

早上阿公叫我去豬肉攤提他預訂的豬紅（豬血），我立刻放下掃帚，奔到街路市場提回家。母親馬上料理好給阿公當早餐，看他老人家開懷滿足地吃著鮮嫩的韭菜豬血湯，他會舀一碗賞我。又如傍晚，阿公差我去廣福宮廟坪，買鄉人在頭前溪捕捉的帕哥魚和狗頷仔。母親把小魚兒煎熟，加蔥段、薑片、豆油、用小火炙酥，成阿公下酒佳餚。

民國四十七年初冬，我初離家門時，阿公大方給我十塊錢做「膽」，我永遠記得他老人家對我的疼愛。

看阿公病況稍平和些，初八傍晚，父親叫我依約返台北，我懷著忐忑不安的心情，依依不捨離家返北工作。

翌日，我打掃客廳時，從茶几上掉落一張十行信紙，想是東主的信，把它拾起，竟瞄到——妳返家時，講好我們初九要去楊法官家作客，今接來信卻要延後返北，到時家裡無人看顧，我們不能依約前去，這豈不叫我失信於人！妳若有他處求去，何不明講？我決不為難，但做人不可言而無信！

看到這裡，我腦海閃過「小人之心，度君子之腹」幾個字。內心真是難過到極點，想我在此工作長達四年，向來忠於職守，盡責盡份；連我國人最重視的除夕回家與家人團圓，都犧牲了。對東主夫妻敬如父母，對其子女視同弟妹般愛護，東主他竟感受不到我對他家的一片赤誠，卻以懷疑之心相待，實在令我寒心。

正月十六日下午，我到合江街找秋岳叔，欲告知阿公病重之事。不巧他正忙於撰寫畢業論文，每天跑圖書館，常不在家。他堂嫂（房東）范洪潮嬸，親切招呼我進屋坐，她說，她正在蒸客家菜頭絲菜包，馬上可起鍋。不一會，她端兩個胖嘟嘟的菜包給我嘗，我一看是銀色的，當下愣住，忽有不祥之感。

在家鄉包菜包，一般會用大紅（植物色素）染色，討吉利，鮮少不染紅；不染紅的通常不叫「白色」，而要說「銀色」，這是客家習俗。

我跟嬸嬸說，忽然想起緊要之事，馬上得回去，不吃了。她熱誠說不急呀，吹吹就涼，吃了再走。盛情難卻，我三口兩口吃完，向她謝過，即匆匆告辭。

我趕到家時還不到四點，立刻淘米煮飯，揀菜切菜。一會，門鈴急響，聽到外面有人高聲喊：「劉玖香電報」，我心裡有數，奔去前院開門簽收。郵差說，這封電報中午就到，因巷沒寫，找不到地址投遞。第三次過來遇到送信的郵差，他告訴我，這個收件人是在某某巷的某某號，這才送達。郵差先生的敬業精神，令我非常感激。

回頭跟太太報告祖父往生噩耗之後，趕緊把飯菜做好。當我提著包包向太太告辭時，她拿一只白包給我，說這薄儀是對阿公千古表示哀悼之意。我垂首雙手接過，向她深深一鞠躬道謝，出了大門搭上〇西公車，直奔台北公路局西站，趕上七點鐘最後一班車返新竹。

車抵新竹站，正愁不知要怎樣回家，巧遇林新乾大姑丈，他包輛出租汽車叫我一起回芎林。他在下山村老家五厝屋下車時，已付過車資。車抵紙寮窩口，我噙著滿眶淚水下車，迎著刺骨寒風，一路跟跟蹌蹌，狂奔到屋崁下，耳邊清楚聽到法師的誦經聲；我仰首朝禾埕大喊一聲「阿公——我回來了。」立刻有人跑下石階來接我，我淚如雨下，忘記那一段石階，我是怎樣爬上去的。

阿公生前做三府王爺的乩童，對來祈求王爺的病家，有求必應，即使身體微恙，也不曾拒絕起乩，因此贏得鄉人的敬重。阿公有兩子四女，十個孫子七個孫女，加上侄輩和外孫們，可說瓜瓞緜緜。出殯那天，聽人講，阿公很有福氣，亨長壽，得善終，子孫滿山白！

阿公出殯後，我整理提包準備返台北。三弟邦相神情靦腆，拿一本舊辭典給我。

他說以前聽玖姐說，自己一直捨不得花錢買辭典；這本是我三年級時一次月考，國數得了滿分，老師賞我的獎品，玖姐帶在身邊，以後查字比較方便。

看著才四年級的弟弟，小小年紀就懂得體諒姐姐的苦衷，令我感動不已。的確為了省錢，我一直沒去買辭典，致讀書寫字碰到艱深陌生的字句，就用笨方法——猜，有邊讀邊，無邊讀中間，把自己蒙混過去。後經朋友誠懇指正，才曉得中國字的構造，一筆一畫，一字一音，甚至多音的奧妙深遠，若用錯或寫錯，其意義完全誤謬，真是相差何止千里啊！

三月，父親來信說，哥哥自去年退伍後，第一次接到通知，已赴左營回原艦受訓一個月。家裡本來人手少，哥哥不在家，父母親只得咬緊牙關苦撐。

端午節後太太加薪二十元，即每個月四百七十元。她給我四天假，返鄉與父母家人共敘天倫。在家白天隨父母上山摘茶、鏟草、拔地豆（花生）只幫一點小忙。四天假一結束，我即束裝返台北工作。

秋岳叔一向關心我的婚姻大事，他說畢業後即將入伍，以後見面不易，因此他又熱心幫我介紹他竹師另一位呂姓同學。秋岳叔說他這位同學非常聰明，竹師畢業因教學成績優異，被保送師大深造，讀大學期間考取某種特考。甄選出國深造，後因某種原因中途退出後，又回到教育界服務。

那天見面後，我覺得這人相貌不善，一個大國字臉，耳後見腮，兩道濃眉幾與印堂相連，有股肅殺之氣，令人心神不寧。他見了我當然喜歡，與秋岳叔說很滿意，說他遠住桃園雖不能常見面，但要以書信追求。

呂君似有強烈大男人的優越感，他或許以為當個老師很了不得吧！尤其是，我只有小學畢業的女孩，對他可說望塵莫及。他第一封信就表示，他不會告訴父母實情，說我在台北是幫人煮飯的，叫我放心，他可騙父母說我在台北是當店員的……

讀到這裡，深感此人心胸不豁達磊落，思想落伍，封建的觀念似與時代脫節。我的觀念正確，思想健康，說句實話，他哪配得上我！我回信嚴辭駁斥，我說幫人煮飯，是千百種工作中之一種，我以勞力換取生活代價，是神聖的，光明的，清白的，無須卑賤自尊求取他人的憐憫。

之後他連來五六張明信片，追女友連四毛錢郵票都不捨得花，可笑之至。不管內容如何，我可是惜墨如金，不回一字。（註一）

秋岳叔於法商學院畢業後，分發到南部海軍陸戰隊服役，是少尉預官。我們經常有書信聯繫，他來信告知當兵的甘苦，鼓勵我多讀世界名著，拓展文學視野。他寄一張著軍服戴軍帽，英姿煥發的相片給我留念。

六月父親來信說，二十四日么妹與數位同學，到台北縣新莊鎮頭前里的「新東塑膠公司」報到，翌日即開始上班。父親擔心么妹年紀輕，沒有社會經驗，第一次出遠門，囑我就近多關照，假日去看看，督促她有空多讀書，生活用度要節儉，不可亂交朋友，隨興玩樂，荒廢寶貴光陰。

接信當日下午我即請假，到中華路搭公路局班車，到新莊鎮頭前里新東廠探看么妹。她的工作是車縫「雨衣」，工作單調卻緊湊。廠方供應三餐食宿，伙食不錯；宿舍六人共用一大間。衛浴、櫥櫃、書桌俱全，還算寬敞舒適。據說，假日廠裡有社團娛樂活動，廠刊有《藝文天地》，供員工抒發揮灑。

我鼓勵么妹（小我三歲）趁年輕，把握機會可到附近夜校進修，繼續讀書。問她還缺少什麼，下週日幫她帶來，並留下十塊錢給她備用。

返台北後即去布店買八尺，不同色系條紋棉布，做兩件有領無袖上衣，假日送去，她試穿，開心說很合身。隔兩週我另做一件藍色六片裙送去，並帶回哥哥去琉球買的毛線，我給織的套頭毛衣，拆洗後重織大些，天涼可穿。

與林君通信一年多，我們的感情由初識的陌生，漸進到男女朋友階段，他知我愛讀書，送我一本《羅蘭小語》。他來訪時多半在午後，因是假日，東主他們常不在家。我請他到後院那間鐵皮搭蓋的違建小屋坐。靠門邊擺一台腳踏縫衣機，縫衣機旁橫擺一張單人床；門的左邊是一張四方木桌，我平日就以此桌讀書寫信，或剪裁衣裳，桌邊置一大米缸。床尾後置一小木櫥存放衣物，木櫥上面擺書籍；小櫥後是一扇僅用細鐵絲網四周釘牢的窗戶，小窗外是一條窄巷。門前院子裡有一棵蔽日的大榕樹，兩條白狗拉奇和傻瓜就趴在門前水泥地相守。

我新沏一杯香片放木桌上，林君每次正襟危坐，坐在四方桌前面朝裡，我坐在床沿上，兩人天南地北閒聊。時間過得飛快，四點一到他便起身告辭，說聊得很開心，大有意猶未盡之概。

昔時教師待遇微薄，不足以養家活口，一般都會找個會做裁縫的對象結婚，妻子幫人縫製衣裳，可增加收入。

一天，林君拿一件香港衫託我修改，不無試探我這方面能力之意。假日幾次邀我看電影，我皆以東主有事不得請假為由，無法受邀，之後他便用激將法相邀。一日東主給我兩張中山堂的電影招待票，叫我去觀賞。我即到博愛路一六六號林君營區邀他同行，他很意外我竟先邀他。看他喜不自勝，手足無措的樣子，溢於言表。他營區的同事見老實木訥的林君竟有女友來訪，大為羨慕，一個個裝模作樣，從營房內走到會客室，翻翻報紙或找雜誌，意在偷瞄我一眼。

電影散場後，一起走到衡陽路，林君逮住機會要請我到冰果店坐坐。我一看腕錶，說很抱歉，四點多啦，我得趕回去做晚飯，所以……瞧他一副落寞失望的表情，有些不忍心，但沒辦法，受人雇用身不由己，諒林君能體諒。

林君說他即將退伍，回桃園當老師，要請我去看洋片《洛克兄弟》電影。我不喜歡洋片拿刀動槍的暴力場面而改看喜劇片《史家山》，這部電影劇情詼諧，爆笑連連，我從頭笑到尾，餘味無窮。

一日，我從市場買菜回來，東主說：「妳男朋友來找妳，他說妳父親託他帶一包草藥來，妳不在，他留張字條走了。唉，這人看來挺老實，筆跡端正，文筆不錯唷！

是幹啥的呀！」我回說，他是一位老師，也是同鄉。東主哦了一聲，說不錯。接著，我就聽到太太輕蔑地說：「人長得挺白皙，可惜只有三塊豆腐高！」

我心想：人的高矮胖瘦是父母生成的，又不是做粄，要圓要扁隨意捏；再說，貴公子身高也沒達一百七十公分啊！這是女主人對他人評語的習性，反正在她眼裡，西施也會變成東施，令人難堪；口業由她造，不理她就是。

中山堂看電影回來，林君來信說，我到營區去看他還引起一陣騷動，同事們頻追問他：「老林你怎麼這樣厲害，追到這樣標致漂亮的小姐？」又問我現在讀哪個大學？林君隨口應說「師大啦！」他們都說，難怪這樣有氣質！

後來我才了解，林君給我寫的那些文情並茂，很能打動心弦的長信，都是在晚息後，頂著被子趴在床上，用手電筒照明寫就的，我聽了非常感動。

林君的文學根基很紮實，他說，當年竹師畢業環島旅行寫的遊記，國文老師足足用五仟多字給他寫評語呢！與其說我與林君漸漸產生好感，實在是因他端正的字跡，流暢洗鍊的文筆所征服。他真心對我吐露內心欽慕的情愫，能不受感動？他對我表示，不以目前教職為滿足，欲將更上層樓，準備參加中學教師檢定資格考。為此，我特別到重慶南路書局，選購一本厚厚的《中國文學發達史》相贈。（註二）

林君既有上進之心，又有正當教職，收入雖不豐，過平淡日子應無問題。他態度誠懇，無不良嗜好，我們又都喜愛文學，有共同的話題，很談得來。他既不嫌我學歷低，在信中幾度試探我的意願，我雖沒正面回應，但私心認為此君可託付終身。

趁返鄉之便，特別到觀音草漯去看他，了解他學校環境。之後返鄉，再到竹東圓崠山他家看看。那是一處山不高也不陡，是山巒連綿的丘陵，環境清幽，景色宜人的小山村；最引我注目的是屋崁邊，一棵結實纍纍的山楂樹。

他的母親是位身體瘦小的樸實婦人，見兒子的女友來訪，沒有特別歡喜之情；男主人身材壯碩，膚色黝黑，十足的莊稼漢，他一直悶不吭聲。我納悶林君何以稱他「叔」而不叫爸？在山村他家用過簡便午餐，林君捧出相簿讓我翻閱，裡面貼的相片都是他求學時代的留影，翻到一張我長髮飄逸的互贈相片，他在相片下面用白筆端正橫寫「芎林美女！」我看了不禁臉熱起來。

那天，林君特別送我下山到大路口，兩人依依揮別。歸程，我小心翼翼走過晃動不穩的木板橋回芎林，幾度回望白雲悠悠的圓崠山，不知何故，心中忽有股淡淡的哀愁，無限惆悵……

住在國際學舍旁違建戶的大姑丈家，三表哥要結婚，父親早有家信說，父母親和二叔嬸都會來台北賀喜，屆時我可請假去喝喜酒，與父母相聚，一舉兩得。

當晚我把飯菜做妥，即請假前去姑丈家湊熱鬧。看到久別的父母親，叔嬸、表兄嫂、表姐妹們，歡聚在這低矮簡陋的房舍，氣氛相當熱鬧。當我隨父母親端著酒杯到別桌敬酒時，一位手端照相機取鏡的青年見到我，眼睛一亮，放下相機問他身旁的表妹：「她是誰？」表妹笑答：「我大舅家三表姐呀！小時候親戚都說我倆像雙胞胎呢！」

那天，我穿著自己縫製的有領短袖白上衫，黑色過膝兩片裙，足蹬兩吋半黑色高跟鞋；披著長及腰際的頭髮，頭上戴著黑色有彈性的髮箍，樸素自然。

父母親、叔嬸難得從鄉下來台北，姑丈說：今晚都住下，明天陪他們到基隆去看海。九點已過該回去了，我依依不捨與父母親及親戚告辭。那位擔任攝影的青年一聽，立時把相機交給表妹，叫她幫忙顧好。

當我走出巷弄，這位青年追過來，問我要搭幾路公車？他很親切地說，他要送我回家。這這怎麼可以啊！他是何許人、何名姓我全不知曉，陌生人一個，怎可讓他送我呢！無奈，我想甩脫他，腳步加快往前走，他也跟著快；我把腳步放慢，他也慢下來，真是一步一趨，儼然是個護花使者，煩死人啦！到達東門站，一會兒，○東公車就來了，我依序上車，他也跟著上車，還側頭問我在哪一站下車？「福州街」，糟糕！我不小心說溜嘴了，如何是好？車通過羅斯福路，轉向福州街，我伸手拉鈴，正欲往前走，這個陌生人一個箭步擦身超越我，擠到車門口。車子到站停住，車門一開，他第一個跳下車，我心生一計，想必能甩掉他。我故意做樣往前挪腳步，但那是慢動作，司機見無人下車，把車門一關，油門一踩往前疾駛而去。這時，那個陌生人沒等到我下車，眼睜睜看公車開走了，他急得像耍猴戲似地對著車屁股大聲嚷嚷。

我在下個站，南昌街郵局下車，一下車跨過馬路，倏地轉入一條熟悉的深巷，輕鬆自在走回家。

九月，曉君妹妹，到敦化南路口的私立復興小學讀一年級。我每天早上陪她吃過早餐，送她到寧波西街菲律賓大使館斜對面一個定點，等學校的交通車來接上學；下午放學，在同地點等候接她回家。

么妹放假時與同鄉們，搭公司備妥的專車直達新竹車站，再轉搭新竹巴士回芎林。假日若不回家，下了班即到台北來找我，晚上在我這裡擠單人床住一宿。第二天她陪我上市場買菜，下午我帶她去看，住在大浦街違建戶的秀英姑（祖父堂姪女）家，或到植物園逛逛。傍晚，她即搭公路局的車回頭前里新東廠。

秋末，么妹來信說天涼了，她沒有禦寒的厚衣。早上買菜時順路彎到南昌街布店裁一塊，花色清爽的棉布料，又到棉花店買半斤棉花。回家忙完家事，攤開布料，裁剪成對襟開，可裝拉鍊的中式棉襖。午飯後不休息，即動手車縫好襖面的周邊，再細心續上均勻平整的棉花，在做晚飯前我就整件完全縫（掖下這部份是手工縫）合，同時縫上拉鍊。

晚飯後拾掇乾淨，坐在燈前上衣領，按上領口的小勾勾。八點整向東主告假，把嶄新的棉襖送到么妹手上。她的幾位室友，瞪大好奇又欣羨的眼神，看么妹滿懷雀喜，抖開新棉襖穿上身，都說：「合身好看極了，喔，有姐姐真好！」

農曆十一月父親來信說，堂叔幫二姐介紹本鄉男子，年三十七，在台北作包攬建築工程的生意。父親早逝，他是長子，下有兩弟兩妹，他以長兄身份擔當犧牲自己，小學畢業後勤奮工作，掙錢供弟妹讀中學，幫弟妹婚嫁成家，自己卻年近不惑尚未娶妻。

二姐虛歲二十八，過年將邁入二十九，家鄉習俗屆此年齡皆不宜婚嫁，若二十八歲不結婚，就得等到三十歲，方可談論婚嫁。明年正月即是阿公往生周年，眾族親都說年前出嫁最合適。

其實二姐自十八歲始，甚至更早，就常有鄉人來作媒。我知道一位鍾姓小學老師非常鍾意她，他請鄧雨賢的遺霜——鍾有妹老師來家說媒。二姐自忖小學沒讀畢業，沒有膽子嫁有學問的老師。另一位莊姓老師，只偷偷愛慕著，卻沒有行動。還有一位是廣東梅縣青年，身材高䠷，相貌出眾，在國民黨部上班。他鍾意二姐，積極託人來說媒，怎麼二姐也沒點頭；他不死心，每天散步到我家屋崁下，引頸朝我家階頭雙龍眼樹痴痴遙望。大概是緣份未具足吧，就這樣高不成，低不就，而蹉跎了青春年華。

二姐本不願在年前倉促出嫁，但母親說已過摽梅之期，現在不嫁，等到三十歲後只能嫁人作填房啦！在這嚴峻的處境下，她無可奈何，點了頭。

農曆十二月十六日，二姐出閣街上林家，回門後即隨夫上台北。原來二姐夫的母親已臥病在床多時，匆匆辦婚事，一來算是給母親沖喜吧！二來嘛，比較急迫的實際需求，是娶妻回家來服侍母親，二姐夫可說是個孝子呢！

我自九月家鄉做平安戲回家一趟，不曾再回去。

二姐出閣是家裡大喜事，因距過春節僅半個月，太太只准假一天半回家給二姐送嫁。母親嫁女像割掉身上一塊肉似的，當年大姐出閣才二十歲，且下面還有三個女兒，母親因女兒多，擔心嫁不出去而憂心。大姐有歸宿，母親歡歡喜喜送她上花轎，當時沒注意母親她有多心焦不捨、或掉眼淚。此番二姐出嫁，母親目送身著白紗禮服的二姐上車而去，真是百般不捨，想到母女相依二十八年，二姐幫家裡分擔諸多農務家事，情不自禁竟潸潸地哭起來！

這許多年，我不在家，么妹畢業後也出外工作，五個弟弟皆在求學階段；二姐勤奮工作，哥哥尚未娶妻，眼下繁多的農事家務，可說非常沉重。二姐這一出嫁，母親就像斷了一隻胳臂似地無助，這就難怪她要心焦不捨而落淚了。

註一：見《否極福來》書之〈人各有命〉篇。

註二：我婚後四年，林君曾來一信，說當年我送他的《中國文學發達史》一書，對他幫助很大。因熟讀此書，他參加中學教師檢定資格考，高分錄取，如願當上中學教師，並派至台師大研習兩個月。

第七章　嫁妝錢爲父解憂

民國五十四年春節返家，才知二姐因要服侍婆婆，初二回娘家當天即返夫家去了。二姐結婚剛滿月，她婆婆解脫病痛折磨往生了。

在外工作六年，一轉眼不覺虛歲已屆二十五，對光陰的飛逝，心驚不已。母親對我關切說：「妳兩個姐姐國小沒讀畢業，但爸爸糶稻谷讓她倆去學裁縫；妳妹妹讀完初中，可惜沒考上公費師範學校或高商，找不到好工作，只得入工廠做工。」他嘆口氣說：「而妳呢，既沒讀初中，又沒學裁縫，我看今年開始妳掙的錢就不必寄回家，把它存起來作嫁妝吧！年紀不小了，有合適的人家也該結婚了。」

想到五個弟弟將來都要栽培，最大的二弟今夏初中畢業，決定繼續升高中，他為準備考高中，最近頻來信要我寄相關的參考書給他。哥哥雖已退伍，但無一技之長，平日惟有為父母分擔繁重農務，沒有其他收入幫家計，況且今年又要回原艦受訓一個月。二姐出嫁後，父母少了一個得力幫手，全家大小七個男生，全靠母親一個婦人家，每天為全家大小衣食，忙得焦頭爛額，不得歇息，身子越來越瘦，看了很心疼，可又愛莫能助。

在外多年沒做粗重工作，對農務已生疏，做起來鐵定事倍功半，對父母幫助不大，還是乖乖回台北幫傭吧！至少可減輕家中經濟負擔。

返北後我請太太幫我留意，若有人招互助會，讓我加一角。太太聽了笑說：妳終於想通了，是想存嫁妝錢是嚒？我老早叫妳別把掙的錢都寄回家，應該為自己打算存點私房錢，或買金戒指什麼的，妳不聽，總說爸爸窮困，弟弟幼小，得為父母分擔家計。

確實太太曾拿阿珠的例子，建議我該存些錢，提醒說疼弟弟有啥用？楊太太年輕時當幼稚園老師，省吃儉用，掙的錢拿去栽培弟弟讀書。弟弟長大有好的工作，結了婚，可只有老婆最親，哪還記得親姐姐對他的好？早把供他求學的老姐撇一邊啦！

當時，我沒細想太太是善意的提醒，還氣她離間我同胞手足的感情。我認為我的弟弟跟別人家的不一樣，他們都懂姐姐對他們的愛，而我一切都為減輕父母負擔著想。每次發工資，她總不厭其煩提醒我，老大不小啦，身邊攢些錢吧！但一想到父母慈藹善良的容顏，貧困的家境；弟弟們純真可愛的笑靨……還是把錢寄回家，讓父母手頭寬裕些。

可巧，少主一位家裡做生意的蔡同學，他父親正要招一個五百元的互助會，邀太太參加，我剛好湊上一份。這個互助會共十二人，每個月的月初開標，標金最低六十元。恰巧春節後太太加薪三十元，即每個月有五百元，扣除預繳四百四十元會金外，尚餘六十元可運用。

我立刻給父親寫信，說明以後每月要繳會金，無法像從前如期匯錢回家，請父親大人見諒；但每三個月可存一百八十元，加上幫裁縫店做手工的錢，約有四百元之譜，可寄回貼補家用。

少主讀三年高中，再轉學讀三年夜校，只拿到高中結業證書，大學聯考當然名落孫山。考夜間部大學也不得其門而入，退而求其次，到淡江大學夜校城區部作旁聽生。旁聽生沒有學籍身分，兵役年齡一到，即接到身家調查通知，再也不能辦理緩征了。

太太一向溺愛獨子，怕他當兵吃苦受累，就那麼巧，少主說他的右手虎口常痠痛，太太便帶他去台大醫院求診，醫生檢查說，他的虎口有萎縮現象。這診斷給太太莫大鼓舞，心想一家醫院說不準，他又帶少主去榮總照X光片，檢查報告也說是虎口肌肉萎縮症。

為讓兒子能免除兵役多個佐證，太太帶兒子再到三總檢查，報告卻說萎縮輕微而已，不致影響正常活動，如打籃球、騎車等。太太不死心，一定要公立醫院給證明，證明兒子的虎口嚴重萎縮不能端槍，可免除兵役的一紙證明，因此動用了大爺律師，請人說情。後來少主真的不必去服兵役，遂了太太的心願。我心裡想：不入伍接受軍事訓練，當個國民兵，送送文書傳達總可以吧！

當兵是國民應盡的義務，我哥哥就當三年海軍，退伍後每年還得回營受訓一個呢。常聽人講，男孩不當兵不會成長，蓋服役時在軍中受各種嚴格體能訓練，可鍛鍊體魄，體驗團體生活，學習與人交往之人際關係，尤其是個性懦弱，養尊處優沒主見的少爺們，是最好的磨鍊。

太太自以為，為兒子撿了便宜，不必服兵役，其實她是大錯特錯了；讓生性懦弱毫無主見的兒子，白白失去磨鍊體魄，開啓心智的好機會，可惜呀！可惜。

七月初，二弟邦朝與堂弟邦鑑和上屋的族弟邦森，三人聯袂來泉州街找我。下午我請假陪他們去高商職校，看考場座號。看完出來，正要帶他們去克難街看二姐，突然下起西北雨，我們搭〇西公車抵二姐家時，風雨交加，四人全被淋成落湯雞，狼狽不堪。二姐立即燒水讓他三人洗澡，烘乾衣服。

時已近四點，二姐即升火炒麵讓他三人吃飽，姐夫家僅一臥房，無法容納三個大男生。我說到我東家住一宿吧。遂帶三個弟弟回泉州街，一到家我就向太太懇請給弟弟們住一晚，並告知他們在二姐家已吃過晚餐了。

太太聽了便說，那晚上就在地板上打地鋪，將就湊合著吧。對太太大方留宿，三個弟弟都很感激。就寢前，弟弟們安靜窩在我房裡，各自抱佛腳。

翌日，我把早餐準備妥當，擺上餐桌，東主一家還在夢鄉中。七點，我們輕手輕腳出門，我買饅頭給弟弟們當早餐，叫兩輛三輪車載我們直驅高商職校考場，我特別叮嚀他們要小心作答，下課鐘響方可離場。二弟說下午他們考完最後一節，即搭車回新竹。我步行到南門市場，順道買菜回家。

每天讀《中央副刊》的文章，常被文章裡所描寫的故事和情節所感動，為了永久保存，我開始把喜愛的文章剪貼起來。副刊的作者很多出身艱困的軍旅生活，寫的都是親身經歷的故事，言之有物，非常精采。智者說：文學是苦悶的象徵，表現人類的情感，反映人們的生活，非常正確。所謂「不經一番寒徹骨，那得梅花撲鼻香」，深意在此。

自己失去循序升學的機會，光羨慕他人無用，靠自己努力自修比較實在。古人說：學然後知不足，誠然。我把《中國文化基本教材》當老師，也把《副刊》上作者當學習對象，多讀多看多聽多學，不信日積月累不會有所收穫。

有一位蔣芸女士，常在《中央副刊》發表文章，我也極欣賞她的文筆，可惜有一天被細心的讀者發現她的一篇散文，竟是一字不漏抄襲他人作品而來，因此做了「文抄公」，真是很不值，她應了解寫作絕對沒有捷徑的。後被讀者及其他作者圍剿撻伐，逼得她不得不寫一封公開信向廣大讀者道歉，並聲明永遠退出文壇。

另一位陳幸蕙女士在《中央副刊》與一學者，為了蔣捷〈一翦梅〉裡一句詩見解相左，兩人你來我往，打了一個多月的筆仗，好不熱鬧。後遭多位資深國文老師譴責。陳女士年輕氣盛，仗著自己是名校的文學碩士，硬是不讓步，後來我也忘了這場筆仗是如何平息落幕的。

蔣捷〈一翦梅〉裡，我最喜歡的就是那句「何日歸家洗客袍」，想像這位一身疲憊，滿臉風霜，浪跡天涯的旅人，真想奔上前去，緊緊擁抱他，給他溫暖和慰藉。

二弟來台北考明志工專落榜，不得已退而求其次，去竹北鄉報考私立義民高中。私立學校學雜費昂貴，實非我們窮苦人家所能負擔得起。

他雖然幸運考上，家裡卻無錢繳學費，因此遲遲未去報到。二叔四子邦鑑和二弟同齡，他考上即去報到，新生訓練時，老師每天都點到二弟的名字，卻不見人影。堂弟回家和父親說，老師每天點名，叫二弟快去報到，父母親只有借錢來讓二弟交學費，才正式唸義民高中。

今年中秋節前一週，東主家就陸續有人送月餅來。有圓盒子包裝的，也有八角盒和四方鐵盒包裝的。這些月餅一般都是廣式和蘇式傳統製作。內餡多半是棗泥和芙蓉以及五仁蛋黃，但都太甜膩；廣式的尤其味重鹹，製作太精緻，價格不便宜。我覺得還是內容清爽素淡的綠豆凸，比較合口味，不油不膩。

中秋節下午，太太看月餅太多，又不能放久，擔心放發霉吃壞肚子。遂送我一盒十二只裝的讓我寄回家鄉。心想寄一盒要花郵費，多寄一些郵費大概不會貴很多。因此，我到寧波西街劉仲記食品公司，去買他招牌「椒鹽月餅」，月餅到下午降價打折扣，便宜很多，我乾脆買他二十個，連同太太送的，一併包裝郵寄回家，這樣全家每人可分到兩個不同口味的嚐嚐。

農曆九月重陽節家鄉做平安戲，我和二姐前後返家與家人團圓。二姐自婆婆往生後，至今一直還沒有喜訊。在台北她常自克難街步行到泉州街來看我，二姐內向比較木訥，為了避免與太太打招呼，都從後門進出，我也沒在意。

這天二姐告辭時往後門走去，我堅持要她從前門出去。她說自己口拙，不喜與人碰面說客套話，可我很堅持，她看我一眼，已讀出我的堅持似有理由。即隨我從小弄走道走到前面，這時我對在客廳踱方步的太太說：「太太，我姐姐要回去囉！」她走到玄關對二姐客氣說：「歡迎常來玩啊！」

先生每月領的糧票，一次叫要吃很久，為要吃新鮮的白米，我打電話叫米行送來時，會請米行送一半，另一半開張證明帶過來，下回再叫。

二姐常來找我，又都從後門走，這點可能讓太太起了疑心。我發現二姐一來，她就不去歇午覺，一直在客廳來回踱步。一天，她囑我叫米，我表示須等下個月領的新糧票才能叫。她說用上回那半張米條叫不就得了。

我提醒她：「妳不是把它送給大娘了嗎？」她堅持說沒有，我請她仔細再想想看。吃晚飯時，她仍堅持那半張米條，自己沒把它給大娘，責問我把米條搞到哪去了？

太太她可能懷疑我把那半張米條，給了要糴米吃的二姐了。這可不行，自小我父母教導子女做人要誠實清白，不可有貪念，而我在東家工作長達六年之久，難道她還不了解我的為人嗎？

為了自清，我舊話重提，說之前太太找戶口名簿時，您說是我把它弄丟了，到處找不著。不會啊！每次管區警察來查戶口，蓋章之後，我就把它放回您臥房書桌右邊最下面那個抽屜。您說翻遍了，就是沒有！我再提醒，最近您為添祥到醫院看手，不是都帶戶口名簿嗎？會不會您把戶口名簿跟X光片裝進同一個牛皮紙袋，放到壁櫥上鎖而忘了呢！

太太一聽，馬上拉長臉嘟噥說：「就那麼一次被妳抓到裡，妳老提它……」第二天早上，太太很不好意思對我說：「玖香，我錯怪妳啦，昨晚我想起來，那半張米條，大娘來家打牌時，確實給了她。」我聽了和顏說，那就沒事啦。

下午得空在房裡做少主的香港衫，我會車縫但不會剪裁，太太把布料拿去常為她做家常服的裁縫師那兒，請她裁剪好的。我專心車縫，太太坐在我床沿上與我閒聊。曉君妹妹從信箱拿到我一封信，她笑著說：「這封信的字都寫錯啦，把玖香姐姐的姓寫成劉玖香！」

太太對她說：「沒寫錯呀！劉玖香就是姐姐的名字啊！」單純的小妹妹被她母親的話弄糊塗了，她不解地看看我，直問媽媽：「哥哥和我都姓章，為什麼姐姐不跟我同樣姓章，卻姓劉呢？」

天真善良的小妹妹，我一向把她當自己的親妹妹看待，可說愛護備至；對她哥哥我也以長姐自居，若有錯我還會斥責他呢。小妹妹沒有心眼，想像單純，這許多年相處，她根本沒察覺，我稱她父母從不叫爸媽，而稱先生太太的差別，現在她上學認得字，才發現與她同鍋吃飯，照顧她，接送她上學的姐姐，竟然不是自己的同胞姐姐，這讓她小心靈很受傷，很失落。她神情嚴肅，小心翼翼問我：「玖香姐，妳會離開我嗎？」我被她這深情一問，眼淚都快掉下來。

哥哥和堂兄退伍後，到泰山一家建築公司的工地工作，待遇雖優，但每天須挑沉重砂石在孟宗竹搭建的鷹架上，上上下下像特技走鋼索，非常危險，常嚇得心驚膽戰，且工時又長，實在太勞累，比在家裡種田還辛苦。

工程結束後，兩人到台北市永吉路的如意肥皂工廠上班，廠方供應食宿，待遇普通。假日他倆常相偕來看我，之後哥哥辭工回鄉。堂哥與我都是小學畢業，但他不會寫信，當然更不懂到郵局劃撥匯款。他若回鄉，我省下匯票郵費，託他把錢帶給父親。他若不回鄉就把錢帶過來，叫我幫他匯回家，沒多久他也辭職回鄉去。

東主的同事李先生，長得高瘦，風度文雅，一天他帶女友美黛小姐來家坐。美黛小姐是某歌廳當紅的歌星，長得小巧玲瓏，面貌清秀，未施脂粉，穿著樸素，態度大方，和東主太太見面後，彼此聊得挺熱絡。

太太說，曾到歌廳聽過她唱歌，覺得她的台風穩健優雅，神情自然，歌聲清麗悅耳動聽，尤其是唱抒情歌曲，表情和眼神充滿感情，很感動人。太太請她唱一曲〈不了情〉來聽聽。她先是有些矜持，客氣推說，在歌廳有樂器伴奏隨著節拍唱，還過得去，要她清唱沒有樂器伴奏，可就要出醜啦。

先生說，妳就別客氣，會唱歌的人隨時隨處都能唱。我那位劉大嫂沒有胡琴伴奏，還不是把「四郎探母的坐宮」唱得行雲流水，令人陶醉！

後來美黛小姐拗不過先生太太熱烈鼓掌猛催，她才凝神專注輕唱一曲顧媚原唱的

〈不了情〉，我在一旁也聽得入迷呢。

後來李先生和美黛小姐的戀情好像吹了。一說小姐是回教徒，和信奉佛教的李先生，習俗迥異所致。之後李先生來家打牌，總是悶悶不樂，一副失魂落魄的樣子，愁眉難展。太太私下給他取個外號叫「忘不了」。

這個「忘不了」先生，後來經人介紹，娶一個關西客家小姐，太太在中和鄉開一間雜貨舖，小倆口恩恩愛愛過日子，還一舉生下一對健康的雙胞胎兒子。叫那些未婚和已婚的同事，都要羨慕死囉！

先生上班的市政府在松山區蓋一排三十間，一、二樓共六十戶的連棟刀把形宿舍。員工按年資深淺，有眷者優先分配。先生配到樓下一戶，樓上樓下兩戶同一個大門出入，每戶約二十坪，是個空殼屋。須自費隔成一廳兩房，廚房在後面，不到一坪。好在一樓有天井可資利用，配到二樓的則無此幸運啦。

先生和太太決定把這幢有前後院寬敞的日式平房出租，增加收入，搬到離市區偏遠的松山公配宿舍去。

那時我們燒洗澡水仍用生煤（叫嘎蠟），燒生煤得用木柴升火，因此，有空即把後院堆放的木條，剁成筷子般長，綁成一束束，再細整齊，搬家時方便運送。

太太也開始整理壁櫥裡衣物，疊好裝進樟木箱或打成大包。兩個月前太太買乙台燒液體瓦斯的爐子，乾淨美觀，又好清理，衛生方便，從此燒飯煮菜不必再燒黑煤球了。

登出租房子廣告後，陸續有人來看房子，他們都問：「房子這麼大，住著舒服，為何要出租？」我就從實說，主人配有公家宿舍，若不搬去住，視同棄權，就會被配置單位收回，所以才要把房子出租，搬過去。

一天，一對夫妻領個三歲小孩來看房子，這男孩進入大院便興奮地跑來跑去，玩得挺開心。這位先生長得相貌堂堂，高大健壯；太太長相普通，說句實話，就是醜啦。但是她說話的聲音輕柔圓潤，非常悅耳，看她徵詢丈夫意見的眼神是那麼的溫柔婉約，含情脈脈，我想這就是她丈夫娶她的原因吧！

某日又來一對年約四十上下的夫婦，太太長得端莊美麗，氣質高雅，衣著樸素。先生長相高大粗壯，一臉麻子，卻風度翩翩，彬彬有禮；說話聲若洪鐘，簡潔扼要。他倆跟前面來看房子的人問同樣的話：房子這麼大住著舒服，為何要出租？我又得耐心為他們解說一遍出租原因。

我看這兩對夫妻，還真是絕配，心有所感，俊男配醜女，淑女配醜男，不知是上天配得好呢？還是配得不夠完美。再想想，又覺得上天實在很公平，唯有如此安排，他（她）才會重視對方的優點，更加珍惜彼此，得到幸福。

父親來信說，二叔家堂哥已於上月娶妻完婚。堂哥比哥哥小兩歲，這讓母親很著急，內心卻非常羨慕二嬸，希望哥哥能找到合適的女孩結婚，家裡多個幫手，她也可喘口氣。因此多方託親戚作媒，先把婚事定下來，過完年哥哥就邁入二十八歲了。

日子過得真快，轉眼間時序已進入農曆十二月。循往例，我開始洗刷房子四面的紗窗、玻璃窗；逐一把太太和少主的被套拆卸、漿洗、晾乾再升炭火，用熨斗燙平，攤在客廳地板上，四角鋪平，一針一線縫合。翌日再搬到院子曝曬，冬日陽光忽隱忽現，曬得並不透徹酥香。

尾牙一過還得醃魚臘肉，再來就是蒸包子和饅頭了。這些瑣碎繁複的老套，周而復始，年年如此。我每天累得精疲力竭，癱軟無力，晚上根本沒精神看書。

一天傍晚，到重慶南路小舖買雞蛋，我匆匆折枝扶桑花樹枝塞在門縫卡住，待我捧著一袋雞蛋回家，後門卻是洞開的，是被風吹開的嗎？到廚房放下雞蛋，去把後門橫竿推上，回頭看到傻瓜站在我房門口呆望，卻不見拉奇身影，我心一驚，莫非拉奇趁後門洞開溜出去啦！打開後門往巷子兩頭張望，沒瞧見牠的身影。立刻跑到前院叫喚，沒有拉奇的回應，糟糕，難道拉奇真的走失了？被歹人順手拐走了嗎？怎麼辦？

在這寒冷的十二月天，為了拉奇的失蹤，我焦急慌亂，急出一身冷汗，要是找不到拉奇，我如何向太太交代？這回我把後門卡得更緊些，臨出門特別叮囑傻瓜乖乖別亂跑。我跑到隔壁巷，從巷口到巷尾，不斷呼喚：拉奇，拉奇你在哪呀？拉奇快出來啊！最後我叫到聲音變調，有些顫抖，幾乎要哭出來了。

我垂頭喪氣回家，到客廳囁嚅跟太太報告，說去買鷄蛋時，不小心讓拉奇趁隙跑出去了！太太聽了問有去找嗎？我答前後巷找遍了，就是沒有拉奇的蹤影，一聲回應也沒有。太太看時候不早，說明天再到前後巷找找看。

拉奇失蹤了，太太當然很不高興。但是我內心比她還難過一百倍呢。晚上坐在木桌前發愣，只有傻瓜怯怯地站在房門口痴痴張望。想起這多年來，蒙兩隻狐狸狗的相伴守護，不禁淚眼婆娑，忍不住潸潸地哭起來。

我住鐵皮屋，夏天熱如蒸籠，沒有電扇吹，晚上睡覺得敞著房門才涼快。兩隻狗，拉奇睡在我床前，傻瓜即守在房門口，有牠倆忠心耿耿，盡責護衛，我心無罣礙，一覺到天明。後園牆僅一人高，若有壞人起歹念，攀住牆緣，往上一躍，輕而易舉，跳進院子裡。

可愛的拉奇和傻瓜警覺性高，牆外若有異常聲響，牠倆立刻跑到院子去觀察，若無異狀即踱回原地趴下。

秋涼之後，晚上忙完工作，我恆常會泡一杯香片，放在木桌左前方，桌正中央擺一本書，手裡握著棒針，邊織毛衣邊看書，一舉兩得，其樂無窮。拉奇愛嬌地趴在我腳邊小寐，傻瓜像位紳士，正襟危坐守在房門口。

唉呀！拉奇不知下落，我心難安，哪有心情讀書！但盼明日能找到拉奇。

翌日上午我忙完家事，到前巷和重慶南路，一路頻喚拉奇，拉奇。仍無一聲回應，下午則去泉州街幾條巷弄尋找，仍無拉奇熟悉的吠聲。晚上東主叫我別找了，說不定牠早被歹人拐去賣香肉啦，算了。可我一聽東主說恐被人拐去賣香肉，就難過哽咽，要真那樣，豈不是我害拉奇嗎？晚上躺在床上轉輾反側，不能闔眼，難過極了。

第三天早晨倒拉圾回家，經過橫巷口，突聽一聲熟悉的狗吠聲，我丟下畚斗，輕手輕腳，循聲走到鄰家後門；又聽到拉奇煩躁的吠聲，我確信是拉奇無誤，即大聲叫：「拉奇，拉奇！」拉奇在屋裡面聽到我焦急的呼喚，興奮得大聲回應。我放大膽猛拍那人家的門板，約過了幾分鐘，一中年婦人終於把門打開，看見拉奇衝出朝我身上撲。那婦人有點不好意思說：這是妳家的狗啊？

我蹲在地上抱緊往我臉上猛黏的拉奇說：「太太，謝謝妳費心幫我照顧牠，真是太感恩啦，多謝多謝！」

當我把拉奇帶回家，最高興的就是傻瓜了，幾天不見，看牠兄妹倆猛搖尾巴，親熱地蹭來蹭去，快樂極了。我跑到客廳向太太報告，說找到拉奇了。太太聽了眉開眼笑，說找到就好，噢！都三天了，真是奇蹟。

我相信冥冥之中有菩薩保佑，指引我往拉奇所在的橫弄去，若找不回拉奇，我哪賠得起太太這隻靈敏的白狐狸狗啊！

第八章 三文友是吾師

今年我仍不能返家過年，自去年初調薪五百元之後，一整年東主即不再調了。過年回家除年終賞金二百元和每月存的六十元，加上客人拜年給的紅包和打牌吃紅，總共不到五百元，我仍留下三十元備用，其餘的全數交給父親。

我參加的五百元互助會，元月底結束，我拿到末會六千元整。這是一筆大數目，正想到郵局定存，剛巧少主同學的父親需要用錢，太太鼓勵我可出借生利息，於是我大膽借給蔡先生。兩分利息，六千元每月可得一百二十元利息，加上自己的薪資五百元，就有六百二十元。因不再加會不須繳會金，所以每個月反而能多寄些錢給父親。

母親鍾意下屋黃雙樓叔之長女，說她樸實勤快。但她母親顧慮我們家兄弟眾多，弟弟們又都還小，而哥哥則是長子，長媳難為，且兩人齡相差太多。因此，雙樓嬸把她住在上坪深山裡的姪女——寶妹介紹給哥哥。

寶妹小姐比哥哥小七歲，年方二十一，個子普通，長相實在，都是農家出身，能吃苦耐勞；最難得的是，她很勇敢不嫌棄我們家貧窮，兄弟姊妹多，父母親和哥哥都認為可娶，因此就決定下來。

娶媳婦要備聘金、首飾、禮餅、十禮等。家裡本無積蓄，父親為籌措二萬九千六百元聘金，當然要借。父親向經濟富裕的芳叔借五千元，另從庭姑處借六千元，還是不夠，不得已徵詢我，去年上會存的嫁妝錢，可否先拿出三千元給哥哥做聘金？我說女兒尚未嫁人，掙的錢就是爸爸的，哥哥要娶妻，我很願意幫忙。父親不得已，以購買耕牛為名，向農會貸一萬元，仍不足，但農會的利息不輕。這一萬元貸款，三十個月為期，分五次攤還。每次除本金兩仟元，加利息二百五十元。

後來實在湊不足聘金數，母親悄悄問我，說哥哥訂婚，我可否拿出五千元幫父親的忙？既然母親這樣說，我毫不猶豫，一口答允，說絕對沒問題，讓母親放心。

我已經二十六歲了，在外工作多年，與父母家人離多聚少，身心也累了，非常想回家。本來打算清明後辭工返鄉，即使沒有嫁妝錢，我也不在乎。繼而一想，我回家能幹什麼好呢？多年不操作農務，肯定不能勝任，對家裡幫忙有限，反而多一張吃飯的嘴，莫如還是留在台北繼續工作比較實際，工資雖少，吃住已然解決，每個月領清五百元，還是可幫父親一些忙。

六千元放款滿三個月，即全數取回，哥哥訂婚時我交給父親五千元，五百元早決定要給雙親各添一件厚毛衣。餘五百元另有他用，不敢亂花。

秋岳叔退伍後，將赴東京帝國大學研究所深造，這是我們劉氏家族莫大的榮耀。二月底父親和二叔、芳叔設宴為他餞行，並各包紅包為他壯行。我雖是姪輩，秋岳叔在台北讀書時，對我鼓勵有加，督導指引，愛護備至，可謂情同父女，我一直感激在心。為答謝他的恩情，我理應略盡綿薄才是，因此我把預留的五百元相贈，二姐也共襄盛舉，雖僅區區之數，也是一份至誠的心意。秋岳叔赴日深造，我和二姐、么妹三人，聯袂去松山機場送別。

東主的房子終於租給有緣人。太太把兩隻狐狸狗送給家裡有院子的大爺。兩隻狗和我相處多年，都有了感情，當牠倆被帶上三輪車時，兩眼透著莫知所以的無辜眼神，不捨之情油然而生，我的眼眶不禁濡濕了。

太太請木工師傅到新宿舍裝潢隔間。這長條刀把形房子，進門左邊留一通道，前面一間做客廳，中間隔一個臥房，連最後一間共三間。天井加蓋做飯廳廚房，靠後圍牆擺瓦斯爐，再過去的小空間，安置燒洗澡水的鍋爐。與天井平行，即靠最後一間臥房後面，原是不到一坪寬的小廚房，廚房隔壁就是衛生洗浴間。

裝潢新居時，我和太太一塊去拾掇。那位木工林師傅卻老打量我，若有所思，弄得我很不自在。聽林師傅和太太低語，他說這孩子一直待在妳家，沒換過別人啊？太太揚眉得意說是啊。林師傅說，怕不有五六年啦，真是難得，沒變，完全沒變，跟從前一個樣兒，善良懂事，樸實勤快。章太太妳真有福氣，遇到這樣好的女孩！太太回說，大概是有緣吧，這不就待了七年啦，真快！

回家的路上我問太太，那位師傅何以認識我？太太說。是先生同事高先生的山東同鄉。妳不長記性，那年葛樂禮颱風來掀掉妳住的那間鐵皮屋，就是請林先生來修理的，怎？妳全忘了？

在泉州街我住的鐵皮屋，屋裡橫擺一張單人床之外，門邊擺縫衣機，還有四方木桌和小木櫥，算很寬敞。唉呀！這間小廚房進門左邊是水泥砌的洗切菜台，東主請木工做一長形木板扣在洗菜台上，給我當書桌，看書寫字用。下面有限的空間就是我的保險櫃，放置物品可掀開木板。屋裡用木板釘一張陽春小床，一六二公分高的我躺下，腳丫快頂到牆。床下空間塞兩個樟木箱，因沒有衣櫥，每天換洗衣服，須拉好幾回木箱。看書寫信就坐在床沿上，雖然狹窄，好在我不是很胖，將就湊和。

四月初搬家那天，東主叫三輛人力板車，滿載我們五口的家當衣物。太太、少主和我各押一輛車，浩浩蕩蕩從和平東路前進，到基隆路轉入松山宿舍新居。從此之後，先生每天搭市政府的交通車上下班，那輛機車就給少主用。

搬過來後，左鄰右舍相互打招呼，認識彼此。右鄰一樓是王先生，兒子是職業軍人，女兒就讀政治大學四年級。左鄰一樓是位于先生，太太做裁縫，有三個女兒；樓上胡先生有兩個女兒，比曉君小，還沒上幼稚園，太太原是位小學老師，為照顧兩女，辭去教職。鄰居都說東主夫婦好福氣，兩女一男，都這麼大啦！

東主向芳鄰說，這個大女兒是我的乾閨女。胡先生一聽，當他太太的面開玩笑說，這樣漂亮的小姐，可惜我已結婚有孩子了，不然我一定要把你乾閨女追上，喊你一聲岳丈大人，也甘願哩！他此話一出，令大夥聽了轟然大笑。

安定下來，我即給父親和朋友寫信，告知新地址。搬來後，太太買一台小電冰箱和乙只大同電鍋。我每週陪太太坐三輪車到饒河街市場，買足夠一家人吃用的魚肉菜蔬，也終於結束我長達三年的買菜任務。曉君妹妹上學則改在基隆路搭校車，每天仍由我早送晚接。我要去看二姐和秀英姑就更遠了，還得必須多花錢轉車，雖僅區區五毛錢一張票，也是多一項支出。

四月初哥哥訂婚後，第三次回艦受訓一個月，結訓回家，於閏四月即完成婚姻大事。那天家裡自辦喜宴，親戚姑舅、姨姐們都前來賀喜。宴後我送林君到車站搭車，與他交談，他心不在焉，左右言他，態度冷漠，感覺像陌生人一樣，我內心至感納悶，他行色匆匆，我也不便多問。

傍晚整理提包準備搭車返台北，不意在廂房窗台上看到一張舊紅帖，拿起細看，赫然是林君寄給哥哥的結婚喜帖！這讓我非常震驚，當下愣住。原來林君寧捨三年之交的情誼別娶，無怪我幾次寫信去，他皆草草敷衍，不再認真回覆。而哥哥明知他熱烈追我整三年，卻無視親妹的感受，竟跑去喝人家的喜酒，不透露絲毫訊息，真是情何以堪！我不動聲色，也不去責問哥哥，即返台北。

芸芸眾生，茫茫人海，能得一知己，何其幸運？這是上天賜予的機緣和福氣，吾人當好好珍惜維繫才是。不能做夫妻，仍可做朋友，這是我善良天性的想法。我很理智，不認為這是世界末日，不帶一字埋怨給林君寫一信，是要他親口證實。我說：「知兄娶妻成家，這是喜事，怎麼不請我喝杯喜酒？」意即你娶妻，應該讓對方知曉才是，何苦叫對方苦等？

詎料他被新婚妻子迷昏了頭，任何人這麼做，內心必感愧疚，找機會說句抱歉的話才是。他說妻子醋勁很大，當著他的面，燒掉我給他寫的所有回信和相片；末了他竟然說：「妳吃到酸葡萄了是嗎？」天哪！這真不是人話！

讀到這尖酸刻薄的譏諷，我難過得淚水直流，我不是為負心漢掉淚，我是對人性卑鄙失望而感傷。有道是「道不同，不相為謀」，我甩甩頭，抹去淚水，慶幸自己連手都沒讓他碰過，上蒼沒讓我誤嫁對感情不堅貞的人，真是萬幸。

我冷靜回一封簡單的信給他，我說古人云：「君子斷交不出惡言。」我不是向你興師問罪，是告訴你，我在外工作長達八年，稟承父母的教誨，一向潔身自愛，守身如玉。我不是一個朝秦暮楚的女人，更不是人盡可夫的女人，我不會對一個視感情如草芥的人喪志，傷心悲泣。

當下我仰天立下誓言：我——劉玖香，將來一定要找一位品德學養兼俱的君子，託付終身。翌日即把林某三年來費盡心思給我寫的所有情書寄還，不留隻字片語，讓他自己去處理另一個他自己的夢囈吧！（註一）

世界真是一個大舞台，眾生就是舞台上表演的演員。上天是位萬能的編劇家，歲月是一位高明的導演，世上所有人，不分男女老少，皆依照上天編就的劇本，各盡本份，賣力演一齣「喜怒哀樂」的人生大戲！

搬到松山後，因不再為裁縫店做手工，每個月少了百來塊錢收入。但晚上卻多些時間看書，可說有一失必有一得。

家裡雖然多了嫂子這個好幫手，但是母親仍然田裡、山裡忙得無法好好休息。端午節後返鄉，看母親的身子骨依舊憔悴，心疼不已。我拿出二十元給母親，請她每天割二塊錢豬肝，補補身體。

我把區區五百元工資，交給父親四百五十元，留下三十元做車資。在我臨將離家之際，聽母親說肥皂已用罄，鹽罐也見底了……。我即到街上買一條十五元的肥皂，切成五塊，可用兩個禮拜，再買五斤鹽巴（一斤四毛錢）這應可讓母親寬心些。

當晚返抵台北，下了火車再搭二十七路公車，在松山下車付了車錢，我的小錢包僅僅剩下五毛錢，我不禁仰天祈求觀世音菩薩保佑我，這個月，千萬千萬別感冒或鬧腹痛才好。

松山宿舍的地板是磨石子的，很容易髒，至少一個月得用肥皂粉泡水洗刷一次，不像在泉州街的木質地板，三個月打一次臘，即光鮮亮潔。搬家時已把狐狸狗送給大爺，在這前面有小院大門，但東主仍擔心小偷入侵，就養一隻牝狼犬，釘個小木屋安置牠。我每天晨起要帶牠到外面野地去方便，回家來牠一整天就囚在小木屋裡，怪委屈的，晚上才讓牠到後院的籐椅上休息。狼犬聰明靈敏，我把牠當做家中一份子，瑪麗牠只信任我，對我很親熱，一天兩餐，不是我端的飯，牠絕不吃。

么妹放假若不回鄉，即來松山看我消磨一天，但不能像在泉州時同擠一張床過夜，吃過晚飯即回工廠。搬來數月二姐僅來一次，一來路程遙遠，轉車不便；二來她有娠孕了，不便出遠門，孩子將在她結婚兩周年出生。她不能來，我則每個月去克難街看她，順道去南機場看秀英姑，一舉兩得。

一天在《中副》讀到鄭煥先生連載的長篇小說《茅武督的故事》，我用客語唸，似曾聽過這個地名，為了求證，我寫一封信請《中副》的編輯先生轉給該文作者。我很快就接到作者的回信，鄭先生不愧是位誠懇熱心的作家，他告訴我「茅武督」即是關西鎮的錦山。原來是我家鄉芎林的芳鄰呢，感覺很親切。

我回信謝謝他時，順便向他報告，我是芎林鄉的客家人，但不是講海陸話和梅縣話的客家人，是講目前極稀少的饒平客語，目前在一個家庭裡幫傭。不幾天我又接到鄭先生第二封信，他在信中鼓勵我可學習寫文章投稿。我回信表示自己僅國小畢業，沒有學識如何寫？他回信說：看妳寫的信還蠻通順，應無問題，試試看吧！

通數封信之後，我才曉得鄭煥先生曾受日本教育，台灣光復之後才學漢文。受妻舅名作家鍾肇政先生激勵，以中文寫了不少膾炙人口的好小說。我很幸運認識這位古道熱腸又親切的鄭先生，我倆因此成了筆友。

我向他介紹家裡以前造紙，可惜今已沒落，現只留下造紙工具和紙寮遺跡而已。他獲知造紙典故，說找一天載太太到芎林鄉紙寮窩拜訪家父，顯見他是想找寫作題材。一天我突然接到沒署名者寄來一刀稿紙，我心裡明白，這是鄭先生鼓勵我寫作的厚望，我內心非常激動。

為了報答先生的美意，再三考慮之後，我撕下日曆紙打草稿，真的學起塗鴉。我寫一篇散文〈兒時玩伴的婚事〉。我把這篇小文寄給鄭先生修改，他客氣說我寫得不錯，其實我知道自己的斤兩。鄭先生潤飾後寄還，囑我謄好再寄給他。他在稿子裡面夾張短信，上面寫道：「玖香妳在台北工作八年，不受都市浮華習氣感染，純潔如一張白紙，令人感佩，妳可說是一個奇女子！寫文章不必用真實姓名發表，可取一個自己喜歡的筆名，我給妳取個「琦香」作筆名，未知意下如何？」

這篇〈兒時玩伴的婚事〉謄完後即寄給鄭先生。接著我再試寫一篇四千多字的散文〈山楂子成熟時〉，這是一篇悼念文，也就是要遺忘逝去的那一段情。經鄭先生潤飾後，他說可試投《台灣日報副刊》，若遭到退稿不必難過，這是很平常的事，習慣就好。

我非常幸運得識這位心胸寬大，富愛心的前輩作家啓蒙。常聽人講「文章是被逼出來的！」確實如此，沒有鄭老師的激勵和逼誘，我如何寫出文章來？對先生提攜之情，說不盡的感恩和感謝。

七月某日，讀到《中副》一位署名「阿里郎」的文章，內容盡訴田賦沉重，農民窮困無助的實情。同為農家出身，讓我感同身受。他平實平淡的敘述，向政府訴求的種種，其實正是廣大農民的心聲，內心痛苦的吶喊啊！

也不知哪來的勇氣，敢以粗淺的文字，寫一封信請副刊編輯轉交。不到一週，我即接到作者的回函，叫我欣喜萬分。這是我第二次與陌生人寫信筆談。古云：「獨學而無友，則孤陋寡聞。」所以我要交朋友，交有學問的朋友。阿里郎先生是雲林人，他原是一位小學老師，教兩年小學後，以優異的成績考取台灣省立師範大學（今國立台灣師範大學），畢業後回鄉任高中國文老師，服務桑梓。

《中副》不時刊載他的文章，他寫農家艱苦的生活及農民收穫的歡樂，平鋪直敘，卻處處充滿溫馨恬靜的田園風光，既是田園作家，又是寫實派作者。他教學之餘仍寫作不輟，可見他是位多麼上進，毅力強韌的青年，可敬可佩。不知不覺與阿里郎先生通信幾個月啦。蒙他不嫌棄，我們倆在空中傳遞彼此讀書心得和生活概況，煞是有趣。

從往來信函所敘，知他有一女朋友在基隆一診所擔任助理護士。而他也從而得知我在異鄉工作長達八年，仍保持初來都市時純樸樣貌，沒有都市女孩習氣，令他大為讚嘆，說：「妳真是個奇女子，像出淤泥而不染的蓮花！」

我說自己是誠懇實在的人，不會也不屑對人說假話，只因當家貧才沒升學讀初中，但我從不自卑僅小學畢業，畏縮而怯與人交往，也從不看輕自己為人幫傭，認為以勞力換取生活所需，自食其力是光明磊落的事。有時候自己也驚訝，怎麼會在這裡一待七整年？工錢雖少，工作單純，有個安定的環境讓我能夠安靜自修，是留住我的原因吧！

某日，阿里郎先生請我寄張相片給他瞧瞧，他想看看這位僅小學畢業，生性倔強，靠看報讀書自修，信寫得還通順的客家女孩是個什麼樣貌？為了滿足他的好奇心，我寄一張之前欲報考演員班那張側面半身照去。囑他此照僅此一張，記得用掛號寄還，切勿遺失。阿里郎先生回函寄一幀他身著筆挺軍官服，站在林口觀音廟石獅子前拍的相片給我。啊！是位英俊瀟灑的少尉軍官哩！

阿里郎給我的信裡行間，依稀嗅出他與女友之間，似乎發生了一些摩擦。心忖：是否因與我通信之故呢？繼而又想，我與阿里郎之所以成為筆友，是因有共同的喜好，熱愛文學，並非與他談情說愛啊！但西諺有云：「情人眼裡容不下一粒細沙」。我因此有些猶豫，曾想踩煞車，不再通信；但是茫茫人海知音難求，說不定我倆有兄妹緣呢！

我忽想起昔時俞伯牙和鍾子期的故事，俞伯牙後因子期亡故，摔琴謝知音的感人事蹟，多麼高貴令人動容的友情啊！我們倆雖未曾謀面，但很談得來，像認識多年的老朋友，無所不談；我更蒙他時時指正我書信裡的錯別白字，多感謝啊！他不但是我的良師，更是我的益友啊！怎麼捨得放棄？

在這偏遠的松山，一天突然來一對青年男女找我，他自稱是廖君（阿里郎）的同學，住在永和鎮。他說回雲林故鄉省親受廖君所託，前來看看我，我們也聊得很愉快。

未知何故，廖兄來信心情低落，似有心事。心想莫非他和女友的戀情吹了嗎？他的女友若是因他與我通信，以為我倆滋生情愫，而憂心失去所愛，女孩子情緒上的發洩，正是愛之深，責之切啊！廖兄有高學歷和正當教職，相貌堂堂，為人正直誠懇，應是年輕女孩心目中夢寐以求的理想對象。古云：「君子不奪人之所愛。」我決然不會橫刀奪愛。我想這對情侶，只是鬧情緒罷了，過了就沒事。

之後，我們仍繼續魚雁往返，彼此相安無事。

重陽節之後，接到父親來信，他說：「為父囊空如洗，無法可思，若到時無法如期還人家借款，我實難做人，誠信掃地矣！」我含淚讀罷信，除把當月尚未寄回的五百元，另向太太預支下個月的工資，共一千元速速寄回給父親，以解他燃眉之急。家裡窮困至此，不懂事的大姐，生老六坐月子，請母親去幫她兩週後，還把兩個女兒讓母親帶回芎林照顧。

更可惡的是，隔鄰的華伯母第五子劉邦水，趁父親家人到頭前溪忙農務晚歸之際，利用暗夜偷摘我家位於橫龍山的椪柑。待父親巡視果園發現，已損失兩千多斤椪柑。

父親怒不可遏，遂招集二叔、堂兄等趁夜到果園守株待兔，果然把劉邦水（註二一）那賊子活逮。父親隨他到伯公祠下隱密的榕樹下，這才發現堆疊十幾簍的贓物，人贓具獲，讓他啞口無言，要他賠償三仟元。

父親一狀告到派出所，對方請湖口的劉謝勳律師寫和解書。劉謝勳律師竟昧著良心教唆他，說是父親向他借三千元未還，因此摘我家椪柑抵債。哥哥與一族長前去律師事務所，律師不讓族人入內。他拿一紙編好的和解書，叫哥哥簽名蓋指印（按指紋）。顢頇粗心的哥哥不知有詐，沒有細看和解書內容，便蓋下指印，竟讓善良的父親背負借錢不還的惡名，真是欺人太甚！天理何在？

搬到松山後，左鄰右舍皆是市政府的同仁，以前常來東主家打牌的同事，有所顧忌，不再來打牌了。平時常來的只有大娘和她的芳鄰盧太太。她們多半午後開始上場鏖戰，我必須隨時為她們添茶水，並準備晚餐。有時候遠在中和鄉的王奶奶（東主拜把兄弟之母）和她的兒媳王大娘，會在早上趁興而來，和東主夫婦敘敘家常。午飯後太太邀老奶奶，打四圈小牌消遣一下；吃過晚飯，東主叫輛計程車送她婆媳倆回去。

這個星期天，東主全家外出。午後我在房裡，正沉醉在高潮迭起的小說情節氛圍中。聽到門鈴聲，跑到前院開門，很意外竟然是東主同事傅先生來訪。主人不在家，我還是禮貌請他到客廳坐，沏杯香片奉上。

我陪他坐了半晌，這位老實木訥的先生，神情有些靦腆，還是緊張呢！後來他終於開口說話了。他說：「聽章太太說，妳喜歡鄉下，我已經請調到市郊陽明山了，我是誠心誠意的，希望妳答應我，我很想成家……。」他鼓足勇氣說出內心話，兩眼卻盯著自己發亮的鞋尖，不敢抬頭看我。

前一陣子聽東主和太太閒聊說：「幹這行的哪個不想往城裡調？老傅可能誤解他人的建議，調往市郊，以為這樣玫香就會嫁給他，哎呀！他真傻啊！婚姻之事，不是旁人說了算，是要當事人願意才成嚒！沒想到咱家這丫頭，有股大家閨秀的模樣，叫人茶飯不思，痴痴地等待……」

天哪！在泉州街時，我已經請太太轉告，我沒有意願和他交往，他怎麼還不死心哪！這都快三年啦，為何不另找合適的女孩呢？他長我十一歲，在社會上工作多年，人生閱歷匪淺，世面見得多，難道他不懂「有緣千里來相會，無緣對面不相識」的道理嗎？

在空蕩蕩的客廳，我和他相對無話可說，但是我要他知難而退。我婉言告訴他說：

「我自始至今，完全沒有意願，而且過年之後就要辭工回家鄉了。」他聽了長長嘆口氣，黯然起身告辭。

第四天，我忽接到傅先生來信，他的文筆不是很流暢，但說的卻非常誠懇感人。他說，自己認為我是他所見的女孩當中，最令他心儀難忘的一位，善良大方，樸實勤勞。他得知我因家裡貧困才出來幫傭，心裡很敬佩我。他表示自己頗有積蓄，若答應婚事，他願意拿出相當數目，資助我父親作栽培弟弟的教育費用……。

傅先生所提優渥的條件，要是早在四年前，為解決父親經濟困境著想，我可能會衝動接受。但如今我年歲漸長，對人生的思考方向，和世俗的價值觀念，已徹底改變。我有理想和目標，為自己的終身幸福，不會盲目失去理智；再說，有條件交換的婚姻，這豈不落實父親賣女之嫌？猶記我八歲時，芳叔的朋友，一位迪化街家業殷實的布商，見了我非常喜愛，誠心希望領養我為次女（他領養的長女讀初中），但是父親說就是窮到全家吃番薯湯，也不賣女兒，而拒絕了。

我給傅先生回信說：「人不相處不知性情，我天生性子急，個性倔強，常人所見僅是我的外表；所以你不必把我想像得那麼完美無瑕。凡人因緣而聚，無緣則散，婚姻之事尤其不能強求。奉勸你勿再浪費寶貴光陰，你既已調往他處，說不定你生命中註定的有緣人，正在彼處等待你的出現呢！祝福你早日找到理想伴侶。」

我認為《中副》園地裡有很多令人感動感嘆的好文章。郭發展先生的散文風格清新，詞藻優美，讀著叫人愛不釋手，一讀再讀，回味無窮。但是一天讀到他一篇散文，卻充滿憂愁無奈的灰色（像王尚義）語句，心有戚戚焉。我遂以若谷為名寫一信，鼓勵他把目光往光明處看，心境自然豁然開朗……。

幾天後，我在《中副》上讀到他簡潔的回函，他說：「我很激動，從來沒有人在我試著爬行（指寫作）的階段，給過我那樣深沉的鼓勵……」

我覺得這位青年很優秀，他在軍中服役，每天接受嚴格訓練，仍抽空積極把日常所見、所聞、所思、所感，寫成文字記錄起來；他的思路清新敏捷，視野寬廣，內容富感情，精采極了，文章見報機率頻繁，而且好像每投必中，令人羨煞，我們就這樣成了筆友。

那時么妹上班的新東工廠有廠刊，我就介紹么妹和郭先生通信，請教如何寫作。後來未知么妹不太用心，還是膽怯不敢和作者聯絡而作罷，誠為可惜！

郭先生在《中副》發表的文章，每篇我都仔細捧讀，並且剪貼起來（註三）。一天讀到他副刊上一篇取名〈鏡子〉的文章，捧讀之下，赫！他怎麼把我寫進文章裡去啊！會寫文章的人真行，題材好像俯拾即是，胸有成竹，一到他手上，就能變成一篇文情並茂，趣味盎然，可讀耐讀的佳文哩！

〈鏡子〉裡他寫道——

「後來我到台北，順道到松山去看他，原來他（我）是一個女孩子，一個堅強的女孩子，而她的學歷，令我愕然。為著家庭經濟關係，國小畢業就離開家鄉到台北來幫傭，得暇深夜她翻字典讀書，閱讀《中副》文章學寫作，拆舊衣服學縫衣；給弟弟繳學費，買手錶，因他知道自己為什麼失學，他不願弟弟再那樣，他要讓弟弟在騎車通學的途中，知道每一個時辰的正確時刻，瞭解時光的可貴和不待……」

啊！他把我寫得太完美無瑕了，令我感到十分榮幸，又感到萬分羞愧。

某日攤開副刊，啊哈！鑽石地帶又多了一顆新星，這篇文章的作者叫「白辛」，嗯，這個筆名很特別，還有點洋味。我倒要瞧瞧這位新人寫些什麼？展讀了一小段，不禁噗哧會心一笑！誰說的：「一個人的風格，就是他與眾不同的特質，是旁人模仿不來的！」心裡叫一聲：「郭發展，你取的筆名真好記啊！脫俗，取得好！」

我去信問他何以改筆名？他大為吃驚，他說：「原以為讀者絕不會發現新人白辛就是郭發展，沒料到被妳慧眼識破！唉呀！我真是『白辛』哪！」

在〈兒時玩伴的婚事〉和〈山楂子成熟時〉兩篇文稿，尚無刊登消息前，我內心忐忑不安，就擔心哪天會接到退稿。心忖：與其傻傻等待，何不提筆試寫自己曾經歷的瑣事和生活點滴呢？

常言道：「萬事起頭難」，我坐在床沿上，兩眼瞪著冷漠的白牆，搜索枯腸，絞盡腦汁，終於寫成一篇〈我愛中副〉，以鄭先生為我所取的「劉琦香」為筆名，大膽試投《中央副刊》，卻像做賊似地連地址都沒敢留。出乎我意料之外，文稿寄出後，第四天——民國五十六年元月二十六日，這篇不到千字的小品文，刊登在《中央副刊》方塊文章的右下角，這應不算是墊報屁股吧！

那天早晨，我在信箱取出《中央日報》，帶瑪麗到野地放風，牠東聞西嗅，找方便處。我攤開報紙先瀏覽副刊文章標題，赫然發現《我愛中副》四個字躍入眼簾，這時我興奮得心跳加速，這顆驚喜的心，似乎要從胸腔蹦出來，拿報紙的雙手微抖；當看到文後編輯先生的留言：「琦香小姐，請將詳細地址寄來，以便為妳開稿費單。」

噢，還有稿費可領，真是太棒了。我像喝了醇酒，恍恍惚惚，像在做夢！

農曆十二月初，二姐弄璋。這天是農曆十二月中旬，正巧父母親從莒林送雞隻來給二姐坐月子。我另買一份《中央日報》帶去給父親看。當父親看到副刊右下角登著女兒寫的文章時，瘦削的臉上綻開了笑紋，那神情是既安慰又感驕傲；我也感到心裡踏實，在外多年，總算沒讓父親失望。

數天後，接到恩師鄭煥先生來信，他信上說：「玫香，妳真厲害，原來妳私下悄悄練功，蘊藏實力。〈我愛中副〉一投就中，寫得太棒了，恭喜妳，盼妳打鐵趁熱，再接再厲，往這方面發揮妳的潛能，他日必有好成績，讓我拭目以待。」

農曆年前，報社寄來一百元稿費單，讓我歡欣雀躍不已。不到一千字的小品文所得報酬，是我辛苦工作一個月工資的五分之一，文章被編輯採用是我無上的榮耀，更是我努力的見證，一舉兩得，何樂不為？往後我應往這方面努力，多寫些身邊瑣事，和生活經驗，從周遭最熟悉的人事物練習寫作。

另一個叫我驚喜的則是，報社同時轉來兩封讀者鼓勵和問候的信。

一位是淡江大學夜間部學生，他說很驚訝我以小學的學歷，竟能寫出通順扼要的好文章，除了敬佩我的好學，他有意資助我讀夜校（他不知我已老大不小，且早過了適學年齡），他是一個夜校生，哪有能力資助我？我回函謝謝他的善意，並鼓勵他專心學業，但沒留地址。

另一位讀者，他自稱是海軍上尉軍官。他此信是用毛筆書寫，龍飛鳳舞，筆跡精鍊，文筆流暢，一氣呵成，非常賞心悅目。

他寫道：「琦香小姐，僅一字之別，我們幾乎是同名同姓，在姓名的人海，可謂幸遇而難得。讀妳在中副〈我愛中副〉短文，令人對妳肅然起敬，以國校的程度而能寫出，如此細緻流利，文情並茂的文章，實是罕見，此足證明妳的智慧冠蓋常人，而勤於苦學，努力精神，甚足可予人效法而成楷模。」

「我平常均以中副文章消遣，雖喜中副，但無閒寫作。冒昧給妳此信，希望能與妳藉此成筆友，或同姓氏兄妹更佳，盼勞心覆函及指教。」

愚兄劉墨香元月二十六日

這位文章如江河的男士，既誠懇又虛懷若谷的讀者，我欣賞極了，我決定與他通信做筆友。

每年尾牙之後，忙於洗滌床單被面，清掃屋內外整潔。接著做年菜蒸饅頭，與其說多年來我已習慣這種忙碌之後，換來正月初幾天的閒適，倒不如說我已經麻木這種傳統的過年方式。今次是我第七年在外過除夕，衷心希望這是最後一次，我非常渴望除夕能如願回家與父母親兄弟們，好好團聚。

註一：多年後陸續聽到有關林某身世的傳說——他母親未婚生他；之後母親與一鐵匠生一個弟弟。再之後，他母親介入一個家庭，與人同居。而他所娶的妻子，是他母親同居人之親生女。

註二：真是天理昭彰，絲毫不爽。兩年後劉邦水在台北犯案，被警方追緝至租屋處，其母端坐床沿，以目示警。這個藏匿在床底下的賊子，終被繩之以法，判刑入獄，大快人心。

註三：我婚後，郭發展先生出書《輕歌》和《葉脈上的蝴蝶》。他發表的文章因收存不齊，特別到舍下借我的中副散文剪貼簿補齊，順利出書。

第九章　天賜良緣

年後，農曆正月初六，太太才放我假。這次我帶回工資五百元和年終賞金兩百元，另外多了一百塊錢稿費，合計八百元整，是例年最多的一次。

我趁返家之便，特別在楊梅下車，到楊梅高山頂拜訪鄭煥先生。我下了火車搭上一班開往高山頂的新竹客運，司機貼心提醒我，到山頂站就得下車。舉目望去，山上滿山遍野都是相思樹林，和一片紅土地。因地勢高、風特別大，除了呼呼的風聲，還是風聲，我冷得直發抖。

這大正月曠野寂靜，我一時找不著人問路，正在發愁，不遠的田埂間有位兩手插口袋的農人，悠閒散步，我喜出望外，走向前去問道：「請問鄭煥先生住哪裡？」

這位頭戴鴨舌帽，身著過膝大衣，近看不像農夫的先生，他說：「我就是鄭煥，請問妳是？」「啊太好了，我說：「鄭先生，我就是給您寫信的劉玖香呀！您好。」

鄭先生似乎很驚訝，他說，沒想到在這寒風刺骨的天氣，會有讀者上山找他。他微笑說，很意外也很高興。他說，外面風大，到舍下坐吧！看田埂間，溝渠春水湲湲流淌，正好春耕。想到母親常說「山高水長」，便問，這溝渠充沛的水是從何處而來？鄭先生回應說，這灌溉的水是從石門水庫引來的。

鄭先生長得蠻帥，中等身材，臉上掛副眼鏡，親切隨和，沒有作家的架子。我問他：「天這麼冷，您到田間散步，是找寫作靈感是嗎？」他笑應答：「爬格子累了，得出來走動走動，伸伸筋骨啊。」

到了鄭先生古樸的三合院，他幾個學齡的孩子，對我這個陌生人很好奇，擠在房門邊咯咯地笑。鄭先生叫他長女倒茶水，這個女孩子約莫十三四歲，表情有些靦腆，讓我想起自己那種年齡的模樣。

鄭先生招呼我到他書房參觀，只見書桌上攤著寫滿文字的稿紙，桌燈下有一張條理分明的記事表。我細看，原來那是鄭先生文章裡的人物身分、年齡、長相、穿著等等記載。他說一定要安排清楚，免得下筆張冠李戴寫混了。噢，原來如此。

我倆談話間，聽到一聲腳踏車煞車聲，接著聽到孩子們爭相報告，家裡有客人來。鄭先生陪我到客廳，對一位高䠷樸實的女性說：「妳猜她是誰？」笑著跟我介紹說：「這位是我內人。」啊，原來是一位大方能幹的婦女，我趨前向她說：「鄭太太妳好，幸會。」她笑容滿面說歡迎歡迎，妳和煥生（煥生是鄭先生本名）聊聊，我去做飯。

鄭太太姓鍾，是位小學老師，今天是學校返校日。她見了我這不速之客，不以為忤，立刻下廚升火煎年糕待客，把我當做她的親戚朋友，熱情款待。我嘗了她客家傳統的年糕後，表示要告辭。鄭太太說，大正月怎可不吃飯就走，堅持留我吃午飯。我遂跟她到廚房添柴火，方便談聊。鄭太太手腳利索，不一會功夫，就把熱騰騰的飯菜端上桌。

鄭先生伉儷真是一對熱情好客的主人，我們一見如故，初次見面感覺像認識多年的朋友般親切融洽。我還沒返家鄉就在鄭府嘗到懷念已久的「酒糟鷄」，太令我感動了。

飯後鄭先生說，他下午要載太太到龍潭回娘家，先載我到楊梅火車站搭車。辭別時鄭太太——鍾老師和一群活潑可愛的兒女，送我到大門外，依依揮別。

鄭先生在高低不平的田間小路，推著機車在前，我緊跟在後。鄭先生忽很嚴肅地對我說：「我和妻子曾經討論過妳，一個女孩子為何二十五六歲還未出嫁？妻說可能是學歷太低，高不成低不就吧！又說或許妳長得太矮小，又很黑。我在想，也許妳長得很醜，說不定臉上還有痲子呢！所以……」

我聽了開懷大笑，我打心裡感激這對善良夫妻，對我這個陌生女子的關懷。所幸我的相貌並非他倆想像那般嚴重，我說多謝先生和太太這樣關心我。鄭先生不好意思說：「我和妻都猜錯了，原來妳長得這麼端莊美麗！」

我於當日下午三時返抵家門，我留下三十元車資，其餘的全數交給父親。二姐因還在坐月子，無法回娘家；大姐已於初三，父親生日那天回來過了；么妹工廠放的年假也接近尾聲，將返回工作崗位。

我身心自在與家人團聚。二弟在義民高中，暑假後將升高三，相弟和福弟將升上初中二年級，五弟正讀國小六年級，么弟讀國小三年級。當年我外出工作，原想減輕父母的負擔，然而在外工作將近九年，只稍盡棉薄之力而已，對困頓的家境，一籌莫展，想來令人擔憂，將來弟弟們讀書的學雜費，父母要如何籌措呢？

在家待五天，又將北上，母親語重心長對我說，都虛歲二十七啦，別再做了，回家吧！在外八年，遊子孤獨的情懷，找不到慰藉安歇之所，我確實累了。我和母親說，決定做到清明節，即辭工返家。

返台北第一件事是給那位同姓讀者回信。元宵節後即接到劉君的回信。他信上劈頭直稱我「玖妹」，這令我很不習慣。

我把這次返鄉目睹政府城鄉建設的德政，家鄉紙寮窩這個小山村的泥土路，已鋪成平整的瀝青路面的成果，以歡欣誠實的心態，簡淺的文字寫一篇〈驚喜〉，我以曾祖父陳姓為筆名，投《中央副刊》受到編者的青睞，於三月四日刊出。

三月十四日，我另篇小品〈收穫〉刊出後，劉君來信恭賀我。這是他給我的第三封信，在我尚未回信前的一個週日，他忽然從基隆循地址來松山看我，當時我的確嚇到。心忖：「哪有行事這樣積極的人哪！」假日僅我一人在家，我沏杯香片招待，坐下閒聊。

劉君口才便給，像個聊天高手，從讀書心得聊到自己喜愛的世界文學名著，侃侃而談，可說上知天文，下知地理。聊著聊著，他話鋒一轉，突然提到他一位同事。他說：「我這位同事姓蔡，他娶的太太也姓蔡，夫妻倆感情很好，如漆似膠，令人羡煞！」我聽出這絃外之音。

到廚房添茶水時，順便捧出一本相簿，讓他瞧瞧。我手指楊君相片說，這位朋友已在師大讀完研究所。這兩位穿學士服的，一位是我堂叔，目前在東京帝國大學研究所深造；一位是我堂弟，成大的高材生，考上留美，可惜我嬸嬸不讓他去，留在母校新竹省立高中當英文老師。

喏喏，這位穿軍官服的帥哥，是我的筆友，師大畢業，目前在省立高中教國文；還有這一男一女，兩位是我的日本朋友，那位長相福態的日本姐姐，現在住德國西柏林……我如此費心讓他看相簿，無非是讓他知道，我有很多朋友，並不孤獨。

他離去後，我決定放棄這個朋友。

過幾天，劉君來第四封信，我打定主意，不回。

來第五封信，也不回。第六封信，他說又讀到我四月二十三日刊在《中副》的〈省下的電影錢〉，對我稱讚一番。於是我提筆給他回信，我說非常抱歉，最近請假返鄉，沒及時回信。父親要我決定婚事，對象是一位教師，我們將於下個月文定……。

我在想，劉君若真心要與我結為同姓兄妹，他得悉我的婚姻有了著落，必定欣然來信祝賀。若他執意只想與我同姓聯姻，這會兒希望落空，他就不會再給我寫信了，更別說做筆友！果然不出我所料，與我想像的完全吻合，他從此不再寫信來，正中下懷。要是他真心與我結為同姓兄妹，到時候要來喝我的喜酒，天哪！我得上哪去找當老師的未婚夫啊！

我寫信向鄭先生報告，說那篇〈驚喜〉也是我寫的。他回信說，有讀到，他說不必常換筆名，編者是以文章內容優劣為採用準則，不管筆名為誰。鄭先生說：「玖香，我看《中副》的編者好像認識妳啦，妳不寫則已，拿起筆來寫就連中三元，真是了不起。〈收穫〉寫得極好，打蛇隨棍上，加油！」

之前鄭先生代寄的兩篇習作，已於三月底、四月初都發表了，鄭先生還貼心把報紙寄來給我。四月二十三日〈省下的電影錢〉刊登那天，廖兄與林淑梅小姐結婚，有情人終成眷屬。廖兄寄一幀新婚儷照給我留念，因是婚後才告知喜訊，因此沒來得及送禮致賀，有些過意不去哩！

這天接到一張由草潔寄來的明信片，這筆跡太熟悉了，又似乎太遙遠了，再看寄件人，無地址，僅寫「知名不具」四個字，我心中已了然。信的內容除問好外，說：「繼拜讀妳的大作〈我愛中副〉、〈收穫〉之後，今又在報上看到妳的〈省下的電影錢〉內心真是高興。我精讀再三，並且把它剪下來保存。」

「我很欣賞妳的寫實作品，尤其看了〈省下的電影錢〉裡，妳孝心節儉的美德，令人感動。《中副》的水準最高，能打入版面，是最上乘的作品，可見妳的作品是成功的，在短短的投稿史裡，妳有這樣驚人的成就，真是難能可貴。我該恭賀妳，望妳不改筆名，寫下去。

知名不具四月二十三日」

讀到「望妳不改筆名」我會心一笑。與林某交往三年，可見他對我了解不深。有心人讀到陳悅姬的〈驚喜〉，她的寫實風格，定會聯想到，此人的文風與劉琦香，淳樸寫實的風格相近，應是同一人所作，何況文中提到新竹、芎林、紙寮窩，這麼清楚，且紙寮窩住民全是劉氏後代，無一陳姓居民，而林某竟察覺不出，可見他反應不敏。

白辛從基隆來信，他說：「妳很用功，之前讀妳在《中副》的〈收穫〉才明白妳在外辛苦多年，用心學習，燈前苦讀，竟得到這麼豐碩的收穫，而且是多方面的。今天再讀妳的〈省下的電影錢〉真為令尊高興，他有妳這麼孝心的女兒，應感到幸福滿足！」

「作品能打入《中副》版面，實在不容易，從文中字裡行間，處處可見妳的孝心節儉，以及友愛手足之情。不因生活艱困，離鄉背井而有所抱怨，對前途充滿自信，真是難能可貴。此刻振筆寫信，似乎嗅到誘人的蔥油餅香，令人垂涎，待退伍後，定要去嘗嘗妳拿手的蔥油餅」。

白辛同信寄一張近照相贈。他說我這人長得怪異奇特，身高一百八十幾公分，體重卻只有六十公斤重，不成比例。他的身材頎長，天庭飽滿，雙手握著書本，兩眼望向遠方，胸中若有懷想，頗有書卷氣。倚在公園亭柱邊，像民初的詩人雅士。我倒覺得他獨特的相貌，更顯出他文學才情，與眾不同，是位天賦異稟的才子呢！

他在相片後面寫道：「贈給我所崇敬的女孩子——玖香

發展一九六七初夏於基隆」

五月三日，東主全家準備外出，我正可利用無人在家礙手礙腳的機會洗刷地板。早上約八點多門鈴響，心想誰這麼早來按門鈴？打開大門見兩位年約五十上下的男士。高壯膚黑那位是高先生，曾經見過，他笑嘻嘻問：「章科長在家嗎？」我答在，請到屋裡坐。

另一位西裝革履的先生，皮膚白皙，體態微胖，他向我點點頭，隨即跟進。我朝臥房門輕聲說：「先生，有兩位先生找您。」說完即往廚房去，我心中有些不悅，今天被兩位不速之客攪擾，恐怕沒辦法順利洗地板啦。

家裡的香片剛好用罄，我端兩杯白開水到客廳，東主已和兩位先生聊上了。我對客人說聲抱歉，家裡剛好沒茶葉沏茶，請用白開水。

那天我穿件黑白格子相間，有領有袖短衫，一件洗得泛白的綠色六片裙。當我朝裡屋走時，太太在臥房，狀極神祕地向我招手，我趨前問太太有何吩咐？她笑咪咪說：「玖香，先生同事高德聲先生，帶他山東同鄉王先生來，說要幫妳介紹，他是一位教書先生。」她說這話時，勾頭朝窗縫望一眼說：「只有四十一、二歲，人品不錯，挺文雅的。」

我聽了尖起嘴對太太輕噓一聲，什麼四十一、二歲，我看都有四十七八啦！說完逕自往廚房去。

約莫過了半個多時辰，我在後面聽到客人向東主告辭。待東主關上院子大門，我出來收杯子。東主和太太說，老高介紹這位王先生，人品很好，舉止穩重，天庭飽滿，隆鼻大耳，像彌勒佛似的，長得白白淨淨。

東主笑着說：「告辭時我故意和他握手，喔，他的手掌又厚又軟，肯定有錢！」我聽了噗哧一笑，心裡想，您兩位一直想攀附有錢人！

東主斜睨了我一眼說：「丫頭笑啥呀！人家是台北市高級職業學校的教務主任，曾經在東京盟軍總部當過翻譯官，英文很行。對了說正格的，妳覺得這位王先生怎麼樣啊？」

我說：「什麼怎麼樣啊！光一照面，沒看清楚，不過他好像有博士頭了耶，年紀應該不輕。」我心想：我比你看得透呢！相書上說，地閣是注老運和財富的，這位王先生龍準高挺，耳大人中長，猛一看很有福相，只惜地閣稍嫌淺了些，肯定無財。

太太關切說：「玖香妳年紀不小了，這位王先生，好像對妳印象不錯，他的人品、學歷、職業，條件這麼好，他若看上妳，是妳高攀了人家呢！」

一週後，高先生又陪王先生來訪，並帶禮物來。高先生對東主表示，上次見面，王先生很鍾意劉小姐，今天算正式把王先生介紹給你乾閨女認識。中午，王先生請科長伉儷吃飯，請科長玉成。

對與一個幾可作父親的人交往，我很難接受，衷心不願受邀。太太追到後面勸我說：「人家王先生鍾意妳，是妳的造化，為表示尊重，特別帶禮物來邀妳吃飯，藉吃飯彼此聊聊看，談不談得來再說。快去換件衣裳，對了，要不要擦點口紅、添點好氣色？」

我像一隻被趕上架的鴨子，很不情願。我們五人共乘一輛計程車（註一）到昆明街一家中式飯館。吃飯時，王先生禮數周到，頻頻為我們夾菜。我偶爾回一兩句話，是或不是，謝謝等。一來我感到很彆扭，二來心裡老大不歡喜。

吃完飯，高先生熱心建議，說就近到兒童戲院看電影。在戲院門口看到，今天上映的是部古裝片，片名叫《三更冤》，令人愕然。那三位大人故意讓我與王先生並排坐。在昏暗的電影院裡，我如坐針氈，又覺得自己像塊木頭人似的，渾身僵硬，無心看電影演什麼，希望影片趕快結束。王先生遞給我的巧克力糖，我抓在手上沒吃，致漸在我掌中融化變軟。

看完電影，高先生先行離去。王先生叫輛計程車送我們回家，他再辭別。到家，先生和太太對王先生不住讚美說：「這人品德好，有修養，見過場面，出手大方。聽高先生說，以前介紹一個在銀行上班的小姐，他覺得太年輕，見一次面後，沒再約會。」

東主夫婦一搭一唱說：「提起妳時，他也說太年輕，不想見面。高先生勸他，見過面再說。妳比那位小姐更年輕，沒料到王先生一見到妳就鍾意，表示妳才是他所想要娶的女孩，決不錯過，這大概是緣份到了吧！」

東主語重心長地說：ㄚ頭妳得好好把握住，人家來約妳出去，不可擺臭臉，多相處了解之後，自然產生好感。

兩週後，王先生來約我去看電影，那時我剛把廚房收拾乾淨，在房裡準備給廖兄寫信。太太進來催我說：「王先生在客廳，別叫人家久等，計程車還在外面等著呢。」上回出去吃飯，我以為應付過了沒事，誰料到他又來了，真煩人！我慢騰騰換好衣裳，硬著頭皮走出大門，心忖：去就去！就當今天放假吧！

車子開到西門町，下車我瞄一眼跳表——三十九元！心想這人太奢侈了，坐公車一張票幾毛錢就夠。王先生原要請我看七點多那場電影，但入場時間已過，他建議看九點那場，我拒絕，說待散場回去太晚了，不方便。於是他陪我去一家咖啡館坐坐。

談話中間他問了我的家庭狀況，好像身家調查，我一向不說謊話，便一一詳告。他忽感嘆說：「妳太善良了，妳真有恆心耐性，在章家竟一待八年，堅忍的精神和毅力，著實令人佩服，也叫人心疼不已。」

他說：「真正把妳介紹給我的是同鄉林先生，林先生說認識妳很多年，發現妳是個好女孩。我到台北任職四年，他怎麼到現在才幫我介紹？後來想想，也許早些年機緣未具足吧！初次見到妳，我怦然心動，也許這就是一見鍾情吧！我自己嚇了一跳，怎麼那麼熟悉親切，好像在哪裡見過，也許是緣份到了，我忘記自己的年齡。妳是我所見過的女孩中，最令我心儀的，氣質高雅，自然大方又樸實，希望妳勿嫌棄我歲數大，兩人談得來最重要，不是嗎？」

我大膽說，請問你的正確年紀？他一聽伸手要掏身份證給我看，我說不必，說屬相就好。他不加思索，坦白說，我屬鷄。

天哪！與我猜的一歲不差，這麼說來他今年是四十七歲啦，足足長我二十歲！

我問他：「為何高先生和章先生夫婦，都說你只四十一、二歲呢？」他啊了一聲，「說高先生事先沒問我哪年生的。」他頓了一下說：「也許他們是出於一番好意，把我說得年輕一些吧！」

說實話，當下是有些被他的誠懇感動到，但我還是顧忌兩人年紀太懸殊，認為不適合。出了咖啡館，我沒和他並肩走，自己逕自往前衝。回到住處，下車時，他說下回我仍坐車來接妳。我說受雇於人，不方便常外出，以後用書信聯絡即可。心想，他若寫信約我，可以不理睬。

端午節返家時，我和父母親提到這位王先生，父親聽了滿懷歡喜，說他當高級學校的教務主任，必定受過高等教育，他若不嫌我兒學歷低，只要人品好，可以考慮。

母親則說對方年紀太大，又是唐山人，恐世人議論……。

我返北後，父親來信說，鄭煥先生夫婦，到紙寮窩參訪，並攜來一只大西瓜。女兒的作家朋友來訪，父親非常開心，全程陪鄭先生參觀紙寮造紙遺蹟，詳細說明造紙材料來源，以及造紙過程。鄭先生很專注，一邊聽父親講述，一邊用心作筆記。父親說作家就是跟一般人不一樣哩！

六月發工資時，太太叫我別忙著把錢寄回家，說跟體面的人約會，妳也得穿得相稱一點，明兒先去做兩件像樣的衣裳，別那麼寒磣了。感謝太太善意的提醒，我的確沒件像樣的外出服。我順便提到王先生的確實年齡，先生一聽，說那就是長我兩歲（先先比妻小三歲）囉，可是他看起來怎麼比我年輕呢？太太對丈夫啐一口說：「人家天生長得白白淨淨，不抽菸又不喝酒，不亂發脾氣，自然不顯老啊！」

我實話告訴太太，我建議王先生以後寫信就好，不必來約我，我坦白說不想跟他交往。太太說：「妳別傻了，王先生人品好，學歷高，性情溫和，又有高尚穩定的職業，這樣的對象上哪找啊！玖香，妳自己拿捏好，別錯失良機啊！」

她嘆口氣說：「其實我也捨不得妳離開這個家啊，想把妳留下來做兒媳婦，添祥一向肯聽妳的話，可是聽老人言說『女大一，不是妻』擔憂以後不和諧，不會幸福，所以也就不敢妄想啦。」

其實這是太太說得好聽罷了，以她那麼愛面子的個性，怎麼會讓兒子娶女傭做妻子？好在我一直把添祥當弟弟看，所以不覺得遺憾。

少主也已二十六歲了，搬來松山後，他到同學父親開的公司學習做生意。他上班每天經過台北火車站，中央日報社就在隔壁，我的稿費還多虧他到中央日報社代領。他代我領稿費，東主夫妻才知我學習投稿。

住後棟房，背相對的林婆婆，給少主介紹她的乾女兒林小姐。林女年方二十三，正年輕，高職畢業，在一家私人公司擔任會計。東主夫妻和兒子已經與林小姐見過一面，並且吃飯。這個女孩子皮膚白晢，面貌豐腴，身高一百五十公分，見人說話笑容滿面，挺可愛，與少主還蠻登對。

六月上旬一個週末，王先生約東主夫妻到西門町一家飯館吃晚餐。我們到了那裡，才曉得王先生請他同鄉——耿占元國大代表伉儷做陪。耿代表身材高大魁梧，滿面紅光，聲若洪鐘，十足的山東大漢。相形之下，身高約一七五的王先生，卻是小一號的山東人。

耿太太是位傳統的家庭主婦，她身材高䠷，一臉憨厚，衣著樸素，講話實在。王先生隻身在台，沒有長輩關照，他做此安排，我猜意在彰顯他有長輩在，非孤單一人。飯後到一家歌廳聽歌。在這人聲、歌聲、樂器聲盈耳的場合，令人煩躁不安。

耿太太比太太年長許多，兩人並肩而坐，雖是初次見面，兩人卻談得很融和熱絡。耿太太不時對我點頭微笑，雖聽不清楚她兩人的談話內容，大約可知是以王先生和我為話題吧。我一向好靜，處在這噪音雜沓的場合，叫我坐立難安，恨不得突然停電，大家散了好。

六月中旬週日晚，王先生又坐計程車來約我外出，我心裡嘀咕，好煩喲！過了十幾分鐘，太太進來催我，說人家車子在門外等著呢。動作快些，別讓人久等。

王先生說有部洋片不錯，可這個時段就是不恰好，不看也罷。

結果還是去喝咖啡，聊著聊著，他坦白說：「看到同鄉同學在台灣一個個結婚成家，孩子都讀初、高中了，自己還是孑然一身，逢年過節特別想家，每年除夕都到有眷的同學家吃年夜飯，但內心還是空虛寂寞。」

他幽幽地說：「自從民國二十六年秋，讀初中二年級時，因七七事變，辭別母親到四川讀書，至今整整三十年，與母親天各一方，音訊全無，也不知她老人家還在不在……。一旦遇到心儀的對象，最終目的就是要結婚成家，安定下來。」

王先生說，他對我是真誠的，說著突伸手握住我冰冷的雙手，目光充滿殷切的企盼，誠懇地說：「妳願意與我共組家庭嗎？」

我嚇呆了，心裡想，這才第五次見面，他就積極表達心意，未免太心急了吧！人的感情是漸進發展的，哪有速成的啊！我想縮回被緊握的手，但那雙溫厚的手掌，有股安定的力量，一道暖流直透心扉，內心忽有異樣的感受。

但是，我還是請他鬆開手。

我嚴肅地說：「你不覺得我們兩人，有雙懸殊的差別和距離嗎？」

他驚問何謂雙懸殊？我無奈笑說：「一就是年齡的懸殊，二是學歷的懸殊。年紀相差二十歲，幾可作父女；學歷的懸殊，好像大學生對幼兒園小孩。這現實狀況你難道不會感到不相稱，不自在而有所缺憾嗎？」

王先生聽我分析後，斂容認真說：「這是妳悲觀的想法，我深信我們若結婚，正好可以互補。我年紀大懂得謙讓體貼，會把妳當妹妹或女兒般疼惜；我學歷高，以後可以教妳英語，啊，其實也不必，聽章科長說，妳常投稿到《中央副刊》，這證明妳的國文造詣等同大學程度，妳知否？有很多大學畢業生和老師，連一篇切身的自傳都寫不好，而妳寫的文章卻登上大報副刊，這表示妳天資聰穎，很有智慧，力爭上游，自學有成，這樣懂得上進的女孩，教我打從心裡敬佩！」

咦！今天怎麼聊這麼多哇！好奇妙！

六月底與王先生見面時，他告訴我，暑假他將到木柵革命實踐研究院研習兩個月，聽說功課很緊，到時可能隔週才能約妳出來。我心裡想：也許你再來約我時，我已辭工返鄉去了。

這天太太悄悄託我，說她夫妻中午要去喝喜酒，叫我吃午飯時趁機勸勸添祥，叫他去約林小姐看電影，感情是要常聯繫才能培養，怎麼只約人家一次，就把人晾到一邊，哪會有進展？

吃中飯時僅我和添祥兄妹倆，我們三人在客廳把茶几當飯桌，邊看電視、邊吃飯。吃到一半想到太太的囑咐，便問添祥：「這個週末你怎麼沒約林小姐出去玩或看電影呢？我看林小姐挺不錯嘛！」說著，我問曉君妹妹：「林小姐是不是很可愛呀？」妹妹應聲說：「爸媽都說她人很好，很隨和。」

悶頭吃飯的添祥，這時抬頭望我一眼說：「除非像妳這樣的女孩！」

我一聽愣住，曉君妹妹菜夾到一半，聽到她哥哥說這話，筷子停在空中，瞪大眼睛看看我，再看他哥哥。我連忙說：「天底下哪有長得一模一樣的人啊！除非是雙胞胎才有可能！」

翌日下午兩點多，我在屋裡打草稿。依稀聽到先生夫妻倆，細細碎碎的談話聲，偶有爭辯，好像沒午休。約過了半個多時辰，先生走到後面來，看我低頭寫字，便叫一聲：「ㄚ頭出來」。我走到飯桌旁，問先生有什麼事？他嚴肅地對我說：「站好，讓我仔細瞧瞧。」

我裝傻，乖乖站直，先生把我從頭看到腳，審視一番，然後正經八百地說：「嗯，五官端正，天庭開闊，鼻樑挺直，還有會存財的地閣……ㄚ頭張嘴笑一個。」

我對先生咧開嘴笑一下，然後對他做個鬼臉。他說果然齒如編貝！

我轉身走進房，只聽到先生悠悠長嘆一聲，呢呢自語：「以前怎麼沒注意到呢？我怎麼會把妳介紹給老王呢！唉呀！真是……」

我沒在清明節辭工，就是為了曉君妹妹，現在開始放暑假了。我向太太表示這個月做滿，決定辭工返鄉。太太一聽，說哪怎成？人家王先生才剛去研習，妳辭職走了，我如何向王先生交代？要辭也得等他回來，見了面再明講。

不巧的是，最近太太的老毛病又犯了，整天病懨懨的樣子，茶飯不思，精神不濟，嚴重時三天沒下床。我每天打洗臉水到臥房，幫她擦臉洗手。熬鍋清粥，弄些客家福菜或蘿蔔乾，切碎拌上麻油，給她配飯，她卻吃得津津有味，說比山珍海味還好吃。

想起今春，樓上胡太太患病，吃不下飯，無力照顧孩子。生病的人難免口舌苦澀，沒有胃口，更忌油膩，應該吃清淡的食物維持體力。胡先生說太太想喝粥，他沒空熬。我徵得太太同意，熬一鍋粥端上去，胡太太喝一碗粥，便說有氣力講話了。熬粥要細心耐心顧火候，才能熬出濃稠潤滑合口的清粥。胡太太像自家姐姐一樣（長我三歲），助人為樂，看她吃兩天熱粥有了精神，能下床走動照顧孩子，真為她高興。她對我說，她是真有病，致體弱無力。章太太害的不是病，那是更年期症候……噢，原來如此。

七月中旬王先生得空即來約我外出，他坐的計程車在門外等著。這是他聰明的地方，知我擔心他坐在客廳影響他人生活起居，我只有奉陪跟他出去。

在咖啡館，他問我，除工作外，平時做何消遣？我說因沒有機會升學讀書，所以我唯一的嗜好就是看書，我相信開卷有益。古人說：「書中有顏如玉，有黃金屋。」

我以書為友，可以從中得到很多知識與樂趣，即使冷僻艱澀的《病態心理學》，也能從中得到寶貴的常識。

談話間，他試探我喜不喜歡打麻將？心想你單身漢一個，假日無所事事，莫非常與同事打牌消遣為樂？我坦白回說，我不喜歡打牌，也不會，更不會去學；我加重語氣說，我討厭打牌，聽到打牌、洗牌聲，頭就疼。他小心問：章府有朋友來打牌，妳怎麼辦？我說受雇於人，對主人的喜好不能表示厭惡，只好躲到屋裡看書啦！

七月三十一日晚八點，白辛忽來看我，他的莅臨令我驚喜不已，我壓根沒想到他會到這偏遠的松山來看我。問他怎麼有空？他說，剛退伍時間充裕，不受限制，特別趕來看看妳這位表現不凡的女孩。

他說：「妳是文如其人，讀了妳的文章，更了解妳是個既善良又有孝心的人，節儉樸實的美德，令人感佩！」

我說，有次在信上向你提到離鄉數月，因思念父母家人殷切，返鄉到後山接工作的父母，當看到母親的一霎，內心非常激動，向母親飛奔過去，不小心被滑動的小石子絆倒。母親見狀立刻丟掉肩上的竹把，跑過來把我扶起，心疼問跌得怎麼樣？我忍著左手肘擦破皮滲血的傷口，笑中帶淚與母親緊緊相擁。

說著我抬起左手給白辛看：「喏，這就是那次跌倒留下的疤痕，有十公分長。」

他喝口白開水，搖搖頭說：「妳真有耐性，竟能在這裡一待八年，確實不簡單！所幸妳很能把握機會，善用時光自學有成。文章要登上《中央副刊》，難如登天。我幾位愛好文藝的同學辛苦熬夜爬格子，但很不幸，每投必退，退稿讓他們失去寫作的熱忱和信心。妳開始投稿不到半年，竟連中數篇，這應是妳最大的收穫。」

他說，上回妳信中表示累了，想辭工返鄉，怎麼還沒行動啊？妳的氣質這麼好，長得這般出眾，到現在還沒結婚，可見妳的目光高遠，似乎還蘊藏一身傲骨，要找到和妳匹配的對象，必定是要品德學養兼俱的君子才行！

無來由，我輕嘆一聲說：「其實我連在天邊閃爍微光的星子都不是，你的金口卻把我說得像高懸中天的月亮，高不可攀。信上說，暑假將辭工返鄉的……現在恐怕不行了，五月中經人介紹一位近似你所形容的男士，高學歷、外文強，在高職任教務主任，條件甚佳。只可惜我倆的學歷和年齡太懸殊了，不敢高攀，所以仍在踟躕中……」

白辛聽了眼睛一亮說，人品修養好，身體健康，兩人談得來最重要，不必在乎年齡和學歷，妳不要猶豫不決，以妳的才情和為人，配他足夠了。他低吟一下說，這位先生真有眼光。

與白辛握別時，我送他到巷子口，他像關心自家姐妹一般，對我一再叮嚀說，妳若決定嫁給他，得趕緊辭掉工作，免得人家背後議論，切記，好好維護他的自尊。

八月八日《中央副刊》，鑽石地帶刊登一篇〈不如歸〉，我一看標題，即知是白辛寫的，文中主角就是在下。白辛真地太厲害了，文內提到造成我左手肘疤痕的經過，寫得文情並茂，熱情洋溢，字字充滿真摯關愛的友情，令我非常感動並感謝。

八月中旬，王先生一放假，即從木柵趕回台北約我出去。

他說，在彼受訓，度日如年，一直想見妳，好盡興聊聊。末了，他又提起共組家庭的願望，他渴望有一個溫暖的家，我說結婚是要花錢的，大膽問他：「你有積蓄嗎？」

他愣了一下，然後坦白說：「我沒有積蓄，常言道：光桿光桿，光吃不攢；再說我孤家寡人，沒有家累，那些有家眷的同學同事，有困難都來向我求援，在道義上，我不能拒絕，所以至今沒有分文積蓄。」他頓了一下說：「但是沒有積蓄，並不表示不能結婚啊！沒錢，我可以去借。」

我倒抽一口氣，心想你身無分文，竟天真奢談結婚，未免太魯莽了，借錢終究是要還的，總不能寅吃卯糧吧！他為了讓我心安，慶幸說他現住宿舍，住的問題解決，其他的事就好辦，他單純的想法是，天塌下來，有房子頂著，何懼？

我不是有意澆他冷水，年齡的懸殊才是癥結所在，他太聰明，從一開始就打定主意不寫信，每次叫計程車在門外候著，他了解我不想干擾東主作息，會隨他外出。說到婚姻大事，我說要尊重雙親，我父母沒意見，我就沒意見。我敢百分之百確定父母親，絕然不會同意這門親事，我才敢這麼說。

八月下旬週日晚，王先生又翩然而至。在外面他說，再過一星期受訓將結業，以後每個假日都可來看我。他表示，如果我不反對，他將擇日到苧林拜見我雙親。我嚴肅說，正打算辭掉工作回鄉去。他一聽認真說，妳即使辭職回鄉，我也會追到妳家鄉去，直到妳點頭，決不放棄。

唉喲！回想過往要甩脫人家，以我的機智，輕而易舉。可這位老先生怎麼像塊強力膠似的，把人黏得死死，揚言要追到鄉下去，這如何是好呢？

九月四日各級學校開學，這天父母親來台北為大姑丈做壽，叔嬸先行返竹。下午四點，父母由大姑丈陪同到松山來看我。

東主夫妻熱心說，正好可讓王先生見我父母。立刻叫少主騎機車到王先生服務的學校找他。當時王先生剛開完校務會議，正準備與同仁出去聚餐。他一聽我父母正在章府，認為天賜良機，即刻跟校長表示有要事，不克參加同仁聚餐了。

父母親坐在靠門邊的沙發上，王先生進門見兩位年長的男女並坐，想是我父母，他面帶微笑向兩位躬身問好。我發現父親見了王先生，非但沒有不悅之色，反而笑容滿面，目光溫潤盈盈，慈祥地望著坐在正對面的王先生，瞧他正襟危坐，神態莊重，讓我父母品評。

當他得知我父母將返鄉，提議找家離火車站近的飯館吃晚餐，於是他叫兩輛計程車，載我們幾個人直驅飯館門口。

席間，東主和太太誇讚王先生，人品學養兼具，職業高尚，有敲邊鼓意味。大家邊吃邊聊，氣氛很愉快融洽，王先生忽站起來，雙手舉杯對我父母恭敬說：「爸爸，媽媽我敬您！」我當下愣住，東主夫妻對王先生突如其來的舉動，也雙雙愣住，但東主反應比較快，他笑盈盈對我父母說：「這都叫爸媽了，不就認了這個乘龍快婿了嗎？」但見父親微笑點首。

父母親舉杯向東主夫妻敬酒說，感謝多年來對我的照顧；東主說：「玖香這孩子很自愛，又肯上進，我幾個同事追她，約她出去，她無動於衷，原來她和王先生有緣份。」姑丈滴酒不沾，父母親小酌，東主微醺，滿面紅光。而王先生則是一臉酡紅，未知是喝多了，還是內心歡喜，興奮所致？

飯後我們一行送父母親到火車站，王先生買兩張觀光號對號座車票，父親說若太晚，到新竹再坐慢車到竹北滿姑家住一宿。上車前父親在我耳邊低語，說王先生其人聰明，溫柔敦厚，穩重踏實，我兒可託付終身。

姑丈他自己搭〇東車回國際學舍。東主體貼說：「維經（不稱先生，直呼其名）有些醉意，先送他回家。」到了巷口，太太堅持要下車，去看看王先生住的宿舍長得啥樣？王先生含糊說「歡迎，歡迎」……

東主善解人意替王先生解危，說太晚了，改天吧。車子轉到基隆路，東主說太太，光棍住的地方有啥好看！還不都是滿地臭襪子，別叫人出洋相！

在車上，東主和我說：「妳父母對王先生好像很滿意，我看這婚事算定了。」太太附和說挺好，看人家那麼真心誠意，尊重妳父母，妳就別再推卻了。

今天父母親來看我，竟與王先生見面，這實在太突然了。我周旋於他們之間當翻譯，感覺很奇怪。我腦子裡亂轟轟，意識紊亂，我好累，好睏，心想：「先生太太饒了我吧！別再拷問我了，現在我只想趕快回家，躺到床上好好睡一覺，天大的事，等明天再說吧！」

翌日晚七點，王先生又翩然而至，去開大門時不免嘀咕：「昨天才剛見過面，怎麼今天又來？煩不煩人哪！」太太低聲說：他來探消息。在太太的催促下，我把廚房盤碗拾掇妥當，換上衣裳，只得跟他出去。

今晚到另一家比較大的咖啡館，坐定後，咖啡還沒送上來，王先生迫不及待問我：「爸爸、媽媽對我的印象怎麼樣啊！」明知故問，他是聰明人，不必說違心話欺騙他。在他一再追問下，我坦誠說，我父親對你的評語只有四個字。

他把方糖放入杯裡輕輕攪動，看似優雅自在，卻忙問哪四個字啊？我說，我父親說你：「溫柔敦厚」，他聽後謙虛說：「爸爸很有學問，這四個字的意涵深遠，蘊含君子氣度，實在不敢當。」在昏暗的燈光下，仍能看出他與眾不同的高貴氣質，衣履整潔，神態篤定，自信樂觀，言語溫和，舉止穩重，似無缺點。

咖啡喝了一半，他言歸正傳，認真說：「之前妳說過父母沒意見，妳就沒意見，如今爸媽相中我，妳是否要履行諾言，答應嫁給我？」面對這個大智若愚，以智取勝的男士，我被征服了，無言以對，深深嘆口氣：「一言既出，駟馬難追……」

他馬上握緊我雙手說：「現在我鄭重向妳求婚，請妳嫁給我，我會對妳忠誠相待，永不二心。」唉呀！我只有坦然接受他真誠的求婚。

對這樁婚姻，我是孤注一擲了，得之（幸福）我幸，不得（不幸福）我命。至此，確信一切前世注定，跑不掉了，我激動地說：「我認了！」他突然捧起我雙手，在上面深深一吻，說：「我會好好愛妳，給妳幸福，讓妳有個安定溫暖的家。」

我討厭賭博，對自己的終身大事，卻來場豪賭，內心不無震驚。與他僅見十次面，就毅然決然允諾婚事，之前與他出來，唯恐被人誤以為是父女，感到不自在，快步往前衝，把他拋諸腦後；可今天從咖啡館出來，卻不再有之前不自在的彆扭，反而大方讓他挽著我的胳臂，神色從容自若如一對老夫妻。

我們種田人家，一年兩季稻谷的收穫，除繳田賦稅金，買肥料等支出，所剩無幾。雖然家裡耕一片茶園，摘一季茶葉的收入，但非常有限，哪夠家裡雜用開銷？農閒兄嫂就出外打零工，賺取微薄收入。父親遇到困難只得向鄉人臨時借貸周轉，五個弟弟都在求學階段，尤其二弟讀的是昂貴的私立高中，父親為應付學雜費，只有挖東牆補西牆，總括一句，家中食指浩繁，除了窮，還是窮。九月底接到父親來信，說私人臨貸二仟元到期，無錢可還。我向太太預領十月份工資五佰元，立刻匯回家，以解父親燃眉之急。仍不夠，父親到新竹找家振叔婆，借來七百元，還是不夠；問么妹，她回信說無錢可寄回。父親信上寫道：實為可嘆！

十月上旬家鄉演平安戲，王先生想藉此到芎林來看望雙親，認識我兄弟姊妹。我陪他返家，他受到家人熱烈歡迎，讓他感到非常溫暖。返北後，他擇日請耿代表正式向我父母提親。

那天父母親搭車到台北，男方代表耿先生和高先生，女方父母和我，還有東主夫妻倆。王先生在中山堂前的「山西館」備席。我事先不知，到了那裡遇到一位前同事跑堂，多年不見，他們一眼仍認出我，他愣了一下，正欲開口，我微笑對他點點頭，他很識趣，馬上熱心招呼我們入座。

時下一般人訂婚，女方家長都會提出聘金、首飾若干等等，有利於女方的條件。當耿代表徵詢父親關於聘金意見時，父親說王先生隻身在台，沒有家長作後盾支援，為了女兒將來的幸福著想，聘金就免了，只要象徵給女方備些許首飾，做幾件體面的新衣裳即可。

耿代表經我翻譯後，對我父親肅然起敬，說親家宅心仁厚，體恤晚輩處境，真乃王賢棣的福氣。接著問訂婚喜餅需多少？只要父親開口，王家一切照辦。

在這節骨眼上，他們很意外，我竟然插嘴表示意見，我說：「女兒訂婚發喜餅是傳統陋習，我建議把做喜餅的錢，折合現金，備三牲祭拜祖先，剩餘的給父親做弟弟們的教育費，比較有意義。」這時耿代表一聽我的建議，又是一驚！轉向王先生說：「賢棣啊，你要娶的妻子，是個孝女啊！」

提親大事，雙方達成共識，一切不鋪張，以簡約為上。

王先生叫輛計程車，先付車資，請東主送耿代表回家，仍坐原車回松山。我和雙親與王先生到咖啡館談細節，我對他說：「為不讓你在結婚大典上失面子，我只有一個請求。」他說：「妳儘管提出，我不會讓妳失望。」我說：「你了解我家窮困，我也沒有私蓄，父母親一向簡樸，出門沒件好衣裳，希望你為我父親做乙套體面的西裝，母親乙套西服。至於父母親的領帶、襯衫、鞋襪，我會準備。到時我雙親穿得光鮮體面來主持婚禮，可增添你的光彩……」我話還沒說完，他迭聲說：「這是應該的，還是妳心細想得周到。」

我們遂到衡陽路布莊，為父親選妥鐵灰色毛料，母親選墨綠色毛料，量身訂做，約定兩週後來試裝，陪雙親在一小館吃客飯，然後送二老到火車站搭車返新竹。

十一月上旬，我和王先生聯袂返鄉，把父母親的新裝，領帶、襯衫、鞋襪送回。父親試新西裝時，喜不自勝，整整衣領，拉拉下襬，照一下鏡子，歡喜說很合身。母親試新裝時，表情像少女似的有些靦腆。

至於訂婚場地，王先生已在博愛路的中興餐廳預訂兩桌酒席。父親看過黃曆，選定十一月三十日吉辰文定。離家時，我跟父親說：十一月的工資，給他和母親買了皮鞋、襯衫，所剩無多，僅給他兩佰元；父親叫我留下，說別再給了，這麼多年妳在外辛苦了……我仰望父親的慈顏，他眼眶閃著淚光，我一時不能自持，哽咽說：「爸爸，訂婚見！」轉身奔向在屋崁下久候的他。我低頭快步前行，下了伯公祠楓樹小坡，他貼心掏出手帕給我，說妳哭了；他這一問，我更是淚流不止。我心中好苦哇，想自己少小離鄉背井，犧牲與家人相聚的溫暖時光，所為何來？在外整整九年，卻一事無成，當年發宏願要幫父親改善環境，卻無力達成，父親依舊貧困。

想至此，不禁放聲大哭。他不了解我此刻的心境，只有默默扶我前行。

這天王先生約好，要請男女儐相和將幫我著婚紗的黃老師吃飯，相互認識。黃靜茹女士是他學校的家事科老師，東北人，樸實隨和。男儐相郭正祺先生，客家人，是他學校老師。女儐相是耿代表的長女—慶梅小姐，她就讀師範大學研究所，在東吳大學擔任國文系助教。

我抽空到松山久美服裝社，定做兩套西服。最近王先生利用下班後，晚上請太太陪我到博愛路和衡陽路，選購旗袍料。選一塊暗紅色的做旗袍，訂婚那天穿。太太說結婚當天至少要三套新裝替換。她送我一塊水紅色鏤空薄紗衣料做旗袍，說換下白紗禮服，得穿這件比較亮眼，又有喜氣。第二件是水藍色偏綠的真絲旗袍；送客時穿絳紅色金絲絨旗袍加同色外套……。金絲絨衣料太貴，不想再花錢，心想夠了別再選了，他沒錢啊，再買婚後就得喝西北風啦。太太附耳說，傻孩子，女人一生就這麼風光一回，別太省，別忘了人家以前是賺美金的，多花幾個無傷大雅。

他賺美金距今已快二十年了，漫說是吃，就是數也數完，他說沒積蓄，應是真話。結果，還是裁件昂貴的金絲絨旗袍料。

王先生付帳時，舌粲蓮花的店小姐，忽然對我冒出一句：「妳倆長得好像喲，像兄妹一樣。」

做旗袍的謝師傅來家量身，他把軟尺往我肩上一搭，叫一聲，噢！妳是副標準的衣架子耶！肩寬二十一吋，袖長超過二十一吋，上圍三十二吋，咦，腰才二十二吋，天哪！當年妳怎麼沒去選中國小姐？我心想，身高離那標準還差好幾公分，況且人家至少要高中畢業，還得會講簡單的「鷹哥勒死」呢！

我特別叮囑謝師傅，全身尺吋加寬兩公分。他說，那怎行！旗袍是要穿合身才好看，難不成妳要做萬年衣嗎？我心想的就是這個意思。後來他只得依我之意，加寬兩公分。

晚上我們到南昌街買金飾，並到禮品店選一對象牙白雲石，刻一對龍鳳圖章。買訂婚證書和結婚證書。他請學校的文書組長張進福先生，用毛筆書寫，字跡非常好看。

十一月三十日上午十點，我和王先生準時到台北火車站迎接雙親和二叔、堂叔。十一時吉時舉行文定，在雙親和親友見證祝福下，雙方互贈信物，套上白金訂婚戒指。

王先生請吳元正校長伉儷，耿代表伉儷、東主伉儷、介紹人高先生、二姐夫婦（二姐懷第二胎，已大腹便便）；另一對是王先生大學同學江先生夫妻；還有坐賓士轎車來的胡忠黨先生。席間江先生很不禮貌問我，新娘子什麼學校畢業啊？在哪裡上班啊？他此言一出，令在坐親友全愣住，大感意外。耿代表一聽，正色說：「娶妻貴在娶德，不是娶學歷！」我心想，他若在別處問我，我會告訴他，我不識字，讓他滿意。

訂婚後，未婚夫忙著整理新房，學校派人來粉刷牆壁，整修廚房。他還特別把所有的木製窗戶外自費裝釘鐵窗櫺，訂做暖色系橘黃色窗簾，並把寬敞的院子三面（雙併宿舍）圍上竹籬笆，裝上紅漆木門，始有裡外之分。

我們的大喜日，訂在民國五十七年元月二十一日，農曆十二月二十二日。他們山東人辦喜事，都選在同鄉開的悅賓樓和會賓樓宴客，未婚夫自不例外，打算在悅賓樓舉行婚禮。他不知我曾在彼當過端菜的服務生，當年我莫名其妙，突然被辭退的委屈，想起來心中仍不舒服。我遂建議他，可選在行政院對面巷裡的「南京大飯店」，離台北火車站近，家鄉親戚來比較方便。

我倆忙著選購床單毛毯，走累了到一家咖啡館歇腳，因內急放下提包即去洗手間，出來時他正怡然地攪動我座前的咖啡，我坐下時他把咖啡端給我，我沒接，卻端起他前面的咖啡。他很詫異，問：妳不是不喝加奶精的嗎？我答，每次看你喝得很有滋味，今天想嘗嘗看，有什麼不一樣。雖然我倆已訂婚，為保自己婚前清白，我不能鬆懈戒心。

農曆十二月十二日，我正式向太太辭職，兩箱新舊衣物暫未搬離。太太眼眶紅紅，依依不捨，問我何時回去取物？她給我元月份的三分之二工資，我沒收。我說為了我的婚事，蒙他兩老幫忙很多，感激不盡。

我回家第二天到上山村，向堂叔嬸辭親，吃中飯時，芳嬸夾一隻雞腿叫我吃下，她說：雞髀（與比同音）吃雞髀，吃了可與他人相比，不輸人。

第三天，我帶兩只紅蘋果到新竹神學院前，開小舖的家振叔公叔婆家，向兩老辭親。叔婆為我加菜，留我吃中飯，回想孩提時在家鄉，她老人家把我當女兒般疼惜，常背我去看採茶戲的情景，歷歷如昨。告辭時很捨不得，我一步一回頭，看叔婆仍站在小舖前，頻頻向我揮手，不禁雙眼濡濕。

在街上我另買兩只蘋果，到南門「竹元中藥行」看家象叔公叔婆。辭別後即搭火車到苗栗，向三姑母、姑丈辭親。時當刑警退休的姑丈中風臥床，當他知道我未婚夫姓王，是山東人，很開心，說他大女婿王采瑄也是山東人，現在警界服務。在三姑母家住一宿。翌日北上到竹北滿姑家，下午在竹北火車站，搭車到新竹，換新竹客運回家。

就在我步向平交道，高跟鞋跟竟卡在軌道裡，一個踉蹌，身體失衡撲倒在地，左腳一時拔不出來，這時火車進站的嗚嗚嗚叫聲急迫。我立刻把腳伸出來，再取鞋子，赤腳剛跳到候車處，火車即入站。在場候車的旅客受到驚嚇，都摀住嘴，我拍拍身上的塵埃，說是觀世音菩薩保佑我。

回到家接到未婚夫的來信，他信上說新床已送達，衣櫥也送到等等。在昏暗的燈光下，母親仍看到我左眼眶一片瘀青，她心疼地說再過幾天要做新娘了，跌成這樣怎麼辦啊！母親用白布包熱飯，在我瘀青處輕敷，給我消腫。

十七日我將返台北整理新房，這兩天是我今生在家最值得珍惜的寶貴時光，晚上家人都歇息了，雙親與我在客廳敘懷。父親說，我自幼比兄姊有主見，行事小心謹慎，凡事堅忍，不與人爭，這近十年獨自在外，沒讓父母操心。

父親說：「妳要行嫁，做父母的沒半點嫁妝給妳，很過意不去……。」

我勸父親別為我擔憂，雖然我沒有分文私蓄，甚至連一只五分重的金戒指都沒有，但我不怨嘆。看書上說：「命中有時終須有」，我早釋懷了，對往後的日子充滿信心，今後不再寄人籬下，有自己的家，一切我自己可以做主，請父母親放寬心。

「未婚夫已租下兩間旅館，大婚日就在旅館上喜車。」我說：「爸媽不必為我操心，到時穿得體面，輕輕鬆鬆來做主婚人就是啦。」

十七日早上，我恭敬向祖先焚香祭拜，稟告我將嫁作人婦，今後我會秉持父母的庭訓教誨，相夫持家。

傍晚，未婚夫到台北火車站接我，當他看到我左眼眶烏青一片，心疼和焦急寫滿他吃驚的臉上，立刻帶我到眼科看診。醫生說，只是皮膚瘀血，沒傷到眼球。他焦急對醫生說，他二十一日要做新娘，到時會消腫化瘀嗎？醫生安慰說，這一兩天應可復元。他擔心，我到時能否以正常面貌做新娘，不免嘀咕我不小心。

我心想，你老兄命好，若非上天保佑，須臾之間，你娶的不是活生生的美嬌娘，而是一片冰冷的木牌呢！今晚直接到二姐家住。

十八日早上，臉上瘀青稍退，我叫一輛計程車到松山，把兩箱衣物載到臥龍街新居。胡太太下樓來送一個兩百元的紅包給我，感謝她的盛情，推辭不了，只得收下。胡太太眼眶紅紅地說：「妳走了，我們一家人都很不習慣，很想念。」

到達宿舍，司機幫我把兩只樟木箱扛進屋。客廳一套三組共七人座的暗紫色沙發已安置妥當；三坪不到的新房擺張新床，乙座衣櫥和梳妝台；雖不寬敞，尚有轉圜空間。廁浴就在臥房門邊。一坪大的飯廳，飯桌得靠牆擺，六張黑腳紅坐墊的餐椅，還鑾好看。廚房是飯廳和浴室後面加蓋的，有三坪多，也粉刷一新。瓦斯桶和瓦斯爐都已就位，未婚夫設想周到，在靠爐台上方裝上乙個抽油煙機。

我看床上的新被像山一樣高，問這是幾斤重的？他說棉被店老闆說雙人的須十二斤重才夠暖。我請他立刻去換成兩床各八斤重的回來。我開始收拾雜亂無章的壁櫥，上層拾掇好，收下層的，但見兩個大鐵皮（應是白鐵皮）箱裡擺著一個有蓋的大鍋子，鍋的周圍全是洞洞，掀開一看，裡面有盤碗、湯匙和筷子，一把木柄勺子，一只木柄漏勺。問他，何以把廚房用的放在箱子裡？

他有些不好意思，說一位楊同學教他，說若想存錢，就得自己煮食，才能省錢，我就買了這些東西回來。我曾經試過，但太麻煩了，自己煮食，要買菜和米麵，我又笨手笨腳，下班後為了一張口，要忙半天，而且吃完飯還得收拾碗筷，做幾回後，就把它束之高閣啦。

晚上，他在臥龍街小館叫老闆把飯菜送來。飯後，我們到南昌街買全套大同瓷器的盤碗，他再送我回二姐家。第二天再過來，把樟木箱裡的新舊衣服掛妥，衣櫥下面有兩個抽屜，上層擺他的衣服，下層擺我的。臥房內的壁櫥，是和外面榻榻米那間的各佔一半，也一併清理乾淨。

下午收拾書桌時，發現一封信，抽出來看，上面寫道：「王老師，我給你介紹這位小姐，你不肯見面，說已有交往中的女友，我敢打賭，你這個女友絕對沒有我介紹的這位有學問，有氣質，你不見面交往，將來一定會後悔！

盧天璺上五十六年十一月六日」

我心忖，這時我們都把結婚諸事準備妥當，只差還沒訂婚而已，怎麼無端殺出一個程咬金來？我拿信質問他，這是怎麼一回事？

他看一眼，輕鬆說：妳別在意，我心中只有妳。這是盧老師一番好意，她介紹的女孩是山東同鄉，今年三十二歲，師大畢業，目前在市女中教英文，父親開一家煤油公司，家庭富裕，但那是別人家的事，我不會見異思遷，盧老師因介紹不成，下不了台，就寫這封信質問我。

整理新家這幾天，陸續收到廖兄寄贈的十六開，精緻相簿一本。于漢經（註二）先生寄贈乙只花蓮大理石花瓶。還有李福登（註三）先生寄贈八開大相簿，扉頁以隸書題上勉勵夫妻相處之道的祝詞。

二十日，我早早過來，把兩床新棉絮鋪在榻榻米上，以雪白被單墊底，覆上硃紅和硃粉緞質被面，細心釘好，疊放新床上，下午把碗筷廚房用具洗淨擺妥，他到火車站接爸媽。他山東一中同學夏樹琛先生，從竹東帶一雙俊俏的兒子趕到。晚餐，我們到外面吃，飯後我到婚紗店洗髮化妝，再去重慶南路的白光攝像公司拍婚照。

化妝師建議我化濃妝拍照才好看，他只習慣我素樸的面貌，來接我時，猛然看到濃妝的我，驚得他脫口說：「怎麼化成這個樣兒！」有責備的意味。我一聽很不高興，若不是為了要拍好照，我才不願被人擺佈畫成大花臉呢！我為此耿耿於懷。

父母親與夏先生已在彼等待多時，我倆一到，攝像師立刻叫我倆就位，問我們要拍幾組？我說一張就好。老闆說這麼漂亮的新娘，不多拍幾張留念太可惜，說多拍幾組沒關係，等毛片洗出來，再選自己喜歡的放大。

攝像師發現我頭紗上的花太高，兩人站在一起不配稱，我立即脫掉高跟鞋，光著腳丫拍。拍幾張後，攝像師歪著頭說，新娘子怎麼好像很憂鬱啊？當他說三二一笑——，我就咧嘴笑，拍完依然抿嘴不語。整個晚上，我像木偶一般不愉快。休息時趁店家尚未打烊，請夏先生帶我的皮鞋到沅陵街，幫我買一雙粉紅色平底綉花鞋，明天穿婚紗時穿。

直到十一點多，不知共拍了幾組，我快累癱了。好在未婚夫訂的旅館就在公園路上很近。待我三人住進後，未婚夫和夏先生父子才回臥龍街家。

我看父母親也累了一天，我們趕緊洗浴安歇。我和母親住一房，父親獨自睡隔壁房。就寢前母親小心問我，妳剛才和維經說什麼？看妳整晚不高興！我和母親說，我叫他明天找一位同事來給我打扮，我不去婚紗店化妝了。

元月二十一日，早上六點，我到外面買早餐回旅館吃。八點整，太太穿一套水藍色金絲絨旗袍套裝，趕到旅館，幫忙顧服裝的么妹也趕到。來給我打扮的黃老師一到，即著手為我化妝，我請她化淡妝即可，她建議兩腮加深才好看，眉也要畫濃一些。我發現她給描的眉比較細長，與昨天的不一樣。心想管它濃淡細長，反正今天的我和昨天的我，是同一個人，美醜隨人看。

九點，女儐相慶梅小姐趕到，黃老師立即幫她上妝，然後太太和黃老師幫我著婚紗。接著新郎和男儐相，在夏先生放完鞭炮，即上樓來。雙親被請到靠背椅坐定，我和他雙雙向父母親行叩拜禮，感謝父母養育教化之恩；當我低首跪拜時，想到從此之後，真正離開父母了，霎時熱淚泉湧而下。父親雙手牽我起來，送我一個紅包，並說祝福我倆的吉祥話。

下樓時，太太拿手絹印乾我的淚水，安慰我說喜事一樁，別哭成大花臉，到飯館得再補妝。

新郎包兩輛計程車在火車站前等候，請添祥在那裡招呼從鄉下來喝喜酒的親戚。到了南京大飯店，老闆看到東主在賓客之間穿梭，問章科長也來喝喜酒？東主說，今天我嫁乾閨女啊！老闆一聽立即準備一個紅包。在休息室補妝時，聽東主夫妻談話，才曉得這段插曲。

十一點半吉辰，婚禮於焉開始，奏喜樂後，女儐相挽著我，隨新郎之後步紅毯入場。我一出場，忽聽一片驚呼聲：「呀！新娘子好漂亮喲！新娘子氣質真好……」行進中偷瞄一眼，兩旁座上觀禮的賓客真不少。

兩人在眾親朋好友祝福聲中，行禮如儀。易昌言教授介紹新郎時，說他非常優秀，他倆在革命實踐研究院受訓，新郎王維經以第一名結業……，當我抬頭望向台上的父親，他西裝筆挺，風度優雅地站在主婚人位上，與其他幾位先生，父親多了一份文雅的氣質，我感到很安慰。

新人和雙方家長、介紹人坐主桌。賓客很熱情，一波波，頻來敬酒。我倆在男女儐相陪同下，逐桌向賓客敬酒，發現賓客很多，把整個二樓大廳擠得滿滿。宴後在「王劉府喜事」牌下送客，一位太太對新郎說：「王老師，幾十年，你沒白等，娶到這麼好的太太！恭喜你啊！」

客人走得差不多了，我和父親低語說：「爸爸，從下個月開始，我就無錢寄回家啦。」父親說：「女兒嫁了人家，一家顧一家，天經地義，人生本如此，妳辛苦這麼多，今天有個好歸宿，爸爸滿心歡喜，也很放心。」

我說：「以後只有么妹幫父親一臂啦。」父親聽了輕嘆一聲，欲言又止。

我再追問，父親無奈地說：「妳妹從中元節帶回柒百元後，至今沒有再寄錢回家。」我心想，這怎麼可能？她的薪資多我一倍多，這幾個月她把錢花到哪去了？難道她有什麼苦衷或難處？過了年二弟又要繳學費，當下我即決定把王奶奶、王大娘、大娘和胡太太包的八百元紅包，以及父親給的紅包，回門時一併帶給爸爸。

賀喜的賓客離去後，我們和家人親戚合拍一張大合照留念。新郎請同事林克亮組長幫忙拍照，他另一聯勤的老同事毛懷瓘先生和于正平老師，熱心自動加入拍照行列，所以有三組人馬拍照，拍了不少珍貴鏡頭，非常感謝他們。

四點整，我倆坐上胡忠黨先生提供的迎親賓士轎車回家。家裡請同宗族弟維堡弟看守，到家我一入新房，把手提包擱在梳妝台上，端坐床尾中間，口唸：「新人床上坐，一福壓百禍。」一轉身，三姑母那位身懷六甲的大表妹絹代，一屁股坐上床沿。我看到太太拉長臉，斜睨她一眼，輕聲說：「怎不懂事，四隻眼睛坐人家新床！」

家鄉和台北的親戚探新房，來了二三十人，把客廳擠得很溫馨熱鬧。四點半維堡的哥哥——國衡弟進屋說，載親戚回新竹的巴士已在巷口等候。父親說，那就是後天三朝頭轉門囉。一想到回門，父親又得花一筆錢準備桌席待客，我和父親商量，說離除夕很近，不必三朝頭轉門，等正月初二姑姐們回娘家，我再回門。父親知道我是替他省錢，沉吟一下說，那就這樣決定了。

當父親走出大門，我大聲喊：「爸爸等一下。」

想到父親是坐包車回家的，我若一道回去，就不必另外花車錢了。我回臥房拎起皮包，抬頭看到明鏡中自己一身新娘服飾，不禁莞爾。今天，哪也不能去了，我走不了。放下手提包，我闌珊走到院子，父親問還有何事沒交代？

我心焦噙淚說：「沒事了，爸爸回門見。」

傍晚，維經幾位芳鄰同事，來吃他們從飯店打包的菜餚。維堡弟到廚房把它熱開，拿出碗筷。九點維堡兄弟倆先行離去。幾位芳鄰同事一直鬧到快十一點還不走。維經那位江姓同學，非要新郎以嘴銜糖果，叫我以嘴去接另一半不可。我不讓他詭計得逞，就是不依。他下不了台，竟然說：「老王，新娘子很倔強喔，以後的日子有得你受了。」

我心裡暗罵一聲，你的心眼不好，自己的孩子都讀高中了，同學年將半百才結婚成家，怎麼不知體諒人家啊！新郎為了讓江同學下台階，便拿一顆糖咬一半，把另一半送到我口中，他們這才滿意走人。

十二點多，當我倆卸裝梳洗畢，我忽感飢腸轆轆。中午宴客時，佳餚當前，無奈賓客頻來敬酒，無福消受。從早上六點至今，已長達十八個小時沒進食，怎會不餓？維經體貼，立刻到廚房熱他們吃剩的冷菜殘羹，連鍋子端到臥房來，把報紙鋪在新被上，我倆並肩靠床坐，一邊談今天婚禮上的花絮，一邊啜飲大雜燴湯汁，如飲瓊漿玉露般滿足……。

註一：彼時計程車，前座連司機可坐三人。

註二：于漢經先生，是維經在四川讀書時，第六聯合中學同學。他官拜炮兵營長，民國三十八年元月，他帶兵到台灣向孫立人將軍報到。在南京與維經不期而遇，維經即與他同船來台。

註三：李福登先生，是維經在革命實踐研究院受訓時同學，後擔任高雄餐旅大學校長。他的祝賀詞如后：「美滿幸福的婚姻，繫於彼此之忍誠和諒解與真摯不渝的愛情。」

尾章　月老暨眾貴人

民國五十六年五月，王維經先生經其山東同鄉——林先生介紹始認識我。他說林先生既然早就認識我，為何他到台北任職整四年，一直沒跟他提過？這點令他非常納悶不解。這四年，冥冥之中似有位主宰，要林先生靜靜等待，等待王先生命裡注定的妻子，具備持家能力時，才幫他牽紅線。

王先生因台北市立農業職校——吳元正校長三訪邀請的誠意所感動，於民國五十二年四月初，受聘擔任農校教務主任一職。他當時服務的台北縣立新莊中學——梅志潔校長，寬宏大量，成人之美，核准同意他中途辭職。

我在章家，受雇為傭，聽候差遣，操持家庭雜務，全勤無有休假。在彼，我忍受離鄉背井，寄人籬下之孤寂，思鄉念親之苦悶，尤其讀到父親字裡行間，充滿思念，與溫馨的家書寫：「妳兩個幼弟，每天坐在階頭不時往屋崁下，勾頭張望，口中頻唸『大姐，玖姐回來唷！』甚是可愛。」我讀著就不禁潸潸淚下，不能自已。

我從一個單純樸實的鄉下女孩，獨闖大都會，在茫茫人海，謀得一口飯吃。自我鞭策，工作之餘，利用夜晚燈下苦讀，不斷努力，用心學習，養成恒心耐性；數年來一點一滴，習得治理家務能力，諸如裁布縫衣、編織女紅、烹調廚藝、待人接物、應對禮儀等等。雖僅小學畢業程度，進步到閱讀書報無礙，書寫自如的境界。與人交談，皆不知我學歷低淺，傭工身分。

五十五年夏，幸運得識小說家——鄭煥先生，承他熱心指導並啟蒙，鼓勵我寫作。之後，復得與田園作家，高中國文教師——廖松根（筆名阿里郎）先生，以筆友之名通信請益，多承他熱誠指教。他以兄長之情義，關心我為傭艱苦處境，信函中充滿關愛之情，解我煩憂，勉力精進。

真是三生有幸，得蒙兩位賢者，多方鼓舞，加上多年自修磨鍊，勤讀累積，經鄭煥先生善意一點，我即開始寫作投稿。作品不多，投《中央日報副刊》，受到編者青睞，幸未遭退稿。小文刊登副刊上，令我欣喜萬分，因作品陸續被採用，讓我躋身作者之林一角，是我從沒想到的幸遇。

此其間，又得郭發展（筆名白辛）先生，這位廣受讀者喜愛的散文家（也是位教師）關懷和鼓勵。我和維經交往，意向不明，還在踟躕未定之時，他為我剖析，謂彼此條件雖有差距，但能力相當，叫我不必畏怯……經他深摯誠懇的關懷和鼓舞，無形中把我往前推進一步。

在此，除了感謝這三位先生對我誠摯關懷之外，也深深感謝《中央副刊》的編者諸公，默默行善，為我搭建向諸位賢者文士，請益的友誼橋樑。

我在章家沈潛八年，這裡像是個做家庭主婦的先修養成所。我盡職盡份，俯仰無愧。至此上蒼確認我各方面的能力已臻成熟，必能勝任入主中饋之職，差堪配得上他的學歷與職位。於是——他就欣欣然出現我眼前，啊！原來我和他是三世注定的夫妻呢。

維經為人正直謙和，忠厚善良，可說是位很有福報之人。

他生長在北方麵食文化的山東，因抗日戰爭，導致他少小離鄉，當流亡學生而至四川讀書。勝利後，尚未返鄉探望母親，又因內亂，漂洋過海到全然陌生，舉目無親的台灣來。離家漫漫三十年，娶的妻子卻是台灣米食文化的客家女孩。從此之後，他敞懷享受妻子操持家鄉各種麵食（註），這是他連作夢也沒想到的幸福，這些許麵食的慰藉，稍解他思鄉念親之情懷。

註：見《否極福來》書中之〈為誰辛苦為誰忙〉篇。

收穫

歸途，回味那位太太跟我聊的一段話，我差點笑出聲來。

早晨送小姐到公車站等學校的交通車，中午再接她回家；這是我每天的工作之一。接小姐，有時去早了，就坐在小舖前面的長板登上，看看馬路上飛馳的車子和熙攘的行人，偶爾跟那幾位也來接學生的太太們閒話家常。李太太問我：「你在家排行第幾？」

我說：「第四。」

「這位小妹是最小的啦。」他問。

「喔，不是的，她是我家小姐。」我說。

「什麼?你不是她的姐姐？」她那瞪大的雙眼和驚訝的表情，嚇了我一跳。

「我在她家燒飯。」我笑著回答她。

「哎呀！不像嘛，穿著不像，講話也不像，哪裏像個女傭人！你對她好好喲！

我還以為你是她姐姐呢！」

雖然在等車的人們都把目光投向我，我並沒有難堪的感覺，我泰然的微笑著。

當初我到章家來工作，也只是為了急需一個棲身之所，想等到找到更好的工作之後再離開這兒。兩個月後我徵得男女主人的同意，到附近一家補習班學外文。在那裡我認識，一位在師大深造的楊君。後來我表示有意離開章家，楊君知道了，來信說：「事無貴賤，行行出狀元，主人待妳如己，妳又懂得忠於職守，願你好自為之。」就這樣我決然的留下來，現在是第八年的開始。

對家庭整理一竅不通的我，如今也懂得春秋交季時，如何滌洗衣物，裝箱子等等。我也學會發麵，蒸饅頭，做花捲，烙發麵餅，葱油餅，包餃子等。我還學會織毛衣，到目前為止，我給家人及親友們織的毛衣不下五十件。我還學會做棉襖，穿在身上，有些不會做棉襖的外省太太，知道是我自己縫製的，左端詳、右端詳，都要羨慕死了。

自從國校畢業後，由於環境所迫，我就沒有機會再摸到書本，因此在學校所學的幾乎全部還給老師了。三年前的一個晚上，從補習班下課回來，感慨萬千，忽有所悟，心想：「學他什麼外國文，自己國家五千歷史文化，實在太豐富了；要學、要知道的也太多了。」不禁因對自己國家的文字陌生，而深感羞慚。因此我毅然地放棄學外國文的野心。

如今，當然我不敢說我懂得多少，至少人家談起古代的文學家、哲學家、詩人、民族英雄…我不致感到陌生了。不解的，而今我已領悟了，我懂了，對人生的真諦也有較深的認識，這是我在外年多的最大收穫，所以我不在乎人們背後說的是女傭也好，說我是女工也好，我的生活很充實，心情愉快，對工作的性質，沒有絲毫自卑。

中央副刊　民國六十五年三月十四日

福地福人居

民國五十九年，台北市政府要在「和平國中」旁，增設一所「芳和國中」，設校須用地。因此，市府要我們農校教職員工宿舍遷移。那時政府已不蓋宿舍，但為了安置農校及和平國中兩校，三十幾家現住戶，市府特以「專案方式」處理，選在台北市立工農職校東邊空地，靠「台灣療養院」旁，蓋了四棟雙併的四樓宿舍安置我們。前兩棟為工農宿舍，後兩棟撥給和平國中。

豈料！宿舍蓋到一半，碰到第一次世界能源危機。原每戶有陽台設施的宿舍，因能源危機，建築材料暴漲。政府沒經費追加預算，建商無力兌現，因此全部不設陽台。每棟房子也省去樓梯間，改為兩棟房子的後巷中間設樓梯，供兩棟雙併十六戶出入。

六十年分配宿舍，是按教職員的職級、年資、和家屬成員分配。即職級高低佔多少分，年資深淺佔多少分；家屬分大口、中口、小口佔多少分，總分最高者排第一順位，其後照點數多寡分配。那時有幾位同仁因與父母同戶籍，且四個孩子皆算大口。一位主任全家共八大口，分數最高，其餘依次遞減。

那時我們結婚才四年，小兒剛出生，兩個孩子算小口，外子雖擔任教務主任，職級分數最高，但全家僅兩大口兩小口，吃虧甚大。分配時，一位教官因跟校長很麻吉，他的點數明明在外子後面，卻強要求校長叫外子讓他排在我們前面。其實若從他曾調往他校，重新調回本校算起，他的年資非常淺，點數當然落在我們之後。

外子是位忠厚的老實人，凡事從不與人計較，他把校長徵詢他的意見告訴我。我一聽很不服氣，囑他先別應允，待考慮後再說。我表示要到新建宿舍工地，看後再決定讓或不讓。畢竟房子是要住長久的，不得不慎，我認為我們明裡吃虧沒關係，但暗裡決不吃虧。

外子一聽便說，宿舍還沒蓋好，全是紅磚水泥，現場很亂，有什麼好看！我自有主見和道理。他無奈，只得依言帶我去。到現場一看，四層樓已全砌上紅磚，粗坯還沒上。外子因不懂，當然看不出所以然來。但我不是來看房子的外表，我是來看房子的方位和坐向。與學校教室平行，靠巷子的前兩棟是工農的。看完後，我心中已了然，有了定奪。

回家，我和外子說，你可以大方給校長面子，答應讓該教官的排序，排在我們前面。但你必須跟校長強調，每一樓層排序一到四號，排在前面者有優先簽選權。當然排最後的那一位，是沒得選啦。

我們是三樓的第二號順位，我囑咐外子切記，簽名時一定選第三號，即第二棟。心忖：那教官若聰明先簽走三號房，我們就簽四號的。因靠巷子那棟是坐南朝北，第二棟是坐北朝南。左東右西，光線充足，冬暖夏涼的最理想坐向。

簽選時，三樓的第一位順位，也就是該教官，他簽第一號房，如願以償，沾沾自喜。當外子簽選第三號時，都認為他是傻子，排序第二號，卻簽後面的三號。

分配的宿舍是間空殼屋，內部地板、紗窗、廚浴等設備，付諸闕如，都得靠自己想辦法。

六十三年秋，我們舊宿舍的老鄰居，全部搬入新宿舍。入住後我才發現，一開大門看到左邊是往四樓的樓梯，有步步高陞意味，令人心情舒坦。而大門右手邊還多出一尺多寬的空間，正好擺鞋櫃。簽第一號和二號的住戶，一開大門只見朝下的樓梯，門邊非但沒有多餘空間可資利用，二號住戶出門時還須妨踩空跌跤。

該教官即使如願強擠到我們前面，又如何？太陽卻不從他門前過。夏日晝長，第一棟住戶，從早上六點即東晒，中午太陽從房頂過；下午三點多，他們又西晒，至夕陽西下。

一天教官太太來家坐，她說：「咦？妳們家好亮敞喔，光線真好！我們家冬天必須開燈，不然陰呼呼，黑摸摸地……。」而我們這邊，晚上躺在床上，溫潤的月光會透窗入戶，溫柔撫我入夢！冬天兩間臥房，可晒棉被，客廳也可以在沙發上晒棉被。而我看到前棟太太，把棉被抱到樓下，搭在圍牆上晒太陽，還得叫小孩在旁顧著。

芳鄰裡，其中還是有私心的，申請門牌號碼時，本來第一棟住戶應順序排二、四號，第二棟六、八號才對。但他們不喜「四」字，故把第一棟排成二、六號；第二棟排四、八號。我們正是四號，這混亂的排序結果，令送信郵差搞胡塗了，每每對大門信箱號碼發愣，過了好一陣子，才習慣投遞方法。

排四號就四號，這無所謂。中國人不是常說「三多四喜」嗎？我們四號那麼多「喜」真開心，住得平安就好，正所謂「福地福人居」是也！

民國一〇五年

黃金菜園

我自小家庭貧困，兄弟姐妹眾多，國小畢業後沒再升學。一直到民國六十四年，台北市的萬華國中和南港國中，為失學民眾辦補習學校。當年我兩個孩子尚未上小學，外子鼓勵我去讀補校，重拾書本一圓求學夢。

然而，畢竟孩子尚幼小，我每天晚上到學校讀書，孩子自然無法兼顧。翌年四月，恰巧謀得一份工友職位，我白天工作，晚上讀書，常力不從心。九月，忠兒屆學齡將讀國小一年級，我工作又讀書，無法兼顧孩子，為了孩子，我毅然決然放棄讀了一年的課業，辦理休學。

直至民國七十六年，最小的恕兒就讀專科學校，在望五之年，我又回南港國中補校繼續未完成的學業。同學中我最高齡，除英數理外，其他科目不差，我因此與致勃勃，想再上一層樓，畢業後去考高中補校。

就在畢業考時，母親突然中風臥床，這突如其來的不幸，對我們兄弟姐妹來說，打擊非常之大，全家亂了腳步。我當即決心放棄讀高中補校念頭，深感服侍母親比讀書重要。

為了陪伴母親，遠住台北的姐妹三人，假日台北、新竹兩頭跑。七十九年五月，母親病情一度好轉，她老人家還特別由二弟、三弟陪伴，到台北我三姐妹家巡視一番。八十年元月，母親二度中風後，病情急轉直下，於母親節後三天，母親還是撒手人寰，離開了我們。

母親驟逝後，我悲慟逾恒，一時無法安頓悲愴失落的身心。翌年初夏，鄰居徐太太，邀我去種菜，說種菜看幼苗成長，會令人愉悅，生歡喜心。心想這也算是思念母親的一種療傷吧！孩提時常隨母親到菜園廝磨，看母親施肥拔草，種菜澆水，我在一旁玩耍，度過快樂無憂的童年歲月。

因此回鄉時，我買一把鋤頭，在火車上乘客好奇問我，帶鋤頭幹嚒？我回說要鬆土種菜啊！他瞪大雙眼以懷疑的目光詢問：妳會種菜？我說出身農家，當然會。

那時候台北市立博愛國小剛建成，學校正對面的一大片空地，四周以鐵皮圍住，但在學校側面，卻有一扇門是洞開的。徐太太和吳太太，我們三人結伴入內開荒墾地，種起菜來。這塊地，有人說是公園預定地，但做公園是不可能的，因與雅國中旁就有一座完善的公園；這裡肯定是塊黃金地段無疑；又說是某百貨公司建地，但學校前怎可能開商店？

商人購地養地，閒置荒廢，無人聞問。我們利用早晚前來墾荒鬆土，築成一畦一畦菜圃。先種下不必施肥的番薯葉，再撒下快速成長的小白菜籽，接著先種每月可收割一次的韭菜。

這塊地的四周有突起如小山的土堆，當時他們運來廢土，隨意傾倒，那麼巧中間一大塊沒填到土，形成一個天然湖泊，積水豐沛，澆菜水源無虞匱乏。某日一男士問：「這池塘裡有魚嗎？有人來釣魚嗎？」我回說沒見過。心想即使有人來釣魚，也說無，免得閒人到菜園亂踩踏，搞破壞。

一天，見吳先生到池塘裡，彎腰摸索。待他爬上菜園，發現他摸了一大袋的蜆，這令我非常驚訝！心想，這水池與外界隔離不通，這些蜆難道是老天爺撒下的苗嗎？

我在水池北邊和東面各種一棵絲瓜，另一邊種一棵瓠瓜。靠鐵皮圍籬的東邊，種一排長豆角和小黃瓜。瓠瓜不必搭棚架，讓瓜蔓在地上隨意爬，它長得非常茂盛，葉大如蓋，卻不見結瓜。吳太太說水份太多不易結瓜，教我用牙籤扎它的根部，利水刺激它。不久我發現它開的白色雄花中，有一朵雌花，我就幫它做人工授粉。

這瓠瓜越長越大，白綠相間的花紋外表，毛絨絨的，甚是可愛；心想待它成熟摘來炒蝦米，全家可大快朵頤。吳太太說，這瓠瓜是新蔬，價錢好，市場難得有人賣，這瓠瓜很會結，以後包管妳吃不完。她建議說，這頭一個，不如拿去賣。我要上班，不能提到市場賣；吳太太很熱心，說她去賣菜可順便幫我賣。我一大早就把它割下交給吳太太。

第二天，她滿面春風得意說，妳這個瓠瓜重四斤，一斤三十元，她照規矩收我代賣費四分之一，給我九十元，這真是意外的收穫！

我在路邊撿拾木條，做為搭絲瓜棚架的材料，瓜蔓就順勢往上攀爬，當茂盛的絲瓜蔓爬上架後，它就恣意開花結瓜。我在荒地上種幾棵南瓜和冬瓜，其中苦瓜最會結。

新闢的菜畦，撒下空心菜和萵苣菜籽。紅莧菜（對心臟有益）長得很好。那年夏天，外子返大陸探親，我把三弟讀四年級的長女——欣怡接來台北做伴，我每天早上帶欣怡去菜園澆菜除草。一天我跟她說：「走，跟姑姑去菜園割豬肉。」她不了解，說菜園又沒人賣肉。

待我把新摘的又嫩又綠的空心菜，放在小提籃往市場走，到公園一位晨起的太太，她兩眼直瞅我提籃裡的空心菜，客氣問：「妳這空心菜要賣嗎？」我說可以啊！我的手掌大，摘的一握菜往往比別人的大把，買者划算。這位太太誇我種的菜漂亮。這五把空心菜一把三十元，她全買了。

我和欣怡到市場割八十元豬肉，買兩條石頭魚，餘錢再買豆腐等。這時欣怡終於明白，姑姑真地到菜園割肉呢！

絲瓜、瓠瓜和苦瓜盛產期吃不完，便拿去送同事分享。多次後，她們竟以香菇或魷魚回贈；這太貴重了，蔬菜是自己種的，無須成本，而她們家又沒種香菇或捕魚……這之後，我再也不敢送了，免得她們破費回贈。

我在菜畦中間挖一條小溝，把雜草放裡面，再掩埋起來，日久這些雜草腐爛便是有機肥。一天徐太太說：「妳那些莧菜可以摘了，若吃不完何不摘去賣？」我種的紅莧菜約有一尺高，水份充足，每棵長得比筷子還粗。我遂摘了十把，讓外子提到市場託吳太太賣。

他拎著菜籃走到學校旁，一位很識貨的先生走過去，看這莧菜又嫩又大把，回頭問：「先生你的莧菜要賣嗎？」結果那位先生要買四把。外子停下裝袋時，兩位路過的男女湊近一看，各買三把。

待我從菜園返家，看外子提著空籃在路邊等我，我驚問：「菜呢？」他笑咪咪說：「在路上被三個人搶光了。所以不必去市場麻煩吳太太。」

一天我在池邊汲水，捉到一條中指般大的黃鱔，帶回家用黃耆和枸杞燉給外子進補，說了你也不會相信吧！

二姐住寧波西街，我邀她假日早上來摘菜。一天她早早在菜園等我。我說常看吳先生到池中摸蜆，收穫甚豐，趁早上沒人，我們也下水去摸摸看。我和二姐綰起裙襬，把塑膠袋扣在裙頭，小心翼翼走進過膝的冷水池，到靠土壁那邊摸。

我一伸手，嚇了一跳，那些蜆全嵌在土壁上，我的手不必朝池底掏爛泥，就順著土壁一路剝。二姐也驚叫連連：「這些蜆是老天爺趁夜撒下的苗嗎？怎麼這樣多啊！」約莫二十幾分鐘，我和二姐那裝重三公斤的袋子滿了。於是我倆慢慢走到汲水處，爬上池邊。

二姐興奮地說：「喔，有幾十年沒摸過蜆了，瞧這蜆又肥又乾淨，黃澄澄的，回家不必吐沙就可煮食了。」

從此以後，二姐來摘菜，還兼摸蜆，這鮮美的蜆，讓孩子們吃得不亦樂乎！

我摘回的白玉苦瓜、長頸金瓜、冬瓜，擺在籐椅上拍照存念。一條九斤重的冬瓜，切塊用鹽醃晒半乾，我把它與黃豆豉醃漬。兩個月後即入味，拿它和蒜頭、五花肉蒸，香噴噴誘人食慾，有母親那熟悉的家鄉味。外子和恕兒非常喜歡，沒多久，他父子倆便饞得跟我討：「什麼時候再蒸瓜瓜肉？」

這年颱風過後，我在家車縫被套，三點多，二姐打電話來，說颱風後菜價漲，妳怎不摘菜去賣啊？心想，菜園裡沒什麼漂亮的菜啊！後想想，快四點，太陽沒那麼炎熱了，遂把被套擱一邊，就出門去菜園摘菜。

被大風刮後，不起眼的菜園裡仍有所收穫。我摘了八把番薯葉、拔六把紅莧菜、割五把韭菜，還有苦瓜和絲瓜等，立刻提到市場。剛放下就有人圍上來問菜價，一位很有氣質的太太付錢時說，妳不像一般賣菜的，這些菜都是妳種的嗎？我老實說，都是自己親手種的，吃不完，所以……。

因二姐的提醒，今天摘的菜共賣了七百多元，好開心哪！

那年八月，二姐夫因心臟毛病，住進忠孝醫院加護病房，兩天後轉到普通病房休養。假日家鄉的兄弟聯袂探望後，到我家坐坐。弟弟們說玖姐，妳的菜園在哪兒啊？看這周圍全是高樓大廈，哪有空地種菜？

二姐建議說，帶弟弟們去看我們在「黃金菜園種的黃金菜」吧！弟弟們到了那裡，看到整齊有致，一畦一畦，青翠欲滴的各種青菜，驚訝說：這兩年全民瘋股市，種菜的人少了，菜價很貴，姐姐自己種菜，可省了不少買菜錢！

可不？以前花錢買菜都省著吃，現在自己種的，又不噴農藥，放心大口的吃，吃得好過癮哪！

二姐說，姐夫住院，勞弟弟們老遠跑一趟，沒什麼給他們帶回去，說我們倆下池摸蜆怎麼樣？也好讓弟弟們開開眼界，在四面高樓大廈的一方空地，竟能摸到鄉間田溝小圳才有的鮮蜆。我即拿塑膠袋往裙頭掖好，兩人下池去摸。約莫二十分鐘，我摸了一大袋，二姐手腳慢，僅摸半袋，倒在一起約有五斤多。弟弟們直呼不可思議，這是親眼目睹，假不了。

那年正月初一午後，我和外子從永春市場經過，看到一群人圍著一位菜販，一把芹菜竟要三十五元，比年前的還貴；一位太太說，過年吃太多油膩，想吃點青菜……

外子說，咱家菜園的芹菜，比她的還嫩。我說，明兒早起，把芹菜拔來賣。第二天我把一整畦帶心的青梗芹菜，全拔了，共二十幾把。拎到市場，不到半小時全部售罄。

靠工農職校附近的空地，像雨後春筍般，全蓋起大樓。原在該空地種菜的一位老太太，也找到我們池子北邊來種。後來吳太太告知，說那位老太太心地不好，她種的菜都噴灑農藥，雨天過後，流下的水汙染水池，水池裡的蜆，因中毒全都死光了……

我一聽，心驚不已，心想：既然池水被汙染，就不能再種菜了，免得受害。因此我決然放棄種了兩年多的菜，也結束快樂農婦的辛勞，和收穫的喜樂，心中雖有些不捨，但這也是無可奈何的事。所安慰者，因種菜留下許多美好的回憶。

民國一〇五年

如魚得水記學泳

忠兒婚後住三重岳父家樓上，但他上班的地點卻在台北市忠孝東路五段。他在彼生一對兒女，九十一夏我退休後，孫子每天由他帶到台北給兩老看顧，小女兒則託給保姆。夏天還好，冬天必須早早把孩子叫起帶過來。忠兒心疼孩子，於是積極在台北市找房子，盼早日搬過來，免得孩子早起晚回受罪。

他在北市大安區看了好幾家，有七樓電梯或四樓頂加的老公寓，不是太貴買不起，就是房子坐向和格局不理想。大概緣份到了，仲介陳小姐介紹這家四樓老公寓，屋齡比忠兒還大。地點坐向，屋內格局，非常理想，三房兩廳兩衛；每間臥房皆有窗戶，採光甚佳，而且還有頂加花園。

忠兒陪父母來看，正要上樓時，他說，他排在第三順位。我一聽，心忖既然如此，那就不必看啦！兒子說，這間房是他看七、八間裡最喜歡的地點和格式，坐正北朝南，可謂百分之百理想。忠兒說，看看做參考，又不必花錢。嗯！既來之則安之，我和他老爸即上樓。外子已經八十四高齡，要爬四樓非常吃力。

剛爬上四樓，當男屋主來開門時，屋裡傳來女性跟人講電話。她說，這樣不行啦，太倉促了……會累死人哪！我聽到，心中一喜，第六感告訴我，咱家兒子有機會了。

第一順位談價的買者之妻，正巧是兒子的學妹，丈夫是位高收入的白領醫生。他談房價時，非但沒有殺價，反而願意多付五十萬，但條件是一個月內要交屋搬出，最後竟沒談成。

排第一、二優先者沒有談成，換兒子來談，兒子最後是以屋主開價少十二分之一成交。說來都是緣份，男屋主是位極有修養的退休機師，太太則是銀行高級人員退休。老實說，他們不缺錢，只是紀大了不想爬樓梯，欲搬回自己有電梯的房子住。

這位女屋主，和藹親切，很健談，雅好丹青書法。忠兒夫妻皆是學美術的，見面談聊非常融洽契合，大有相見恨晚之概呢！

我常說，人的一生，學業事業，娶妻嫁夫，買房置產，生兒育女，壽數長短，皆是命中註定的，絲毫強求不得，一點不差。兒子如願買到理想的安居之所，跟中彩券一樣幸運。

忠兒於九十四年，農曆除夕之前，喬遷於麗水街的新家。那時他正在台師大美研所進修，太方便了。猶記當年購屋時，媳婦徵詢我：「媽媽，我們若買房子，您和爸爸願意和我們住一起嗎？」這是兒媳婦聰慧的思維。老實講，時下一般年輕人多不願與公婆住，免得日後起摩擦，傷了感情。

顧念兩孫尚幼小，實不忍託保姆看。兒子購屋的自備款極少，全靠岳家和妻姐們奧援和銀行貸款。老爸出借的錢收不回來，所以僅僅幫兒子十分之一的忙。交屋裝修後，兒子幾無存款，經濟非常困窘，夫妻倆讀研究所，每學期要繳昂貴十三萬的學費，若再花錢付保姆費，飯都別想吃了。

兒孫都是自己的，常言道：「最親不過父母兒女」，我這做父母的不幫兒子忙，誰來幫忙？

那時孫兒才四歲多，孫女兩歲多。兒子、媳婦每天按時上下班，利用假日在職進修，到校修碩士課程。我和老伴，每天周旋兩小，不外尿布和奶瓶，比帶自己的孩子還忙，整天像作戰一樣，緊張忙碌。不知不覺，就這樣過去了。九十五年夏，媳婦修畢碩士學位，孫子則於九月上新生幼兒園大班。翌年二月，忠兒提早半年，取得師大美研所碩士學位。

暑假，住二樓的周太太（也是客籍）送我兩張中正運動中心的優惠券。她說，有空妳可以去游泳。我說不會游泳，她說不會游泳去做 **SPA** 也很好。這年我剛好滿六十五歲，台北市府對法定老人，有許多優惠福利措施，我全不知曉，多虧周太太熱心送票才了解。

我遂邀也是旱鴨子的二姐，於上午八點至十點的公益時間，到游泳池見見世面。到游泳池看到一群老先生、老太太，活像一條條魚兒似的，悠遊自在游著，都要羨慕死囉！我和二姐像個土包子似的，戰戰兢兢，小心翼翼摸到嬉水區水道，雙手扶著池沿慢慢挪腳步，適應水性，練膽子。

幾天後，比較不怕池水波動，就走得比較穩。這邊的泳友很和善，有位詹姓大姐說，妳要買蛙鏡戴上才能下水游，不然看不清楚，會撞到人或被撞。當我戴上蛙鏡，這位大姐說：妳要學會換氣，只要會換氣，就能往前游。

一天，我閉氣，兩腳往後一蹬，咻——就衝出去了，兩手伸直，兩腳板上下不停地打水，待氣接不上時，即停下。回頭一看，赫！竟游了十七公尺。啊，好開心吶！

孫子有氣喘的毛病，醫生建議說，游泳可以改善體質。這年暑假，兒媳花一萬二，一對二，在台北縣請一位教練，教孫兒女學游泳。九月，孫子就要讀小一了。忠兒跟我說：「媽媽，以後假日請您帶兩個小傢伙去游泳……。」

我一聽，兩孫都學會游泳了，老奶奶還在摸索中，不會游，到時讓兩孫看笑話，不妥，所以得加緊練習才行。

因不懂竅門，難免喝幾口池水。他們告訴我說，在泳池要站穩，得蹲下後，兩隻胳臂要往後伸直，就能穩住，不會被水嗆到。光靠閉氣游不遠，所以必須要學會換氣才是正道。我有樣學樣學蛙式，從換三次氣，到五次遞增往前游。我即邊換氣邊游，待停下時，已前進十九公尺遠，我好驚喜。聽池邊的泳友大聲喊：「啊！她會游了吔！」內心雖然興奮，但不能懈怠。我立刻回想，剛才是怎樣換氣的？於是雙手伸直，埋首往前划水，兩腿一張一合，繼續往前游到底。這泳池是合乎國際標準的五十公尺水道。哈！今天竟游這麼遠，真是高興極了。心想：這可能是被忠兒激勵，挑起的潛能吧！

一週後，在中途不休息，一口氣游五十公尺；二姐換氣頂多三次或五次，因沒加緊練習，所以游不遠。最後，她乾脆以手扶池沿游仰式，這樣游無不可，能到水中動一動，就已達到運動效果了。

當兩孫跟我去游泳時，泳友說：妳不必在嬉水區游，可以晉級到第二水道游了。再之後，我可連游四百公尺不必停下休息，學人家游到盡頭，兩手划水，身子一彎，就自然轉頭了。兩孫每每要和奶奶比游多少公尺，我說：奶奶不必花錢買票，要游一千公尺，你兄妹倆是花錢買票的，要多游才划算。

兩孫身手非常靈巧，會游蛙式和自由式；仰泳很直，好看；蝶式太累，頂多游五十公尺，就算向奶奶交差。小孩游得快，他倆游夠了，就去溫水池泡。我則繼續游，到最後我游的反而比他倆多一兩百公尺呢！

會游蛙式之後，我嘗試游自由式，孫兒說：奶奶每次換氣不對。他做示範教我，說要兩次才可換氣。我說：你們不到六歲就學會游泳，比奶奶足足早六十年，奶奶的骨頭硬了，不要對奶奶要求太高，好嗎？

在泳池不期遇到一位讀補校的同學，看她身手矯健，真會游。問她如何游得這麼好？她說：就是錢啊！我學游一對一，蛙式花一萬二，自由式花一萬八仟，共三萬塊。我一聽嚇一大跳，像我這樣儉省的人，不可能花幾萬塊去學游泳。

人家問我如何學會游的？我說：「自摸啊！」當然不是打麻將牌的自摸，是自己在泳池邊摸索學會的。不帶孫子來游時，不受干擾，不必趕時間，可在水中悠游自在地游，那種身心放鬆的快樂，無可比擬，我終於體悟到什麼叫做「如魚得水」啦！

我不像有些老人，身負贅肉，該凹進去的，卻凸出來，一坨一坨地顫抖，在水中載浮載沈，像煞一隻「河豚」。在清澈的水池中線銅板明亮如鏡，看到自己身無贅肉的身影，還真像一條快樂的魚兒呢！

民國一〇五年

午夜夢迴思舊居

外子在台北市立農業學校服務，校址在臥龍街一百號，與大安國民小學相望。我於民國五十七年元月結婚，即隨夫住入臥龍街一百七十二巷農校宿舍。至民國六十三年九月遷離，我們在此住了快七年。婚後，外子順利兼課掙錢改善家庭經濟，在此生育兩子，忠兒未滿週歲，外公病逝。母親三度在此休養，么妹在此認識終身伴侶，兩子在此度過快樂的幼年。

遷離時忠兒剛上幼兒園中班，恕兒將滿三週歲。這裡留下我夫妻堅忍奮鬥的痕跡，充滿父母天倫親情溫馨的記憶，以及兄弟姐妹手足關愛之情；八童子姐和廖兄誠摯的友情，與廖兄通信已逾半個世紀，雖非世間僅有，可謂萬中無一。孩子天真爛漫成長的印記，雖已過了四十多年，但那段刻骨銘心的心路歷程，深深刻鏤在內心深處，永難忘懷，令我午夜夢迴常思舊居之種種過往……。

宿舍在學校南邊後圍牆外，即學生實習農地後段。宿舍共四棟八戶，日式雙併的房舍，每戶皆有前院，我們是第四棟最後一戶。前三棟的邊上各蓋一戶違建，僅最後一棟空地沒蓋，由此往西也連蓋三戶。北邊的其他宿舍全是學生實習的雞塒、豬圈、牛舍改裝的。

我們住的宿舍面朝東北，臥房朝南，廚房面西。進大門左邊的校地外，一整排違章建築，住戶養豬，不時飄來臭味，很不衛生。一天楊太太到對門王家串門子，碰到我，她手捂著口鼻說：「妳住這裡好臭！要是我才不住呢！」

外子當年接主任職，就是住進原教務主任的宿舍，別人想住也輪不到。我對楊太太說：「不打緊，我的名字中有個『香』字，一香逐九臭，以後就不臭了。」

一天，外子拿水費給隔壁的音樂老師，我很納悶，問為何要給她水費？外子說，我們兩家共用一個水錶，所以要各出一半。我心想不對，隔壁是位督學夫妻和女兒，其教音樂的長女一家四口也住進，他們家六個大人一個小孩，用水量大大超過外子，他單身一人卻要幫別人全家付水費，這太不公平，若要數人頭分攤，付八分之一也就夠了。

難怪外子說他沒有積蓄，他平白幫人家付了整整五年水費，如何能攢下錢？也不知是他不好意思，還是懶得處理。現在成家了，處處得儉省，這每個月多付的水費，就該省下。於是催促他立即向總務處報告，向自來水公司申請裝水錶，從此之後各付各的，不必多出冤枉錢。

外子為了答謝，結婚時同事芳鄰到飯館幫忙，婚後一個月內，分三次邀請他們來家餐敘，因餐廳狹窄，只得如此。藉餐敘讓我認識芳鄰，有聯絡感情，守望相助的睦鄰意義。

民國五十七年元月結婚之後，政府宣布七月一日台北市升格為院轄市。從此不准燒生煤、煤球，禁止養豬，禁止人力三輪車，以及機動板車等。

婚後兩個月，我懷孕了，我很煩惱。外子無積蓄，他果真舉債娶我。那時候我的身體不是很硬朗，深恐影響胎兒發育。不知是上蒼體恤，還是他（她）不願做窮人家的孩子，一天我在院子拔草時，他（她）竟悄悄地從我身上遛掉。

流產很傷身體，休養期間，真難為不會做飯的外子。他為了給我補身，每天到市場割五塊錢豬肝，煮麵給我進補。

一天，舊東家養的狼犬，連木頭釘的狗屋，用板車送過來。這隻狼犬，從小即是我餵養的，對我很親，家裡多一份子好做伴，兼看守家院，牠也可在寬敞的院子盡興奔跑。

我調養半個月後，精神身體漸漸恢復。即著手鋤地，種下六棵小黃瓜、兩棵絲瓜。對面王太太送我一棵瓠瓜苗，種在竹籬邊。另闢一畦地撒下莧菜籽和空心菜。為了節省，我買整袋麵粉，每週做不同麵食交替，有時包餃子或烙蔥油餅，最常做的就是發麵餅。早上烙兩張餅，摘個瓠瓜用蝦米炒來配著吃，既方便又省錢。院子裡的蔬菜欣欣向榮，節省許多買菜錢。同時在臥房後閒置的屋裡養幾隻飼料鷄。

天氣漸熱，家裡只有一個老爺電風扇，開啟時它總是左右搖擺。外子花二百八十元，請木工在每一個玻璃窗外，加裝一個木質紗窗，這才把蚊蚋擋在窗外。開窗透氣，涼風徐徐吹來，令人身心舒爽。

外子服務的學校，改制為九年國教的「和平國中」，市立農校已在偏遠的松山虎林街蓋一所新校舍，名為「市立高級工農職業學校」。

六月底，二弟邦朝於私立義民高中畢業，他到台北報考「政工幹校」備取第四名，惜後沒補上。明年三月他將入伍服役，即在此住下。二姐夫幫他在台北縣三重找到一家，臨時送貨的工作。

七月四日學校結業式，這天晌午時分，住汀州路的梅枝姐，忽來敲門，我打開大門看到去國八年的八童子姐姐，及其在西德出生的女兒——卡伶。令我驚喜萬分，我向前擁抱姐姐，兩人激動得說不出話。把她們請進屋坐定，先喝杯水涼快，請二弟招呼。

有客從遠方來，不亦樂乎！我立刻到學校請外子回家，見見我這位大恩人。中午我們到和平東路一家四川館，給姐姐洗塵。飯後到重慶南路姐姐下榻的旅館歡敘。姐姐說，翌日將搭機返德，我一聽至感錯愕！才見面沒好好聊聊，就要別離，太倉促了。我夫妻和梅枝姐約好，將到松山機場送別。

第二天，我們準時到旅館接姐姐母女赴機場，歡送的還有幾位是她的同鄉，攜兒女同來，待外子照好像，姐姐辦手續時，櫃台員告訴姐姐，說她因滯留超過時間，不能出境，必須到外交部重新簽證。

姐姐一聽愣在當下，不知如何是好？我請姐姐先住我家，待辦妥手續再離台。姐姐的同鄉們各自回去，外子叫計程車把行李搬上車，即回臥龍街。翌日梅枝姐來陪姐姐去外交部辦簽證。

第三天，我和外子陪姐姐母女到外雙溪「故宮博物院」參觀。第四天一早和外子送姐姐到松山機場，梅枝姐已早我們先到。

姐姐離開東京來台灣，再去西德定居，足有十二年未返日本，這回帶女兒回日省親之便，特別到台灣來看看我們，實在感動。雖然來去匆匆，像一陣旋風，未能好好敘懷，確實感到有些遺憾，但也無可奈何。

我非常感謝上蒼刻意安排，讓姐姐多留幾天，我才有機會報答姐姐昔日待我的大恩大德。今天在機場送別，沒再照相，我和梅枝姐珍惜這份異國情誼，默默緊握姐姐的手。當飛機凌空而去，不禁眼眶濡濕，心中無限惆悵……。

七月中，二叔家二堂妹——秀娘，來台北報考育達商校，暫住我家。當天陪考正遇颱風來襲，風雨交加，我在家長休息室等待，又濕又冷。等放榜期間，即陪她去二姐家玩，並帶她去看電影，兩週後放榜，她榜上無名，這才返家。

九月初各級學校開學，外子服務的學校已於暑假遷移妥善，新舊生如期開學。他每天帶飯盒，騎機車經基隆路，到位於松山虎林街巷弄的新學校上班，家眷仍住臥龍街宿舍。同時他開始在師大夜間部兼英文課，不久又受聘到基隆崇佑企專兼課，增加收入。維經在校外兼課，雖是經校長同意。為求心安，第二年，他即利用休假去兼課。

婚後假日，么妹早早從新莊頭前里工廠到臥龍街，有時我們才剛起來。她跟姐夫說：玖姐熬的稀飯很好吃，因此趕早來。有時帶她去東南亞看一票兩場的優惠電影，或去二姐家聚聚，晚餐後她即返工廠。

二弟每天吃過早飯，帶著飯盒去三重上班，送貨偶爾經過臥龍街，就彎回家看看，順便再吃點東西；他正值年輕胃口很大，我煎兩個荷包蛋，給他墊肚子。假日，我們帶他去市郊「圓通寺」或烏來風景區一遊，或去三張犁、公館的東南亞看廉價電影，在外面吃過飯再回家。維經愛我，也愛我弟弟。二弟下班回來，維經都會燒一鍋熱水，給弟弟洗澡，令我非常感激。

二姐因孩子小，二弟不好意思打擾她。因此，在二姐家住幾天，即回來我這裡住，直到去入伍服役。

中秋節後，一位同鄉幫么妹介紹本鄉水坑村的黃姓青年。他花蓮商校畢業，在中油公司加油站上班，雙方好像很鍾意。

十一月三日，父母親陪外婆來台北，我倆即陪三位長輩到外雙溪的「故宮博物院」參觀，在外面吃客飯。晚上，維經說：「東南亞，有一部安東•尼昆主演的洋片《一卒將軍》，未知老人家能接受否？」心想，到西門町看別的，來回太勞累，不如就近方便多。在電影院裡，三老被劇中甘草人物精湛演技，逗趣的喜氣所感染，而觀眾也暴笑如雷，致三老笑得前俯後仰，樂不可支，餘味無窮。

回家的路上，外婆頻說不曉得洋人這麼會表演，害她笑太多，肚皮有點痠。父親說，之前來台北，二姐夫陪去看的洋片，不是接吻，就是男女摟抱，看得直打瞌睡。說這部洋片的男演員真會演！維經看三老看得開心，得意說他很會選，適合老人家口味的洋片。

身體調養後，仍無喜訊，父母親甚為我倆著急，因維經年將半百，年紀不小了。可維經看我第一次懷孕吐得厲害，於心不忍，說沒有孩子無所謂。這是他安慰我的說法，他自己是獨生子責任重大，內心必也很急吧！休養期間讀到《中央日報》家庭版蘇晨的文章，列有圖表，教避孕安全期算法。我因想懷孕，反其道而行，專挑危險期實驗，然一年來徒勞無功。

翌年，么妹辭去新東廠工作，於三二九青年節，出閣本鄉水坑村黃家。

我自婚後，誠如父親所言「一家顧一家」，維經舉債結婚，他正努力兼課掙錢還債，我們無分文為父親盡綿力。這才一年，么妹結婚，接著二弟入伍服役，原有三份涓滴收入貼補家用，一下子全部乾涸，無點滴進帳，父親又陷入經濟艱困的情境，為不讓父母為我擔憂，負債之事，在二老面前隻字不提。

俗諺說，「三月無子又一年」，即農曆三月若沒懷孕，幸喜四月懷孕，孩子翌年才出生。農曆三月，我算好危險期，忽想起有人說失眠者不易受孕。我拿定注意睡前不喝水，整晚忍耐一個姿勢睡眠，不敢翻身亂動。

很高興，二十八天後無信，再過一週，到台灣療養醫院看婦產科。那位黃髮碧眼的外國院長，恭喜我，說百分之九十九懷孕了，並告知預產期在明年元月二十四日。我說不對，應該是二月初，醫生側頭問我怎確定？我說，因為我是媽媽。一般醫生是從最後一次月經來算起，我是從受孕日算起，二百八十天，即是瓜熟蒂落之吉辰。

懷孕剛屆四週，即開始害喜，吐得很厲害，明明腹餓想食肉，但聞肉味即反胃。梁校長（雕塑家陳一帆先生的夫人）知我害喜，囑外子帶我去她家吃飯。她家請兩位保姆，一位照顧女兒，一位做家事。她說，別人煮飯，不聞油煙，肯定吃得下。那時，陳先生正在雕塑國父像，我坐在院子，看他從木架上下忙碌不停。室外空氣清新，心情舒暢，中餐果然吃得香甜，全部收納，沒有倒出來，我倆好感激梁校長的貼心。

四個月胎動，心中的喜悅和感受非常奇妙。每月定期產前檢查，醫生說：妳的寶寶發育很健康，性情很溫馴。

端午節我仍嘔吐不止，並得了害子寒，穿毛衣還冷。我不能做飯，但非常想吃肉。維經買兩個饅頭，兩隻滷鷄腿，我像餓鬼似地啃完一隻，還想吃。他深情款款，看我猛啃很開心。不料第二隻啃到一半，哇地一聲，全部倒出來。不禁責怪自己貪吃，害他過一個寒磣的端午節。這期間，聞到燒肉煎魚味就吐，好像腸子都要吐出來了。

不吐之後，身心比較舒爽，每天煮一鍋仙草茶（有安胎作用）喝，以海帶燉排骨，增添鈣質。另加醫生建議補充營養的維他命。

八月底，三、四弟來台北，準備到新店一所「建教合作」的學校就讀。校址地處偏遠，外子陪兩弟去報到，坐公路局車在大坪林站下，轉入小路須步行二十幾分鐘才到達。此校學生白天工作，晚上讀書，學費全免，以工作換取伙食和住宿，每月發少許零用金。

我即幫兩弟買兩床草席和盥洗用具，把兩床毛巾被繡上弟弟的名字，一切準備就緒，就等開學。

九月三日早上，父母親突趕來台北，父親說三弟的聯考成績，可上家鄉的大華工專食品製造科，四弟的成績可上香山私立元培醫專的放射科。大華工專在本鄉，只繳學費即可，不必繳食宿費。但四弟若讀元培則必須住校，除學費外，要繳伙食和住宿費。

父親因不了解詳情，不放心。中午維經騎機車到台北電信局撥長途電話，向元培問清楚後。即陪父母親和弟弟回新竹，母親和三弟在新竹站下車回芎林。維經和父親四弟三人，直接到香山元培醫專，辦理報到手續。

直到晚上九點，維經才回到家。翌日學校即開學。

二姐克難街的租屋到期，即遷到和平東路基隆路附近。我到迪化街買兩匹白紗布，到二姐家借縫衣機，縫製四十六條六層厚的尿布，和四條嬰兒洗浴的浴巾。

梁校長說生頭胎，多半會提前，叫我倆要注意。我婚前體重五十七公斤，懷孕時五十八公斤；台灣療養醫院都以英磅為單位，我初診時一百二十八磅。

前棟芳鄰王太太，比我年輕五歲，已生第三胎。她有經驗，善意提醒我說，把住院換洗衣物用品及回家時嬰兒穿的衣服準備妥，裝入提袋，到時去醫院拎著就走，不致慌亂。她又說，第一胎不會很快生，見紅再去醫院即可。

五十九年元旦，維經去芎林包輛汽車，接父母親和么弟來台北，並把母親給我坐月子進補的鷄隻一併帶來。懷孕末期我已重達七十二公斤，一百六十四磅，我自喻像一艘航空母艦。父母親看我大腹便便，都說我可能雙生。那時沒有超音波照相，但可做絨毛穿刺探男女性別。我不會冒險去做，孩子五官端正，健康就好，男孩女孩都是自己的骨肉。

父親和么弟住兩天即返新竹。母親睡客廳旁的榻榻米房，夜裡不時聽到母親咳嗽聲。問母親何時感冒？怎咳得厲害？她說有七八天了，看醫吃藥不見好。我和維經即陪母親到郵政醫院看診，醫生說久咳不癒，怕轉成肺炎，即照張X光片看看。那時看片子須三天後，醫生先開治咳藥。來看片子，醫生說確是肺炎，蠻嚴重。除打針吃藥外，得好好調養，多吃營養食品，多休息，並提醒母親用的碗筷另備，菜也要分開，以免傳給家人。

維經雖比母親小沒幾歲，但對母親恭敬孝順，母親每四小時須吃藥。半夜時間一到，維經即起床，倒熱開水請母親吃藥，我非常感動和感激。母親在此，我不讓她操持家務，得到完全休息，一方面準時服藥，再方面多補充營養，兩週後母親就痊癒了。

母親一心來幫我坐月子，年關將近，我還沒生。元月二十八日父親來接母親回家。她雖沒幫忙，但她在這裡靜養把病治好，是我最感到欣慰的。

二月初上午，我開始見紅，午後維經陪我上醫院。我穿件長大衣，把手伸向口袋，兩手托住往下墜的肚子，坐在電梯邊椅子上休息。

維經上樓到產科辦公室找護士，一會，他與也是大腹便便的護士下樓接我。美麗的護士手推輪椅，親切喊我：「師母坐輪椅上樓吧！」我頗驚訝。

這位葉安娜小姐，原來是維經新莊中學的學生，真是有緣啊！在我需要援助的時候，她正在產房輪值。

待產室床位快滿，我們指定一位杜姓女醫生接生，她來了解後說還早。我躺在床上，感覺腰就要斷成兩截，維經拿枕頭給我墊，太軟不管用，他就把手伸到我腰部給我墊著，累了就換手。護士問肚子幾分鐘痛一次？我說不痛，就是感覺腰要脫節了……。

午夜子時，來了一位孕婦，護士問幾歲？答十八。問第幾胎？答第三胎。問答須臾間，護士大喊：「快，快要生了。」她進入產房呼天嗆地，聲嘶力竭，聽了好恐怖！不一會，聽一長聲鳥兒急促尖叫的哭聲，我說是一個女孩。隔床太太說：「妳怎知？」我聽老人家說，女孩恰北北，哭聲急促尖銳，男孩哭聲斯文細聲。

翌日巳時，我在產房感覺嬰兒滑出產道，怎麼沒聽到孩子的初啼？不會是死胎吧！要是不就白白辛苦二百八十天嗎？我遂大聲喊：「把腳拎起來拍屁股！」說這話的同時我雙手撐起上身，看到醫生正抓著嬰孩的雙腳拍屁股，而他那個男性象徵的蛋蛋正在兩股間，隨即聽到一聲小貓似的嬌啼，我這才放下胸中的石頭，身子往後躺下。醫生說：「臍帶絆住他口鼻，才沒有哭聲啦。」

忠兒出生這天，剛巧醫院例行為初生兒拍照。孩子長相端正，方臉寬額，隆鼻大耳，極似乃父。六天後出院已是第二年正月。我在臥房聽到來拜年的朋友，向維經道：「王主任，恭賀雙喜！」這年他虛歲半百，我三十。

維經不會殺雞煮飯，二姐夫來家幫殺雞煮麻油雞。不知何故，我完全沒有胃口，只想吃菜和水果。坐月子只能吃紅鳳菜和蘋果，那時進口蘋果一個五塊錢，很貴。

我倆不大會給小嬰兒洗澡，維經請教學組長林迪珍的太太——校護王貴美女士來家教我，讓我學到不少，尤其她當時正懷第二胎，真是太感謝了。因母乳不足，先餵牛奶，維經買最貴的 S26 新產品奶粉，其實 SAMA 就很好了。

一天孩子哭得滿頭大汗，他很努力吮母奶，大概沒吃飽，遂用力吸吮，把我的乳頭咬破了，只得泡牛奶滿足他。下午他又哭鬧不休，我們兩個大人對一個小娃兒，束手無策，不知他哪裡不舒服，趕緊抱去醫院檢查。醫生仔細聽看一遍，說很好啊！沒怎麼樣。他大概哭累了，抱他回家，在車上他竟呼呼大睡。

可一到家他又大聲哭，沒轍，爸爸泡一百二十西西牛奶餵他，他咕咕喝完，奶瓶一推，蹬腿又哭。爸爸又泡八十西西，他三口兩口吮完，一蹬腿又哭。怕他太撐不敢多泡。原來兒子一直沒吃飽，餓壞了，爸爸再泡六十西西餵他。維經跟我說話時，奶嘴碰到他鼻頭，我一急說：「你把他的堵子鼻了！」他喝完滿足地呵呵——地。維經因我把話說反，忍俊不已。

可能我的乳線太細，孩子吮不到奶水，因此在乳房裡堵塞，竟變成乳瘡，左乳房一片紅腫，不時抽痛。去杜婦產科診所動小手術，把膿包清理乾淨。醫生說，既然奶水出不來，乾脆打退奶針，免得大人小孩受罪。

雖在寒假中，維經擔任行政工作，仍得上半天班。每天早上十點為孩子洗澡後，再餵奶。我倆為孩子忙得喘不過氣來。等孩子睡著，趕緊烤尿布，所幸我有先見之明，暑假即買一台海龍洗衣脫水兩用洗衣機。維經上班去，洗尿布時，我用竹棍挑起脫水，手不碰冷水。到院子晾尿布則全副武裝，身穿長大衣，頭臉包緊緊，避免招風。

正月下旬，我都快滿月了，父母親才來看我。當我在臥房聽到父母的說話聲，內心百感交集，竟心焦地哭了。母親說我坐月子正值寒假，維經可照顧我，所以沒提早來……。過很久聽二姐說，我才了解父母親所以晚來，是因手頭拮据，等買了嬰兒用揹帶、冬衫新衣才來看我。

恩師鄭煥先生，得悉我弄璋，像娘家父母一般歡喜。他關心我，老遠從楊梅送一隻紅面番鴨公來，給我坐月子補身，實在令我感動並感謝。

秋岳叔嬸抱著光復節生的女兒來家。岳叔看忠兒時說：「這孩子很成熟，很有思想，像哲學家轉世……。」那時英國的哲學家羅素剛過世，岳叔附會說笑。

坐月子時，很多《中央副刊》沒空看，滿月後，對照顧嬰兒已得心應手，不再慌亂無章。忠兒生活很有規律，每四小時餵一次奶。兩個月後十點餵過，一覺到天亮，半夜那一頓省下。早上餵飽之後，即把他大號，一天一次。他每天睡足十六個小時，其他時候醒了，也不哭鬧，他會兩手抬高，小手互摸，自得其樂。

一天我在客廳看報，聽到一聲像青蛙叫的——剁——，以為是院子傳來的，繼續看報，稍頃又聽到一聲更大的剁——之聲，確定是來自臥房，起身去看，原來兒子正尖著嘴兒玩他的剁剁哩！

三個月大在小床上，他從這頭轉身到那頭，還得意把小腳搭在床欄上。擔心他轉動掉下來，即把床墊下降。

四個月大，第一次帶他回外婆家。回來後下牙床長出兩顆兔牙。以前母親常說：七坐八爬，九個月長牙。天漸熱，白天讓他睡榻榻米上。五個月時他不但會翻身坐起，同時爬來爬去。七個月扶牆挪步，一天他玩玩竟站立起來。

我抱忠兒跟王太太聊天，她說：「妳的孩子這麼好帶，應該多生幾個；他長得這麼俊，若是妹妹不知有多漂亮呢？我好像只聽過一次他半夜哭而已。」我說那次半夜大哭不止，是肚子受涼不舒服，我用結婚時買的蜜斯佛陀粉，加上麻油在手心搓熱往他肚臍眼一敷，他馬上就不哭了。

我隨興郎叔參加他朋友的互助會，拿到末會一萬五仟元。忠兒快九個月了，抱著去市場買菜很不衛生，因此我都在維經上班之前去買，請菜販幫我送到家。家裡若有儲存食物的冰箱，就不必天天上市場。我決定用這筆錢，花一萬二仟柒佰元，買乙台國際牌最新的無霜冰箱。

中秋節後，父母親來台北看么妹，她的胎位不正，辛苦生了一個女兒，所幸母女均安。

父親返家後突中風，右手抬不起。我和二姐於教師節接父親來台北治療。我這裡正在蓋芳和國中，出入巷弄改道，且不平坦。雙親暫住克難街二姐家（她後搬回）。

二弟在金門服役三年，才過一半，三、四弟讀專科也一年半。父親（註一）病中囑咐我，說他若不幸離去，無論家裡多麼困難，一定要想辦法幫弟弟們讀完五專，兩個讀國中和國小的弟弟，也要繼續升學。

三週之後，我送父親返家，他回家後沒幾天，竟不能說話了。父親是現役征屬，申請到竹東榮總住院。那時二弟在金門服役，中途不能返台。我想辦法（寫長信給輔導長）讓二弟回鄉探父病。十二月底父親病篤，元月初出院後，於六十年元月六日（農曆十二月初十）父親撒手人寰，母親喪偶失去老伴，我們兄弟姐妹失去慈父，何其不幸！

我受父親病中囑託，和維經想以何種方式才能讓弟弟們不致中途輟學。後來維經想到一良策，即我們四姐妹，只要每學期各幫出二仟元，這八仟元剛好夠兩個讀專科的弟弟繳學費，至於讀國中和國小的學費少，比較好辦。當我倆把這辦法和姐妹商量，二姐和么妹立即讚同，反而是經濟比較好的大姐，不願參加，令我和母親非常失望。

六十七年夏，弟弟們服完兵役做事掙了錢，母親把我們之前墊出的學費，全部還訖。

我結婚時，政府實施家庭計畫，兩個孩子恰恰好。維經一報戶口，我們即接到衛生所宣導指示：「三三制」，即婚後三年生第一胎，再三年生第二胎，並鼓勵避孕。說來可笑，維經結婚時已虛歲四十八，哪有閒工夫等三年再生？生後再等三年，我們都等老囉！

我婚後兩年生第一胎，又接到通知免費裝避孕器，我沒理睬。當忠兒滿週歲後，我就計畫生第二胎，鑑於維經是獨生子，一生沒個伴，想給忠兒添個手足。

算好受孕日，心想生忠兒時是農曆十二月底，母親無法來幫忙，十月農忙母親也不克前來幫坐月子，那麼農曆十一月生最理想。可我受孕後，算預產期怎麼會是農曆十月呢？翻日曆重算一遍，沒錯。但我沒料到辛亥年閏五月，這就多一個月。想起老人講：「人會算，天會斷」的諺語，只有認命。

懷第二胎吐得更厲害，在門口送維經上班，王太太問妳是出疹子嗎？我說沒啊。她說妳的脖子全都是一粒一粒的紅點點。我說不知，她笑說妳早上沒洗臉嗎？我回說有啊，我說我洗臉從不照鏡子。跑回家一照，不得了，臉上脖子上全都是紅點子，像出痲疹，又像過敏。

我把忠兒託給她，立刻到台灣療養醫院看診。醫生說我吐得太厲害，皮下的微血管都破裂了。她開止吐藥給我。害喜期間只想吃稀飯，但聞到米湯味就吐，維經每天熬一鍋稀飯，開電扇把米湯味往屋外吹，才去上班。

忠兒十六個月後，晚上睡覺就不必包尿布，我們睡前把一次後，他一覺到天亮。十九個月時用杯子喝奶。他爸爸晚飯後去師大夜校上課，他看爸爸打領帶穿西裝，立刻把爸爸的公事包，兩手提到房門口，再把爸爸的黑皮鞋擺在沙發椅前，他邊做邊說：「爸爸要上班哦！」非常討人歡喜。爸爸笑咪咪誇他好能幹，蹲下在他額頭上香一個才出門，他開心地跟到院子去關大門，拍著小手進來。

忠兒聰明可愛，不知何故？近幾天每到十點即出虛汗，頭髮像被水淋濕一樣，整天濕答答，到晚上就乾爽。那時剛巧母親來台北，她看忠兒滿頭汗，黏黏的，說可能碰到不潔的東西所致。維經帶他去給二姐曾提過的鄭道士看。

忠兒回來一進門便說：「媽媽我的頭髮乾了。」他說，那位醫生含一口水朝他身上噴一下，就好了，醫生還給一張藥（符）帶回來。維經停好車，我問鄭先生怎說？維經嘖嘖稱奇，說真不可思議，他用符水往忠兒身上噴，到現在都不再出汗了。道士說，忠兒是被生小狗的母狗嚇到的。他尋思一會說，咱家附近沒有母狗啊！

但王家有，我到對面告訴王太太，說忠兒的情形，她一聽恍然說對呀！我家母狗剛生了小狗，幾天前他先生蹲在地上逗小狗，克忠好奇探身問：「王伯伯，你頭上怎麼沒有頭髮？」結果母狗往前一撲，克忠被嚇得往後退……這就對啦。

母親問我幾月生，我說十月上旬，母親說妳妹是九月下旬。心想么妹真會湊熱鬧，她兩胎相隔才十三個月。

七月上旬颱風來襲，把側院一溜竹籬笆吹倒，我和維經趁天放晴趕緊修補。我挺個大腹忙得滿頭大汗，王太太喊王主任電話。原來是大安高工校長，找外子去入闈出考題。他即收拾衣物和盥洗用具前去報到。好在已補得差不多了，看天色還早，即把被風扯斷的門鈴電線接回。

當初安裝門鈴線時，我特別請電工在門鈴盒子邊接個插頭，旁邊裝一個插座。外出時把插頭拔下，外面即使有人按門鈴也不會叮噹響。若門鈴響無人應門，宵小即知此屋無人在家。按門鈴不響，屋裡有人無人在，他便摸不清。

當我接好電線，插上插頭，到大門外一按，唉唷！怎麼會過電啊？我立刻回屋拔下插頭，把剛接的電線剝開。我是把斷掉的線兩頭四條一起用膠布包，顯然有誤。我即把黑線和綠線各別接回包妥，再合在一起包緊。到屋裡把插頭插上，到門口按門鈴，它即不過電嚇人啦……哈，我還真不笨呢！（直到去讀國中補校，才知電有正負之別。）

忠兒午睡醒，我擠一杯柳橙汁給他喝，他站在廚房門檻喝，聽到後面墳場那邊傳來一聲接一聲，鑿山洞爆破的響聲，便說：「媽媽那邊噗噗泵！」市政府正在鑿隧道，做打通辛亥路工程啦。

么妹果然於九月底，再添一個女兒，她出院後，母親即來幫她坐月子。

我產前破水，立即住院，指定杜醫生幫打催生針後，維經即回家，把託給年輕王太太看的忠兒接回家。打半小時後，醫生來看情況，問感覺怎樣？我說沒動靜。八小時滴完就不再打了。我一人在醫院孤軍奮戰，心卻惦著忠兒，幸有當助產士的學生——傅伯榕時時來關注。翌日早上孩子終於平安出生。託傅小姐打電話（對面王家）回家，她跟老師恭喜，說師母又生一個弟弟啦！

恕兒個頭似乎比哥哥小一點點，體重七磅十四盎斯，卻比哥哥重十二盎斯。葉安娜說這個弟弟的皮膚會像老師白裡透紅。我問怎看？她說嬰兒膚白，長大即黃色；

膚黑的自不必說；嬰兒粉紅色的，長大就是美白。在病房，我受不了鄰床產婦賀客不斷的干擾，為圖清淨，我提早兩天出院回家。

我出院時，家裡正割稻，母親回鄉，待她忙完農務來幫我，已是半個月之後了。母親忙完家務，我拿錢給她坐計程車到永春街幫么妹忙，下午再回我這裡。她會講閩南話和國語敢自己來回，可也難為她兩邊跑，好在么妹快滿月了，十天後母親即回鄉。

十一月天氣有些冷，假日，維經帶忠兒去外面走走。午後幫恕兒洗澡，有人按門鈴，我把恕兒包好，開房門看到籬笆外是林先生，我喊請等五分鐘。待孩子穿好衣服，才去開大門。先倒一杯熱茶給他，說孩子洗完澡要喝奶。我餵奶前把結婚相簿取出來給他看。

他翻開相簿驚嘆說：「妳好漂亮喔！」翻到第三頁合上，重新翻第一頁仔細看，說我以前怎沒注意到妳這樣美麗。他以懷疑的目光問，這是別人的相片嗎？我說無聊啊！把別人的相片貼在自己的婚照紀念簿？我說，你應該知道「和氏璧」的故事吧！那價值連城的和氏璧，未琢磨前只是一塊不起眼的石頭，凡人不懂，只有「和氏」深具慧眼，懂得內涵，確定它是一塊璞玉。

林先生來此之前曾來一信，他說當年我送他的《中國文學發達史》對他助益很大，他熟讀此書，報考中學教師檢定，因此及格，這就來師大受訓兩個月，趁便來看我。

談話間二姐夫路過，進來看看。瑪麗跑到大門熱烈歡迎。二姐夫離去後，林先生也告辭，關上大門，咦！瑪麗怎沒出來送客？到木屋瞧瞧，牠已躺在地上一動也不動。牠臨死還忠於職守到門口迎客，我撫摸牠尚有體溫的身體，難過得潸潸淚下，萬分不捨。

我去找一位賣菜的太太，拜託她幫我把瑪麗抬去埋葬。她手拿擔干和繩索，叫兒子一起來家抬。我特別囑咐她抬到後面荒田，把坑挖深，免得被野狗拖去。她人很忠厚也細心，辦完後帶我去現場看，那新掘的土有五尺長、兩尺寬。我上去把泥土再踩實一些，付五十元工錢，謝謝她辛苦了。

十二月中旬，筆友廖兄，他到台北受教育召集，趁假日，由連襟陪同來訪，這是我倆通信五年多來，第一次見面，令我驚喜萬分。因同在教育界服務，他和外子一見如故，相談甚歡，遺憾沒在此吃便飯，多敘敘。翌日他又翩然而至，我因要赴朋友長孫彌月宴，把他交給外子招待。

六十一年農曆正月初一，早上十點，恕兒洗澡後，吃過奶睡了。維經和我帶忠兒，從台北市辛亥路這頭，坐計程車過隧道，回頭步行回來，在小弄口遇到他師大的學生來拜年。

這位學生名叫黃香石，軍中退休考上師大夜間部國文系，學分已修畢，僅選修的英文科，讀兩年仍過不了關。維經認為國文系學分已修完，而且出了一本散文，理應畢業，卻卡在選修的英文，這是第三年，若仍不過，他永遠畢不了業，因此維經決定成全他。

他另一學生名屈秉正，海軍軍官、海軍必修西班牙文，他的英文也很優異。字如其名，端正整齊，作文流暢，通篇無一錯字，非常悅目，維經極欣賞，至感佩服。一位功課甚佳的女生，她父母很會取名，叫吳有，畢業後教國中。

農曆正月初三，我們一家四口回莒林娘家。返北後恕兒即拉肚子，看醫生服藥仍不見好。維經福至心靈，說帶去給鄭道士瞧瞧，看他怎說。

到了那裡，鄭先生先問生辰八字，再看恕兒手掌，他說這孩子皮膚太白，三歲之前不可去外婆家，他問孩子拉的是否像蛋花？我說正是。他說是被懷孕的人抱了，他怕四隻眼睛……他用符水往恕兒頭臉噴，問我有懷孕嗎？我說沒。他說母親若懷孩子，符咒另一畫法，他畫一張符，叫帶回火化沖水給孩子洗澡。

信不信由你，恕兒經道士的符水噴後，再洗符水，第二天排瀉正常，不再是稀蛋花了。維經對這位道士的功力很佩服。惟對被有孕者抱過，就不太了解。二姐說回外婆家，他大舅媽正懷老四，她應該抱過吧！哦，原來如此！

忠兒因媽媽帶弟弟，不能每天陪他出去玩，顯得不快樂。芳鄰徐太太的么兒，比忠兒長十七個月，每天隨在和平國中託兒班幫忙的媽媽，在那裡上學。徐太太建議，我每月花六十元點心費，可把忠兒送去學乖，中午她會幫我帶回。這樣我在家帶弟弟比較輕鬆，我欣然接受，真感謝。

恕兒有很多忌諱，臥龍街底的小山坡全是墳場，經常有喪家出殯，雖非直接目擊碰撞，聽西樂聲也會如芒刺在身，令他渾身不適，冒汗吃睡不安。遇到這情況，我剪七色布，香折七節加茉草點燃，往他身體上下燻，因此家裡經常瀰漫著茉草香味。維經若參加喪家祭奠，我必備妥一盆茉草水置大門外，他洗臉淨手後，才放心進屋。

隔壁的音樂老師，她小叔過世，其妯娌帶兩侄住她家。從此之後，每天早上六點，她教侄練鋼琴。我們住的是木造房舍，她家沒作隔音設備。每晨鏗鏗鏘鏘的鋼琴聲，非常擾人。恕兒因此常在熟睡中被吵醒。她們不懂睦鄰之道自制些，天天如此，半個月後大人小孩實在受不了。

外子去敲門好言拜託，可否七點半後再彈？那時她丈夫正出差，她竟口不擇言說：「我丈夫不在家，你竟來欺負我！」

這話太嚴重了，外子一聽勃然大怒說：「這光天化日，六個家人面前，妳竟血口噴人，我怎樣欺負妳？給我說清楚！」

我在屋裡一聽，嚇壞了。我丈夫是何等人，一向謙和有禮，從不大聲講話，在校受到同仁學生尊敬。我立刻衝到她家，維經氣得滿臉通紅。我問清楚後，勸丈夫回家，說咱不跟小人講理。當我倆往外走時，這個女人竟丟一句「恰查某」。

我火了，大聲講：「妳照照鏡子去，王維經他老婆的腳底，比妳的馬臉還細緻呢！往臉上貼金，誣人欺負妳！」

恕兒發育的成長過程，都比哥哥慢一個月。他五個月長牙，六個月翻身學爬。哥哥十個半月就會邁步走，但我讓他倆骨骼長壯些，滿週歲才讓走。因經濟困難，帶兩個孩子，都沒買搖籃或學步車和嬰兒推車，出門都抱著安全。

因恕兒不好帶，為了方便聯絡，維經借忠兒的壓歲錢裝一支電話。自備款四千元，餘分期付款，每月繳四百七十元，另花一千元選號——七五五七六七。電信局獨門生意很好賺，這支電話竟花掉一萬六千元大鈔。

這年秋後母親來台北，她說身體不適，我也看出她沒有以前有精神。即陪她到市政府對面，一位賴姓客籍醫生診所檢查，照X光片，發現她肺部發炎，即開藥治療。母親養病期間，二姐和么妹曾來探望。在南港輪胎工作的二堂弟邦榮特來看母親。他回鄉時責問兄弟：「大哖（伯母之意）到台北治病都十多天，你們怎麼一個也沒去看看啊？」

這個堂弟還真有心，記得他妻子（文珍）害喜時，他來電話說：「文珍想吃餃子，玖姐請妳包給她吃好嗎？」我說可，你帶她過來。邦榮對伯母的關懷，還真不枉我為他老婆做一頓餃子哩！

母親服藥休養兩週後，肺部消炎，身體完全恢復，第十六天二弟從芎林來接母親回家。

這年正月，只帶忠兒回外婆家，維經說媽媽不在家，恕兒無伴，孤獨寂寞，想媽媽，不時走到房門，把臉貼在紗門往大門凝望，口中呢喃著：「媽媽，媽媽。」讓人看了好心疼。當天我回到家，恕兒已入睡，半夜他感覺媽媽睡在身邊，一天不見，他不是摟媽媽撒嬌，卻一骨碌爬去抓哥哥的頭髮說：「哥哥壞！」想他是嫉妒媽媽帶哥哥出去，沒帶他吧！

忠兒滿三歲，維經帶他去向呂炳川教授學小提琴。我在家督促他練琴時，他的眼睛總望向院子裡飛舞的蝴蝶，無心練琴。後來發現他比較熱衷畫畫，喜歡色彩和線條，乾脆引導他往這方面發展（註二），因此放棄學不到一年的小提琴。

四月三十日晚，誼妹翠麗（和平國中託兒班老師）懷着身孕到舍下來敘敘。母親因春假將屆帶兩個孫輩來台北。翠麗告辭後，母親說看她好像快生了。我說還早呢，她去年九月結婚，大概才七個月吧！

不料第二天一早，翠麗的先生——天漢來電話說，他太太可能早產，已送入台灣療養醫院待產室，因放春假，她兄嫂已回北埔老家，請我趕快過去看看。下午返家，維經和母親及侄子們也由南勢角么妹那兒回來。

母親問去醫院看結果怎樣？我說她胎位不正早產，生得很辛苦，孩子才四磅二，好在母子均安。我問母親怎看出她快臨盆？她說一看氣色就曉得，她一身慵懶，沉重無力，已現出端倪了。我想這就是經驗吧！

月底，母親和阿姨（母親繼父前妻所生）聯袂去台東池上看外婆。我們送二老到松山機場搭飛機，數天後的傍晚二老下機後坐計程車回臥龍街。母親說阿姨會日語和閩南話，她會講國語、客語、閩南話，在花蓮機場等候補票，兩人四聲帶齊發，終於補到返台北的機票。到家母親發現家裡多了一樣東西。因忠兒常往徐家跑，看電視卡通，維經即向陳寶昌大哥借兩萬元，買這台新力牌最新十八吋彩色電視。母親看畫面清晰艷麗，很歡喜，說我像父親，買東西都挑最好的。

臥龍街口新開一家私人菜市場，凡在裡面消費五十元，送一張摸彩券，集十張可摸大獎。這天我帶八張彩券和忠兒去買豬肉，和其他物品，剛好夠十張。我即交給摸彩小姐，她叫我把轉盤撥一下，我才一轉身，突聽鞭炮響，我說誰家娶新娘放鞭炮？那位小姐說：「是我們放的，恭喜妳中了頭獎！」

我回神問什麼獎品要放鞭炮？她說是一台電風扇，她給一張取貨單，說現場沒貨，妳明天再來取吧！意外中獎，我母子倆興高采烈跑回家。

端午節後，母親一人來台北，她說自台東回來後，身體就不適，感覺自己可能碰到不潔的東西，兩眼迷濛不清，意識渾沌，像行屍走肉。叫我準備金銀紙錢和小三牲送小鬼。我買一大捆紙錢，一小塊肥肉，一個鹹鴨蛋，三塊豆腐干。手端這些供品金紙，點三枝香，往母親身上燻後，送到後面荒田火化。

翌日，母親說一切如故，沒送走。維經說快去找鄭星麟道士。

我即陪母親到克難街鄭道士家。他先問母親屬相，說妳今年不可出遠門。母親說她去花蓮台東剛回來。道士「啊—」一聲說，出遠門對妳不利，更忌到東部，妳是被白骨精煞到。他嚴肅說妳已被纏到不脫，這個東西很刁悍。

鄭道士即吩咐他太太準備小三牲，擺在地上，他向供奉的神祇上香，口中唸唸有詞，膜拜後畫一張符，火化攪在清水中，用手指往母親頭、臉、胸前彈，手執皮鞭，腳踩八卦步？口中唸咒語，邊唸邊揮皮鞭往地上刷——刷地抽打，如是作三遍，他即把小三牲往門外一潑。

道士回頭問母親好些了嗎？母親說他彈符水，用鞭抽打時，感覺負荷幾天的重物，從肩上胸口滑落，眼睛一亮，馬上神清氣爽。

鄭道士說，妳幸虧早來，若被纏久必生大病。他說，母親心地善良，做人端正，身子骨也能挺住。他幫母親消災解噩的酬金，鄭先生說要六十元。我雙手奉上，感謝他辛苦。

夏日炎炎，我發現後院有一隻田鷄在晒太陽。我悄悄過去把籬笆缺口堵住，捉住牠放在廚房水桶裡，要給他兄弟認識觀察。他倆午睡醒，我已壓好兩杯果汁，當他倆一口一口享受時，那隻田鷄在水桶裡往上躍，咚地一聲。哥哥兩眼往廚房搜索，弟弟則凝神側身傾聽。第二聲咚一響，弟弟眼尖已發現水桶裡的小動物，兩人顯得很興奮，哥哥放下杯子伸手去捉，太滑抓不住；弟弟一轉身到客廳拿張報紙往水桶蓋下，田鷄被抓個正著。

平時我會在院子抓蜻蜓或小昆蟲，放在玻璃杯，讓他倆觀察昆蟲的腳和翅膀，然後放牠。兄弟倆以為這是一隻青蛙。我說這是田鷄，牠的身體比較大，背部斑紋不大一樣，當他倆看夠了，即還牠自由，放回後院。

這天徐家哥哥來我們家，我趁兩兄弟有伴，吩咐他三人在院子裡玩，不可開大門出去，即飛快去市場買菜。我回來時在巷口即喊：「媽媽回來囉！」

他三人很聽話，明明是媽媽回來，也不開大門。我在籬笆縫看到哥哥手上拎著一隻掙扎的青蛙？徐哥哥說：「趕快丟掉！不要讓你媽看到。」哥哥拎著牠要丟？還是不丟？正猶豫，弟弟端來一個花盆說：「哥哥把牠蓋起來！」

看這三個小鬼頭，三種表情，三種不同的對話，讓我忍俊不已。待我開門進去，問花盆裡面是什麼呀？忠兒兄弟說：「是一隻大田鷄！」我仔細一瞧，不得了，這不是田鷄，是一隻有毒的蟾蜍耶！「快！放了牠。」

芳和國中蓋前後兩棟校舍。暑假後新生開始上課。早上七點一過，屋後面的停車棚即有學生停放腳踏車。朝會前播放輕快悅耳的〈藍天白雲〉，或節奏明朗令人振奮的進行曲，煞是好聽。

市府將利用宿舍做學校操場，因此在松山工農職校東邊空地，專案蓋四棟三十二戶，四層樓宿舍安置我們。

學校配的宿舍，正碰到世界能源危機，不但每戶沒有陽台設施，更是一個空殼屋。我們估算：鋪塑膠地板約三千元、兩座壁櫥三千六、紗窗二千四、窗簾約五千、浴缸七百。廚浴的瓷磚只貼一半，我們自費貼到頂（好清理）一千六、粉刷牆壁一千六。宿舍大門都是三夾板做的，用力一踹就破，不實在沒有安全感。

我們遷出，舊宿舍將拆掉。我們請木工把檜木地板撬開帶走，做新宿舍的大門和房門，並在大門右邊釘一個實用的鞋櫃。這些那些都要花錢。外子的薪資不到四千元，我們沒有積蓄，維經向無家眷的楊同學借柒千元。

當他送錢過來時，把裝錢的信封袋往茶几上一摔，說沒錢還鋪什麼地板？他這一摔，我的眼淚差點掉下來。心想住樓房哪有不鋪地板的？光水泥地既易磨損，對小孩也不適合。

維經回來，我說快去湊一萬元，新債連舊債一起還楊先生。他去向在北一女教書的本家王桂榮大姐借一萬元，以雙掛號寄還楊先生。

梅枝姐來家推銷雜誌，邀我隨她去國泰壽險公司，招保險。那時她已是一位業績頗佳的股長了。我很想為家裡開源，即隨她學習招攬客戶。

賣保險一般都是找熟識的朋友或親戚。維經上班後，我即帶忠兒，手牽兩歲半的恕兒去拜託認識的朋友。我口拙臉皮又薄，不好空手去，到任何一家都帶水果。

梅枝姐（後做到經理）知道後說，妳不必買水梨等較貴的水果，帶串香蕉或三五個香瓜，就很體面了。忙了幾個月，我只招到一位結婚時，幫我做旗袍的謝師傅。七萬多元的保費，佣金四千二百元，一年多分三次領取。自知自己不適合從事這個行業，之後就沒再繼續下去。

暑假前，學校把新宿舍鑰匙交給我們。鄰居即往松山虎林街宿舍跑，經濟好的把房子裝潢得美輪美奐（註三）。我們結婚時借的錢，尚未還清，父親病重，弟弟要繳學費，所以我們一直很拮据，這宿舍裝潢所需要數萬元，我們又得借錢才能應付。

鄰居有錢的貼壁紙、鋪瓷磚，或把白牆印花，他們慫恿我看齊。我不是要省七百元花費，而是要保持潔淨的環境。

這年忠兒將滿五歲，九月即去永吉路的救災總會幼兒園上中班。爸爸上班帶他去上學，中午接到新宿舍來，我和弟弟在彼看工人裝大門。

一切準備就緒，我們於六十三年九月二十一日，遷出住了將近七年，充滿溫馨快樂和豐富美好的回憶，有庭院的宿舍。如今遷入學校旁的四樓公寓宿舍，外子和忠兒上班上學更近，方便極了，維經也結束長達七年吃飯盒的日子。

註一：見《白雲悠悠思父親》一書。

註二：忠兒現在是一位高中美術教師。

註三：見《白雲悠悠思父親》中之〈美術燈、酒櫃、書櫥〉篇。

民國一〇五年

以文會友

一日神遊中副園地，
瞧見〈百果成熟了〉
童心大發，
遂採擷大啖一番。
果然肉香汁甜，
回味無窮。

※　※　※

在台北繁華異地，
踽踽獨行；

尚幸沒迷失方向。
突然，
有人〈停車暫借問〉
啊！原來是同鄉。

※　※　※

在復興號火車上，
迤邐過楊梅而新豐。
車窗外，
好一遍壯盛的淺紫；
那細碎的小花，
是熟悉的〈苦楝樹〉

※　※　※

車子滑過鳳山溪，

如黛山巒映入眼簾；
〈漸行漸遠漸寬廣〉
來到魂牽夢縈的頭前溪。
芎林在眼前，
家鄉近了。

※　※　※

回到久別的九芎林，
重訪啟蒙的學堂；
流連盛開的鳳凰花下，
抬頭望見升旗台後山。
兩排挺立的綠樹，
霎時勾起滿懷〈橄欖情〉

※　※　※

醫師世家出才女，
優渥環境培人師；
半百之年，
何妨〈純真學豪華〉
悠游文學園地，
揮灑自如。

※　※　※

窮苦人家無緣升學，
蹉跎歲月事難成；
農家之女知勤能補拙，
早生華髮眼瞇茫。
莫笑魯鈍，
還想學塗鴉。

羅悅玲老師，是外甥鈺荃復興高中老師。我常讀到她發表於中央副刊的文章，仰慕已久。以文會友，是我給她的第一封信，直接寄到她服務的學校。篇名號內文字，是她文章的題目。

她是位優秀的國文老師〈曾獲趙廷箴優良教師獎〉文如其人，風度優雅，從容自在；她不但能文，且寫得一手好書法，擅長行草及魏碑。每年婦女節皆有作品在「國軍文藝中心」展出。她精熟音律，開幕日，每以蒼涼寂寞，如慕如訴的三弦，自彈吟唱唐詩宋詞，以娛嘉賓，琴韻富感情，讓人生思古之幽情。

羅老師出生醫師世家，外公何禮棟先生是名醫，曾任台灣省議員；外祖母是北埔「天水堂」姜屋閨秀。其尊翁羅瑞鵬醫師，是芎林鄉的守護神，救人無數，受鄉人敬重。兩兄在日、加行醫；兩弟也是醫生，一在竹市，一在新埔執業。夫婿蔡博士是華梵教授；長女學音樂，從事教職。長男一路從建中、台大——到美國醫學研究。全家成員皆是高智慧的優秀人才，令人欣羨。

羅老師善良熱心，常寫書法義賣，捐作公益。她樸實無華，待人誠懇親切，無一絲傲氣，是位談心的知友，每次來電話，一聲親切的「玖香姐」，讓我感到好溫馨。我冒昧寫一信給她，結緣至今，多感恩啊！

『文官機緣與智慧』讀後感

當看到沈處長『文官機緣與智慧』，心裡直呼不容易！再看他剛正不阿，誠懇堅毅的眼神，肅然起敬，誠如孟子所云：「胸中正，眸子瞭焉。」任公職半個世紀，沒有瑕疵，全身而退，真的很有智慧。

陳武雄兄及廖兄能長期就近陪伴其尊翁，真是難得的緣份，親兒不在跟前，仍享有親如己兒相伴的幸福與樂趣，兩位視如己父的情誼，令人感動。

書內照片豐富多姿，人物站位適恰，如精心剪接，可見攝影者經驗功力皆高深，極有藝術涵養，當然人物的端正自然，其來有自，令人激賞。

沈處長和夫人王老師，真是天造地設的一對玉人，男英俊挺拔，女貌美賢淑，兒女個個如父似母，俊男美女，聰慧過人，成就非凡，如此十全十美，幸福家庭人人稱羨。

我們是生活在中華民國的國民，沈處長文中不媚洋以西曆記述，不忘以民國國號記載，非常正確。尤其他以國民黨員身分，在民進黨阿扁麾下做事，內心必然痛苦掙扎，但他公正處事的態度贏得阿扁的信任，長達四年，多麼不容易啊！

全書只發現幾個電腦選錯的字如「贈災」（賑）「擠身」（躋）等。這本書很紮實，我只是粗看一遍，還會細讀一遍。

公務員是該懂得什麼叫做「官箴」，然後為國盡忠盡職，無憾無悔，光榮身退，我讀到沈處長榮退，同事列隊歡送，真情流露時，也不禁眼眶濡濕。

看到：「事少離家近待遇又不低。」我會心一笑，想到自己退休前是「事繁錢少離家近」慶幸總算佔到一好。多妙啊！

《文官機緣與智慧》這本幾十年難得一見的好書，尤其擔任公職人員，更應把它當做「座右銘」奉行不渝。沈先生歷任台北市人事處長，與林洋港、李登輝、陳水扁、馬英九；及更早的張豐緒、黃大州皆熟稔。他曾任馬英九當法務部長時之人事處長，阿扁時代調任考試院，擔任公務員培訓部次長，「文官學院」即其一手擘畫完成。

民國五十五年，一對青年男女，受廖松根兄所託，到偏遠的松山來看我，內心非常感動。想廖兄和他感情必深篤，不負所託。我一個陌生女子，何其幸運，蒙兩位垂顧探望，深感有緣。

四十八年之後，意外獲廖兄轉贈沈先生嘔心瀝血的鉅著。經廖兄說明始知當年來看我的俊男美女就是——沈昆興王美文伉儷。我用心捧讀這部令人震撼的好書，略述讀後感，永誌懷念。

香遠翦影

當行出色閭鄰知，
代序夫君憶昔時；
散套鬢白驚美夢，
文才熠熠志弗移。
作風獨特人咸仰，
家計無憂笑語馳；
劉氏高才博令譽，
玫如三昧啓人思。
香郁四溢衣冠萃，
讚聲賡續氣如霓。

民國一○三年，陳徽毅先生（書評家）作冠頂詩，贈予作者留念。

337　陳正一教授賦詩一首

琦詞麗藻蘊思巧，
香火有緣玄玉闕；
女界高才人稱異，
史中偶見呈象奇。
新知舊雨添逸興，
著作等身非易為；
問句尋思衣冠萃，
世風日臻娛晚期。
佳人俊士兩相愛，
評語琳瑯燦門楣；
如夢如飛興不止，
潮似流水去復回。
詩情畫意縈心底，
以賢為師古所稀；
為山九仞始一簣，
賀客聯翩笑語馳。

陳正一教授讀《堅忍修得一世緣》後，
賦詩贈予作者留念。